STARRY RIVER

星河 诗丛

2025 I 春季卷

主编 黄纪云 骆苡

浙江文艺出版社

图书在版编目（CIP）数据

星河. 2025. 春季卷 / 黄纪云，骆苡主编. —— 杭州：浙江文艺出版社，2025.7. --ISBN 978-7-5339-8050-4

Ⅰ．I227；I207.22

中国国家版本馆CIP数据核字第 20258PU097 号

统　　筹	曹元勇
责任编辑	胡远行
文字编辑	张嘉露
封面设计	朱云雁
责任印制	吴春娟

星河·2025春季卷

主　　编	黄纪云　骆　苡
顾　　问	骆寒超

出版发行	浙江文艺出版社
地　　址	杭州市环城北路177号
邮　　编	310003
电　　话	0571-85176953（总编办）
	0571-85152727（市场部）
印　　刷	浙江新华数码印务有限公司
开　　本	787毫米×1092毫米 1/16
字　　数	215千字
印　　张	13.5
版　　次	2025年7月第1版
印　　次	2025年7月第1次印刷
书　　号	ISBN 978-7-5339-8050-4
定　　价	59.00元

版权所有　侵权必究

卷首语

《星河》诗丛2025年度春季卷终于和大家见面了。

我们创立了一个新栏目"河汉星陨",该栏目是为了悼念《星河》诗丛创办人之一,浙江大学教授骆寒超先生而设立。

先生于2024年12月28日驾鹤西归。众所周知,骆先生堪称中国当代诗歌评论界的巨擘,不仅是艾青研究的首席专家,晚年对穆旦的研究在国内亦是首屈一指。他涉及面广阔而深厚,对许多有影响的中国现代诗人都有精辟论述,陆续出版了各种专著,上千万的文字,可谓著作等身。骆先生不仅是中国现代诗歌评论界的权威,也是一名出色的诗人。他身前最后出版的著作诗集《心灵的牧歌》即是明证。

有学者感叹:"骆寒超先生的离世是中国文坛的巨大损失,标志着一个学术时代的结束。"

本期"河汉星陨"选登的追忆文章,或是来自骆寒超先生在评论界的挚友,或是来自先生的学生,或是来自仰慕其学识的道友。这些文章通过各个方面的点滴回忆和评述——骆先生的为人、他的学识、他的学术地位,他的谦逊、还有他的诲人不倦等等——将骆先生高大、可敬、可爱的形象立体鲜活地呈现了出来。

子张先生在回忆中还特意提到,骆先生与《星河》诗丛另一位创办人黄纪云先生草创本诗丛时,骆先生如何殚精竭虑地谋划、约稿,花费了大量的精力和人脉,渐渐使本诗丛成为中国当代诗坛颇具影响的专辑。可以说,没有骆先生,就没有《星河》诗丛的今天。

本期,除了专题悼念骆寒超先生的"河汉星陨",其他像"星月交辉""星瀚灿烂""河外星系""星河评论""星韵品赏"等栏目依然延续以往的风格。本卷地方专辑选登的是海宁的部分诗人的作品。由于篇幅所限,原"星河微澜""繁星满天"两栏目,本期将其合并为"群星璀璨"一栏。由于篇幅所限,对这些栏目在此不再一一赘述。

"星河"编委会

主　编

黄纪云　骆　苡

顾　问

骆寒超

编　辑

菡　苕　刘　翔　袁丹丹

费一飞　贝　尔　顾奕俊

封面题签　黄纪云

封面设计　朱云雁

篆刻　姚伟荣

目录

001 河汉星陨（骆寒超教授纪念专栏）

- 001 泪倾星河，长怀吾师
  ——在骆寒超先生告别仪式上的致辞　　黄纪云
- 003 诗人学者与诗学宇宙——回忆骆寒超先生　　胡志毅
- 007 深切缅怀恩师骆寒超　　刘琼
- 011 梨花冬日白：悼念骆寒超先生　　孙晓娅
- 015 他带着人间的诗意去往天堂——怀念骆寒超先生　　蒋登科
- 018 智者乐，仁者寿——怀念骆寒超先生　　关长龙
- 021 追忆骆寒超老师　　（法籍华裔诗人）张如凌
- 024 骆寒超：浙江诗歌界的良师益友　　郑晓林
- 028 谆谆如父语，殷殷似友亲
  ——怀念骆寒超老师　　费一飞
- 031 在岁末的薄阴中送别骆寒超先生　　子张

036 星月交辉

- 036 韦锦的诗
- 042 一座会转世的城
  ——试论韦锦诗剧《楼和兰》　　格式
- 045 北野的诗

053	燕山下的漫游与沉思	北 野
058	马行的诗	
064	在"我"和世界之间：马行诗论	李 玫

072 / 星瀚灿烂

072	孟醒石的诗	
079	林南的诗	
086	孙晓军的诗	

093 / 群星璀璨

093	沉香简史	王自亮
096	烛光晚餐（外十首）	谢克强
101	辩证就是两只打架的虫子（外十一首）	李 浔
103	扫院子的人（外八首）	张 驰
106	在上海寻找一块石头（外十一首）	吕胜江
110	在中国黄酒博物馆告白（外四首）	塔山野佬
112	这村庄没有人来过（外四首）	远 人
114	夏季风吹动的自我	思不群
117	故乡的秋（外四首）	肖 今
119	平和的西藏（外十一首）	立 人

123	最大的声响(外四首)	王爱红
127	春天,天使般降临(外十一首)	何必艺
131	绿梅(外八首)	陈钇言
134	夜晚的湖水(外十四首)	阿 雅

140 / 河外星系

140	阿米亥的诗	刘国鹏 译
147	埃德蒙·雅贝斯的诗	刘楠祺 译

156 / 海宁专辑

156	归来仍少年(组诗)	金问渔
159	脑海里的声音(组诗)	王学海
162	钱塘江的潮汐树(外七首)	金建新
165	湿润的风雨(组诗)	王 铮
167	水墨江南歌如潮(组诗)	卜晓莲
169	吸烟的人(外六首)	樟 洋
171	寻找,光芒的高度(外六首)	秋 荻
174	夜游葛仙村(外六首)	蒋月明
176	语淡情浓(组诗)	汉 江
179	出工(外四首)	羊宁团

181 星河评论

181	**论新诗成长期的诗体探求**	骆寒超
191	**昌耀鲜为人知的两首"散文诗佚作"**	姜红伟

195 星韵品赏

195	**诗日记·家庭生活（十六首）**	陆 健
201	**以实为诗 以诗为史**	
	——评陆健纪实诗，以《诗日记，或半日记》为例	李 霞
206	**刘翔——《向赵无极致敬》**	陆 陆

泪倾星河,长怀吾师

——在骆寒超先生告别仪式上的致辞

• 黄纪云 •

今天,我们怀着无比沉痛的心情,哀悼敬爱的骆寒超先生。对我而言,骆寒超先生不仅是我的恩师,也是我的精神的父亲。与他的结缘是我生命中一个极其重要的事件,甚至标示出我生命中的两个不同的阶段,或者说,没有骆寒超先生就没有今天的我。

我最早是从大学时代老师的口中了解到骆寒超先生和他学术研究方面的故事。感谢命运的眷顾,2007年的秋天,经一位朋友的介绍,我有幸在望湖宾馆七楼的湖畔居茶室第一次见到了恩师骆寒超先生。我把我早年写的诗稿交给了他,半个月后,他来电约我,给予了面对面的指导和鼓励。正是因为他的帮助和引领,重新激活了我年轻时候的写作梦想,让我再次回到了我所热爱的当代诗歌写作的现场,也使得我的心灵和生命的维度、格调有机会得到滋养与提升。

骆寒超先生不仅是我的诗歌写作的引路人,也是我人生的导师。他的心灵是那么的善良,纯粹,他对这个世界总是充满了爱,对未来总是寄予美好的愿望。他那"人生就是用来奋斗的"的人生态度,他那严谨治学的学者风范,他身上所散发出来的那些美好的品质,都对我产生了深远的影响,使我对人生、对工作的态度,变得更加勤奋踏实,更加严谨细致。

骆寒超先生从骨子里热爱诗歌,始终对诗歌满怀赤子之心,始终充满激情地专注于诗歌评论和诗歌理论的建构,先后出版了十几种专著;同时他也勇于在自己的诗歌写作中去不断探索实践,《三星草》《白茸草》《心灵的牧歌》等诗集都是他根据自己的理论研究探索实践的成果。他一直想做一本新诗丛刊,既有理论研究,又有创作实践,因此我们一起创办了《星河》,经过15年的努力,在国内产生了一定的影响。

作为一位著名学者,杰出的诗歌评论家、理论家,我相信骆寒超先生的著述对构建中国汉语新诗所起到的作用,随着时间的推移,会越来越受到人们的重视;他的研究是伴随着整个新诗发展的,他是新诗史上绕不开的人物。

骆寒超先生更是一位充满理想主义的诗人。一个真正的诗人有两种生命载体,一是血肉之躯,一是生生不息的语言。一种生命随着自然节律消逝在人类生活史的长河,一种生命将融入诗歌不朽的传统,它与语言同在,并且和每个时代一起,持续地更新着语义的创造性机制,从而丰富并润泽着我们的母语,庇护着一个民族的灵魂。

骆寒超先生的人生是精彩的,是辉煌的,是不朽的。吾师去矣,怎忍诗国飞诗魂,空留后学长叹,谁可行吟来仗义;雪泪来哉,何堪星河陨大星,惟使晚生悲歌,鹤宜寄送去追怀。骆寒超先生将永远活在我的心中,活在我们的心中,活在伟大的汉语之中。

作者简介 | 黄纪云，男，温州乐清人。1981年毕业于温州师范专科学校(现温州大学)中文系。1993年至今创办乐清育英寄宿学校、温州育英国际实验学校、浙江育英职业技术学院、杭州市实验外国语学校、杭州市育海外国语学校、温州育英实验学校教育集团等院校，并于2006年组建浙江育英教育集团。现任浙江同有控股有限公司董事长、浙江育英教育集团董事长。先后获杭州市委市政府颁授的"优秀社会主义事业建设者""杭州市杰出成就教育家"等称号。出版诗集《黄纪云短诗选》《岁月名章》《宠物时代》，先后创办大型诗丛《星河》《诗建设》。

诗人学者与诗学宇宙

——回忆骆寒超先生

• 胡志毅 •

骆苡寄来了骆寒超先生的诗集《心灵的牧歌》，并请我写一篇回忆骆先生的文章，我欣然答应了。

2024年12月28日晚，我在云曼星松果餐厅吃过饭回家，看到微信上朱寿桐发讣告，浙江文学院的郑翔发微信来问，旋即发了一个正式讣告给我，于是我转发了。第二天，再发一个讣告，写了一段文字：

骆寒超先生，1988年来到浙大中文系，旋即担任中文系主任，他主编《现代诗学》，我最初研究戏剧原型的论文就是发在这个刊物上的，我经常在他家的阳台上切磋学术。我和中文系的同仁曾经为他主办的中国现代文学年会做过会务。他退休后笔耕不辍，2010年出版了《骆寒超诗学文集》12卷，我们又为他办理过文集的首发式暨学术研讨会。骆先生是我的学术楷模，也是一个我崇敬的诗人！今年4月他刚从医院回家，我去他府上拜望他，他给我看诗集《心灵的牧歌》的样书！没想到他竟驾鹤仙逝！骆寒超先生千古！

12月30日，一早我约专车去杭州殡仪馆，参加骆寒超追悼会，国际文化学系主任、诗人刘翔主持，传媒与国际文化学院党委书记王庆文致悼词，浙江育英教育集团董事长、诗人黄纪云发言，儿子芒芒代表家属答谢。

在大家忍着悲痛告别骆寒超先生之际，我回忆起和骆寒超先生交识的往事。

骆寒超先生是我在浙江大学中文系的系主任。他是浙江诸暨枫桥人，说话一口诸暨口音，很多人听不懂他说的话，尤其是北方人，但是会感觉到说话时的激情。他是南京大学中文系毕业的，他的同学叶子铭研究茅盾，成了中国现代文学的资深学者，他研究艾青，因为艾青被打成了"右派"，他也成了"右派"，于是被下放到温州，养过猪、放过羊，后来在温州永强中学教俄语，一直到文革结束，"右派"平反后，他也平反了，调到了浙江省文联理论研究室。他对我说，他曾经在创作和研究之间犹豫，最终还是倾向于研究，但是不放弃创作。

这时浙大刚刚成立中文系才两年，第一任系主任侯镜昶教授，是南京大学中文系的教授，来了三个月，因为脑溢血去世了。1988年，浙大调骆寒超来任中文系主任。

我算是中国现代文学出身，师从田本相先生研究中国话剧，于是就和骆先生是一个专业。他创办了一份刊物《现代诗学》，倡导新理论，我这时正在研究戏剧原型理论，写了一篇绪论《戏剧原型的三种形态》，发在《现代诗学》第一辑上，算是投石问路。

一般人都认为骆寒超专事研究艾青，出版有《艾青论》，其实他早就延伸到了中国现代诗歌，出版了《中国现代诗歌论》《新诗创作论》《骆寒超诗论集》《骆寒超诗论二集》《新诗主潮论》《二十世纪新诗综论》《论新诗的本体主体规范与秩序建设》等一系列著作。

唐湜是九叶诗派诗人，但他曾在中国剧协的《戏剧报》工作，因此，他不仅是诗人，也从事戏剧工作，于是，我对唐湜也非常感兴趣。

骆寒超先生特别推崇青海的诗人昌耀，他自身的苦难经历和昌耀的诗歌中所透露出的苦难意识是相通的。

骆寒超先生身边围着一群诗人，如龙彼德、岑奇、董培伦等，我更多地接触的是年轻诗人，如王自亮、潘维、梁晓明等，骆寒超先生和他们也有来往，在《星河》中发表他们的诗歌，一发就是一组。

骆寒超先生一代的中国现代文学史学者，往往都是从一位诗人、作家，或者剧作家出发，然后涉及整个文体的研究。田本相先生是从鲁迅、曹禺研究开始，骆寒超先生从艾青开始，他们之间也往往互相致敬。

我和骆寒超的交往，更多的是在他退休后，那时我也住在求是村，步行五分钟就到他家了，他在阳台上设了一间书房，我就在那里一边喝绿茶，一边和他聊天。

我和骆寒超先生大谈原型象征，他非常感兴趣，甚至也迷上了这个理论，撰写了关于屈原《九歌》的原型象征、张若虚的《春江花月夜》的原型象征。他在屈原的《九歌》中发现了宇宙意象系统。

骆先生继续采用意象等观念，研究他的现代诗歌。

他收集资料，很有自己的方法，给了我很大的启发，有一次他开箱给我看他收集的诗集，非常丰富，令我震惊。

在系主任的任上，骆寒超教授主办了一次中国现代文学的年会，浙大中文系现当代文学教研室的几位老师黄健、徐剑艺、刘云还有我也帮着办会，在那次会上，我见到了一些现代文学的大佬，如钱理群、李庆西等。

我曾经和骆先生一起去北京参加中国现代文学的研讨会。他带我去拜访艾青先生，还见到了艾青的夫人高英，在艾青家吃了一次饭。我感觉到他对于艾青真有感情。他的艾青研究，可以说是一种真性情的研究。

骆寒超先生为浙江大学中文系的中国现代文学争取到了硕士学位授予权，他指导了多名硕士生，如《人民日报》文艺部副主任刘琼、上面提到的主持追悼会的系主任、诗人刘翔等。

骆寒超先生退休后，曾经一度在金华浙江师范大学中文系任教，南京大学的朱寿桐教授，也一度来到这里任教，他们为浙江师范大学中文系的中国现当代文学博士点的创立立下了汗马功劳！

朱寿桐教授出版过一本《创造社的诗学宇宙》，骆先生也喜欢谈诗歌的宇宙意识。他很善于构架一种理论，一种属于他自己的理论。这种理论不是从西方来的，但有西方的影子，然后根据他的想象来完成，如骆苡、骆蔓在《心灵的牧歌》序中提到的抒情坐标系统。

骆寒超先生退休多年后，2010年人民文学出版社出版了他的《骆寒超诗学文集》十二卷，其中8卷是著作、3卷论文集、1卷创作诗集，我帮着主办这套文集的首发式。我先是和骆寒超的大女儿骆苡一起去原来是同事的青鸟集团董事长徐剑艺那儿争取到10万元资助，有了经费，然后就办会。黄健、潘立勇、关长龙等一起来。那次会上，请来了中国现代诗歌界的著名学者，如谢冕、吴思敬、孙绍振、吕进等。

田先生评价骆寒超先生是中国现代诗歌研

究第一人,我在会上发言时,引用了田先生说的话。

陈瘦竹先生是骆寒超的老师,而陈瘦竹是现代戏剧研究界的前辈,在陈瘦竹先生诞辰100周年的时候,我不知道怎么写纪念论文,于是临到末了,没有参加,周安华说我放他鸽子。田本相先生在那次会上发表了重要的论文。在陈瘦竹先生诞辰110周年的纪念会上,我又受周安华教授的邀请,这回采用了文化记忆理论写了一篇万字长文,去南京大学参加纪念会。

这时我担任了中国话剧理论与历史研究会长,周安华教授请我以会长的身份致辞。周安华教授算是骆寒超的师弟。

骆寒超先生对于创作情有独钟,他在研究之余,还进行创作。

2012年9月他曾经在杭州主办过一次《星河》的研讨会,请我参加。在这次会上,我认识了浙江育英教育集团董事长、诗人黄纪云,他是骆寒超先生的崇拜者,是《星河》的资助者。

骆寒超先生是以生命来研究中国现代诗歌,同时也以生命来创作诗歌。也就是说,他是以诗歌为生命的学者诗人,或者说诗人学者。

他出版过诗集《白茸草》,吴思敬说是他的精神自传。

他最想做的事情,是创办一份诗丛,直到他遇到黄纪云,才实现了这个愿望,创办了诗丛《星河》,迄今已经出版了50期。

星河,就是骆寒超的诗学宇宙。

经过了三年的疫情,几次看到骆苡在群里发骆寒超住院的消息,于是我联系好,去他在银座的家拜望。

我和他一谈到当年,他就激动。他说已经很久没谈学术了。我说,我们当年能在理论上大胆创新,是得益于当时中文系的环境,如果是老中文系的话,可能还不行,因为骆先生鼓励年轻的老师大胆创新。

我在浙大美学所的同事王杰教授在浙大圆正酒店请骆寒超先生一家吃饭,也请我出席,他请骆寒超教授共同指导一位博士后,这对骆寒超先生来说是最好的礼物。我送了骆寒超先生一本38万字《中国戏剧文化百年史》,他说我在话剧界已经"功成名就"了。

我说2022年年底我退休了,学院因为我获得了一个国家社科基金的重大项目而返聘我,刚刚去北京参加了中国话剧理论与历史研究会换届的会议,从会长变成了名誉会长。

我们一谈到原来中文系的同事潘立勇教授的去世,唏嘘不已。

他拿出一本他将要出版的诗集《心灵的牧歌》的校样,收录了他一生所写的大部分诗歌。他当年计划研究30个诗人,每人写5万字,已经撰写了三卷,将要出版了,还有两卷在整理中,但最后一卷没写完,说已经写不动了。

他都是手写的,不用电脑,基本是他女儿骆蔓打字打出来的。

没想到,过了短短的几个月,噩耗传来,骆先生竟然去世了。在追悼会上,朱栋霖教授代表南京大学文学院来了。

芒芒在追悼会上说,他的父亲骆先生写出了上百万字,应该是上千万字之误。

现在读着骆先生的诗集,看着骆苡、骆蔓姐妹写的序(其实他们一家人除了儿子芒芒,都写诗,都是诗人),我感慨万千。

骆先生曾经约我写一篇关于诗剧的论文,我一直没有写出。现在读着骆先生亲笔签名赠送给我的诗集,在后记中他说,他的《心灵的牧歌》所收集的他一生的诗歌,是"语调意象",以达到"节奏意象"为目标,最后,我想以他的《心灵的牧歌》中最后一首诗《星沙滩》的最后一句诗作结：

> 一道光！呵，宇宙灯塔
> 那彩光流落得多么辽远啊
> 飞船夺回了航向
> 我乃有永恒的讴歌；这无名巨匠
> 至美的时刻，创造神圣

作者简介 | 胡志毅，浙江大学传媒与国际文化学院二级教授、博士生导师，曾任浙江大学美学与批评理论研究所所长（2002—2012）、影视艺术与新媒体系主任（2007—2011）、传媒与国际文化学院副院长（2012—2017）、人文学部学术委员会委员，现为中国话剧理论与历史研究会名誉会长、浙江文艺评论家协会顾问等。《中国话剧研究》第14辑主编、《戏剧》《戏剧评论》《文化艺术研究》《曹禺研究》编委。2022年度国家社科基金重大项目《中国近现代话剧文献补遗与集成研究》首席专家。著作：《神话与仪式：戏剧的原型阐释》《神秘·象征·仪式——戏剧论文集》《国家的仪式：中国革命戏剧的文化透视》《中国戏剧文化百年史》。在《文学评论》《中国现代文学研究丛刊》《戏剧艺术》《戏剧》等学术刊物发表论文、评论260余篇。获教育部社科优秀成果奖、浙江省哲学社会科学优秀成果奖、浙江省作家协会优秀作品奖、田汉戏剧奖理论一等奖。

深切缅怀恩师骆寒超

• 刘 琼 •

去年12月28日凌晨4点,距离2025年新年不到3天时间,骆老师在生活了40多年的杭州城与世长辞。

骆苡说骆老师自始至终都不清楚自己的真实病况,以至于躺在病床上还在计划着写作和出版的事。这确实像骆老师的风格。骆苡是骆老师的长女,骆老师晚年生活中的许多事务都是她在料理。

骆老师原名骆运启,浙江诸暨枫桥人。骆老师父亲去世早,他与寡母感情尤其深。我在浙江大学(下简称浙大)读书的时候,奶奶已经八十多岁,干净、文雅、体面。我们喜欢这个奶奶。奶奶好客,我和同期在读的同学都在骆老师家蹭吃过无数次奶奶烧的饭。奶奶总是用一口诸暨话,缓缓地喊"运启,吃饭了"。"运启",是一个普通人家对孩子素朴的祝愿。从"运启"到"寒超",其间故事,骆老师是不是讲过,已记不大清楚。在艰难岁月,骆老师坚持初心初志,实现了"寒超"。至于运气,怎么样呢?没问过骆老师。不过,以骆老师的乐观通达以及诗人气质,他没准会说:"运气嘛,怎么说呢?总体还是好的。"

骆老师这一生,因为大的时代原因,经历过大起大落。二十二岁大学刚毕业,就被打成"右派",下放到温州永强乡村中学教书。将近五十岁,才过上平顺自在的书斋生活。

骆老师的成名作《艾青论》写于1957年,"一举成名",然后成为"右派"分子。1979年,年近五十的骆老师"脱帽""解放",同年,《钟山》发表了他的文章《论郭沫若早期的三篇诗剧》。这是骆老师的论著第一次可以公开发表。等到第三篇论文《论艾青的诗歌艺术》发表,曾为鲁迅先生"抬棺"的王源老先生亲自给在乡村中学教书的骆老师写信。由此,骆老师的命运获得又一次大转折,携家带口调到杭州,先是担任《江南》杂志编辑,后任浙江省作家协会理论研究室主任。

1982年,《艾青论》正式出版。1984年,骆老师调到浙大,担任中文系主任。骆老师担任系主任的这个时期,是老浙大中文系的恢复期——某种程度上也是草创期。经历了各种创业艰难,中文系走上相对坦途之后,骆老师提出让贤,徐岱老师接任,自此彻底进入了以教学研究为主的四十年书斋生活。骆老师最重要的学术成果基本上都是在这四十年面世。

开疆拓土,理论结实,体系完备,是骆老师这一代学者治学的普遍特点。他们深厚的学术修养和理论功底,我辈望尘莫及。吴思敬老师在《深情怀念骆寒超》一文中写到:"骆寒超先生是中国当代最重要的诗歌理论家之一,他为中国新诗及新诗理论的发展与繁荣奋斗了几十年。"像骆老师这样一生以学术研究和写作为志业的学者,在人生最好也是最能出成果的年华,从公众视野彻底消失。这种痛苦常人难以体会,因此,一旦获得自由,比较起金钱、权力、地位等身外之物,时间对于骆老师来说,比什么都格外珍贵。

  1993年9月到1996年6月，我在浙大攻读现当代文学专业硕士时，骆老师是授业导师。骆老师一生以现当代文学研究，特别是新诗研究为主。而我自认乏诗情、少抒情，从个人气质到兴趣都较偏重叙事类文学。因此，从学术传承角度，我不能算好学生。尽管学生不太合格，但"师徒如父子"，骆老师行事老派，待我恩重如山。

  现在回想，人的一生有很多偶然性，有些偶然性决定了必然性的命运。到浙大读研，对我来说就非常偶然。我是1991年从兰州大学本科毕业，报考了南京大学比较文学专业硕士研究生。当时，乐黛云老师坐镇的北京大学中文系比较文学专业最热，没敢报。报南大，主要是离家近。分数达线了，但原定的招生指标没有，什么原因，不详。这时已经是3月，班主任老师问要不要想法留本校读，也有老师建议联系一下其他学校，比如苏州大学中文系。我考虑了一番，决定先工作。一年后，也就是1992年底，再次报考南大，这次是现代文学专业。考得不错，但研究生院招生办公室说不能确定能不能上，传递的信息很悲观。也是3月了。见到赵宪章老师，他当时在南京大学中文系当副主任，问我是否考虑读定向培养——大概这个比较有把握。定向，意味着毕业时不能选择去向。而我考研的初衷很简单，就是想"放飞"。于是决定转校。那个时候同等资质大学之间硕博招生，可以互相推荐、共享生源。与南大中文系承传有序相比，恢复建系不久的浙大中文系自然是小弟弟。新有新的活力。当时的情况是，三十九岁的徐岱老师刚接班不到一年，血气方刚，一心要把中文系做大，包括招生。所以，机缘巧合，我的转校申请很快被确认。

  接到徐岱老师来电时，我正因一场车祸在芜湖养病。之前半个月左右，一个下着雨的午后，被疾驰而来的摩托车撞成中度脑震荡。脑震荡的典型特征是注意力不集中，记忆力下降。

  大约是1993年4月中旬，脑子里稀里糊涂，心里打着鼓，赶到杭州，接受"面试"——虽然当时没用这一说法。

  没有高铁的年代，从芜湖到杭州坐长途大巴，早晨八点出发，中午在路边小店吃饭、休息，慢慢腾腾的，一路上下客，大概下午五点左右，到达杭州武林门广场长途汽车总站。浙大在玉泉，从武林门到浙大不远，但下着大雨，路又不熟，费了点周折，等到在浙大校园内的招待所安顿下来时，天已经暗沉沉的了。依照之前嘱咐，试着在招待所前台给徐老师打了个电话。半个小时后，徐老师和骆老师手里拿着伞，湿乎乎的，站在门前。

  两位考官联袂而来。骆老师是第一次见，徐岱老师也是第一次见。骆老师当时是系学术委员会主任。考题是什么，忘了，反正我答得很不好。可能履历和学术背景不错，二位老师心善，算是当场定下。第二天一早，我又坐上了返程大巴。

  因此，第一次到杭州，第一次进校园，浙大长啥模样根本没看见。后来才知道，为了补录我这个素不相识的学生，徐岱老师特地去找路甬祥校长，还跟校办的人因为办事效率问题干了一架。

  有一年，大概是北京奥运会之后那年，骆老师和师母去北戴河中国作协疗养院疗养，途经北京，来看我。清晰地记得，骆老师认真地对我说："在入学这件事上，你要感谢徐岱老师,他做了很多工作。"

不文过饰非,不掩人之美,是骆老师的风格。

我问骆老师,当年整个录取工作快要结束了,他和徐老师为什么还会费那么大劲接受我?骆老师说我在招待所面试时提到了叶子铭老师和茅盾研究,我的笔试考卷也不错。叶老师是茅盾研究权威,也是骆老师在南京大学读书时的同班好友。

1993年到1996年的浙江大学,俗称老浙大,校园在玉泉山下。老浙大的前身可追溯到求是学院。"求是 创新"这一老浙大校训,分别由竺可桢校长和路甬祥校长于1938年和1992年提出。我的入学通知书由路甬祥校长签发,毕业前一年,路校长调任中国科学院院长,潘云鹤校长接任,几年后潘校长又接任中国科学院院长。

路、潘两位校长虽是理工科出身,但重视文科建设,对老浙大后来向综合性院校转型发展影响很大。我上学时,浙大中文系是"小而美",坐落在逸夫纪念馆附近,教研和交流活动十分活跃。在这里,我上完骆老师的全部课程。坦率地说,与别的同学相比,我学得有点吃力,主要是因为骆老师的诸暨话实在难懂。我的方言解码能力不行,只好连蒙带猜,虽然课后可以借别人的笔记本看,但信息难免严重折损。

研二准备毕业论文,最苦的日子到来。论文题目改了一次又一次,还没有通过,小神经几近崩溃。骆老师更是恨铁不成钢,经常把我提溜到阳台上,"耳提面命"。最终确定把鲁迅的散文诗集《野草》作为文本对象,以魔幻现实主义诗学为切口。这也是我唯一一次比较系统进行诗学研究和写作。历经三年的磨砺,慢慢地,我能听懂一些骆老师的诸暨话了。

骆老师住在求是村70号楼。一家三代,"挤挤"一堂。不到五平米的阳台是骆老师的书房。阳台对面,是著名的老和山。这也是为什么骆老师许多文章的结尾都有一句"写于老和山下"。那个时候,从浙大校园到市中心,求是村是必经之路。70号楼就在出口处。或远或近,隔着玻璃,总能看见骆老师专心致志地在写作。骆老师写作用的稿纸,比普通稿纸要大一倍,左右下三面都留出空白供修改。这样的稿纸,我曾经还收藏过一沓。

写论文的同时,也在准备求职。尽管骆老师的"势力范围"在杭州,但由于种种原因,我当时已决意来北方。骆老师也赞成,还建议我考博,并拿出通讯录,一一电话引荐。尽管后来没有直接读博,甚至有很长一段时间已经远离学术研究,骆老师也不曾说什么。只是有几次,大概是十多年前,骆老师编《星河》诗丛,让我挑几首诗,发个专辑。我也始终没写出来。写诗确实不是我的长项。这一次,我让骆老师严重失望了。

近两年骆老师年岁确实大了,据骆苡说,步伐不似从前有力,去年还查出胃癌,住院的频率显著提高了。去年11月,本来要去杭州出差,也是想去看望骆老师,但临出发时单位有事走不开。

我在北京,骆老师在杭州,大概有五六年没见。有时会打个电话通通音信。而通常,也是骆老师先打来。电话中,他的声音总是大声大气。最近一次除外。

最近一次通话是去年7月。正在玻璃房里开会,骆老师来电,说新诗集出版,已嘱家人寄给我。接完电话,重新坐定后,突然意识到骆老师的声音不似往常亢亮,有点不常有的迟滞感。

骆老师新出版的这本《心灵的牧歌》诗集，如今，就放在我的办公桌上。翻开扉页，骆老师用俊逸的钢笔字，在"刘琼纪念并批评"下面题写了几行字："花开了，花谢了，这是常情　但它们都是人的象征　诗年轻，诗老了，也是常情　但它们都是我的心声。"

这是骆老师风格的诗文。

骆老师是我的恩师，但我能为他做的事很少。今后也没有机会再为骆老师做任何事。一念至此，悲痛难抑。

作者简介 | 刘琼，学者，艺术学博士。人民日报文艺部副主任。中国作协小说专委会委员，中国文艺评论家协会理事。曾获汪曾祺文学奖、《雨花》文学奖、全国报人散文奖、《文学报》"新批评奖"、《当代作家评论》"优秀评论奖"等奖项。著有《花间词外》《徽州道上》《格桑花姿姿势势》《偏见与趣味》《聂耳：匆匆却永恒》等专著。

梨花冬日白：悼念骆寒超先生

• 孙晓娅 •

2024年12月底，我的新书《漂往远海：中国女性诗歌史（当代卷）》由北京大学出版社先行出版了五本样书，其中一本转托我的博士研究生于晓庆元旦期间送给谢冕老师，剩余四本我开始联系侧封的几位推荐专家，索求邮寄地址时，惊闻骆寒超先生去世，我不敢相信这是真的！

骆先生生病以来我一直和他的大女儿骆苡保持密切联系，2023年下半年还委托我的外甥女去病房看望先生。外甥女博士毕业后分配到杭州一家医院，骆先生曾在此住院治疗。外甥女长得和我有几分像，加之那天她请到她所在科室的主任亲自到骆先生病榻前会诊，骆先生非常高兴，事后还打电话跟我说了很多。先生很期待《中国女性诗歌史》全套书系尽早出版，未曾料到，仅几日之差，先生就可以收到他推荐的当代卷，这让我深感遗憾。我常常跟学生说做学术千万莫着急，要保持沉稳的心态，听闻先生去世的瞬间，开始后悔自己在出版校对环节因较真而耽误了些许时间。

我和先生的缘分始终缭绕着诗与诗情，我们的交往虽然晚近，但诗意浓郁绵延，既延展了中国新诗研究界前辈学者对晚辈的鼓励和关照，也呈现出不同代际学者之间立体而多元的影响、继承和互动。骆寒超先生在中国现当代诗歌的理论批评、诗人个案研究以及文学史梳理等方面成就斐然，上个世纪末，我在读硕士阶段就经常拜读其学术论著，感佩其深厚的理论功底、严谨的治学态度和开阔的学术视野；待到21世纪初，我的博士论文做的是牛汉研究，由此更深入阅读先生的《艾青论》和《艾青评传》。毋庸置疑，骆寒超先生的艾青研究填补了艾青研究领域的空白，是艾青研究领域的奠基性工作，堪称第一部系统研究艾青生平与创作的学术专著，在诗人个案研究方面极具开创性和典范意义，也提供了重要的学术范式——为现当代诗人个案研究提供了重要的方法论启示。他的艾青研究不仅深入挖掘了艾青诗歌的艺术特色与思想内涵，还通过详实的史料梳理、严谨的考证，对艾青生平资料进行了全面搜集与整理，深入探讨了艾青与时代、社会、政治的关系，揭示了艾青诗歌创作的历史语境，为艾青研究提供了系统的理论框架和丰富的学术资源，具有深远的启发性和学术价值，成为艾青研究领域的经典之作。

正如很多学者注意到的，其艾青研究之所以取得广泛的学术影响力，核心原因在于他是与艾青真正心灵相通的学者——这体现在他们的精神向往乃至人生经验的叠合与同一性；体现在他们近似的深沉的情感表达及对艺术形式的驾驭能力。作为艾青研究领域的经典之作，这两部论著充分体现出他一贯的研究风格——既注重文本细读，善于从诗歌的语言、形式、意象等微观层面入手，揭示作品的艺术价值与思想深度，又能够将文学现象置于历史的宏观背景中进行分析，强调文学与社会、政治、文化之间的互动关系。他的研究不仅关注文本本身，还注重史料的挖掘与整理，为现当代文学史的书写提供了丰富的素材与视角。那段时间，骆先生在浩繁的艾青研究和现代诗学理论研究领域，成为我的灯塔，他的论文和论著对我的博士论文撰写带来很多启发。学生时代，我始终将骆先生视为自己的编外导师——这是我私下的命名，没有想到，博士毕业十年后再见到骆先生时他真的担当了。

第一次深度与骆寒超先生交流是 2012 年秋，11 月 19 日—21 日我应邀参加骆先生主办的"中国新诗与《星河》办刊方向"研讨会，会议在距离西湖不远的杭州花港海航度假酒店召开。之所以提及西湖，是我真切地记得自己在发言后曾独自从会场出来，步行到西湖湖畔，行话叫溜会，先生肯定是知道的，不过我出去一趟回来创作了一诗《请允许我》，这意外的收获后来还刊发在《星河》上，足见先生对晚辈的理解和宽容。我至今仍清晰地记得那次会上，我用一句话概括了骆先生主编的大型新诗诗丛《星河》的刊品："这是一份有容乃大的综合性刊物：诗歌创作和诗学理论研究并重，作者队伍涵盖老中青，刊发多种诗歌文体，这些都显示出其气度和气象。"那次会议提供了我和先生多次长谈的机缘，骆先生每次都鼓励我在学术研究之余，一定要坚持诗歌创作，他说将生活升华为心灵的感受，就是至美的诗篇，他很中肯地点拨我说保持诗歌创作有助于掌握诗歌研究的内在规律，提升诗歌评论的敏感度和前瞻性，而且还多次说及我骨子里更近于诗人气质——这无形中应和了我的导师王富仁先生对我性情的洞见。

1999 年，我在北京师范大学有幸师从王富仁老师攻读博士学位，老师指定我的博士论文做牛汉研究，起初我担心以一个诗人做博士论文选题有些小，更重要的是此前我一直关注的是小说和戏剧，我的硕士毕业论文做的是沈从文，本科毕业论文做的是田汉，并未深入过诗歌研究，但王老师的坚持和笃定让我感受到一种无言的历史使命感深藏其中。当时王老师为了打消我的顾虑就说了近似于骆先生的话："你天生就是一个诗人。"十年后，骆先生的再三肯定再次让我确立起修炼为一个诗人的信念——因为我一直敬重诗人的冠誉，即便也写过不少诗歌，但那时从不敢跟人说我是诗人，也鲜少将诗作拿出来发表。从那次会议后，我走到哪就将诗情投射到哪，恰应了先生的诗句"一朵梦已开放，开得娇羞"（骆寒超《玫瑰》）。此后，每次开会见到骆先生，我都会主动跟他汇报自己在诗歌创作中的诗学体悟，先生一如既往用他浓郁的乡音鼓励我。不少人说听不懂骆先生的口音，我对此却没有什么隔阂，这无解之事只能归于缘分了。

今天回头看，像我这样因《星河》被骆先生发掘出来的诗人还有很多。自那次会议后，我与骆先生的女儿骆苡始终保持联络，先生也郑重邀请我担任《星河》的编外编辑或曰顾问，此后，遇到好的诗歌文本和论文我会第一时间推荐给《星河》。"闲云潭影日悠悠，物换星移几度秋。"（王勃《滕王阁序》）时光荏苒，岁月不居，时节如流，天地间，我们都成为彼此的远行客，唯有心中那抹光不曾熄灭。十二年一个轮回，转瞬即过，我不仅见证了《星河》的成长，也目睹了先生为诗丛的悉心投入以及对青年诗人的大力扶植。

现在细想，先生之所以鼓励我坚持诗歌创作，因为他从少年时就是一个诗人。16 岁他就发表了诗作，诗歌创作虽然断断续续，却未曾间断。其生前出版过四部诗集，其中有两本是和别人的合集,一本《白茸草》是12卷本的《骆寒超诗学文集》中的一本。关于这本诗集评论的刊发还有一个小插曲。2022年3月,骆苡将一篇黄纪云写的评论文章《聆听一个"世纪游牧者"的歌声——骆寒超诗集〈白茸草〉读札》发给我,希望能发表在《诗探索》上,我看后当即转给吴思敬教授,该论文经过吴老师的指导后刊发在《诗探索》2023年第1期上,论文题目和内文略作了调整。正如吴思敬教授在《深情怀念骆寒超》一文中所言,"《白茸草》可以说是骆寒超用诗歌的形式写出的精神自传"①。但是对于先生而言,真正意义上的独立出版的个人诗集是先生离世前十个月出版的《心灵的牧歌》,这部诗集收录诗作324首,是从他保留下来的400余首诗中选出来的,具有他一生诗歌创作的总结性意味。骆寒超先生曾根据自己的创作体会提出了"抒情坐标系统"的主张:坐标系统的经线是由自我体验、社会感受和宇宙感应递进而成的一条线;纬线是由意象、意境和象征递进而成的一条线,有了这样一个经纬坐标系统,才会有至高层次的抒情真实,即将两条线的辩证统一的抒情推向宇宙感应,在宇宙绝对时空中去观照地球相对时空。在他看来,诗歌的至美至高境界是象征,没有象征,诗歌境界就会有减损。②在如上诗歌理念影响下,他的诗中"时间在沉凝着爱的神奇""尘世随泉水流走",既有"千里莺啼的江南",也有"冰川雪谷的呼唤"……这些诗句无疑都是他灵魂的写照。

骆寒超先生很清醒诗歌创作是其副业,他投入精力最多的还是学术研究,除上面论及的研究,其撰述的《中国现代诗歌论》《新诗创作论》《新诗主潮论》《骆寒超诗论集》等论著,对中国现代诗歌的理论批评进行了系统性的梳理与研究,成为中国现代诗歌理论研究领域的奠基性作品,他从理论批评和诗歌创作的角度出发,深入分析了中国现代诗歌的发展脉络,为现当代诗歌研究提供了重要的理论框架,也示范了老一辈学者扎实、细致的学术风格及深厚的学术功力,他的著作被广泛引用,成为现当代文学研究领域的重要文献。2010年,骆寒超先生出版了《骆寒超诗学文集(12卷)》(人民文学出版社),其中包括《汉语诗体论·结构篇》《汉语诗体论·语言篇》《汉语诗体论·形式篇》《新诗创作论》《新诗主潮论》《二十世纪新诗综论》《艾青传》《艾青论》《诗学散论(上)》《诗学散论(中)》《诗学散论(下)》和《白茸草》。这套文集涵盖先生半个多世纪的学术研究成果,既包括对诗歌创作理论、诗潮演变的探讨,也涉及对古典诗歌的现代思考等:例如,《新诗创作论》探讨了新诗的主题思路、组织结构和表现形式;《新诗主潮论》则分析了现实主义、浪漫主义、现代主义在新诗中的体现及其互动关系;《汉语诗体论》通过对古典诗歌与新诗的对比研究,提出了新诗未来发展的方向,展现了其学术思考的原创性与现代性……这套文集集中展现了骆寒超先生在诗歌理论、诗歌史研究以及诗人个案研究等方面的卓越贡献,被誉为中国新诗研究领域的集大成之作。其中很多观点极具原创性,比如,他在《汉语诗体论》中提出了"诗体是诗歌结构、语言、形式的总称"的观点,并从神话思维与逻辑思维的视角探讨了古典诗歌与新诗的差异,为新诗诗体建设提供了理论依据,类似新见不乏,在此不多加引述。我很认同李元洛的一段评价:骆寒超的研究贯通古典与现代,融汇中国与西方,连接学府与文坛,兼及理论与创作,是"五四"以来对新诗与中国诗学理论研究中最为集中、全面且有价值的一位。③这段话不长,却精准描述出骆先生在中国新诗理论研究界不可替代的位置。

我从不敢写悼念文章，最怕触及情感深处的柔软！春节前，骆苡特别嘱托为先生写一篇悼文，想起她跟我哭述先生去世时的伤怀，那悲伤于我四年前也有过——母亲的离世给我带来生命中最沉重的打击，曾经三年不出门参加任何学术或诗歌活动。我深深理解骆苡的心境，欣然应允，更希望她能早日走出悲伤。文章将结，往事如昨，历历在目，而今，先生却如：

冬日里
千树万树梨花开后的白
缓缓落如泥土
或飘向洁莹安宁的天国

2025年2月4日

作者简介 ｜ 孙晓娅：文学博士，教授，长城学者，现任教育部人文社科重点研究基地首都师范大学中国诗歌研究中心副主任，博士生导师。中国诗歌学会理事，学术委员会委员，中国当代文学研究会理事。主持教育部人文社科重点研究基地重大项目，国家社科基金一般项目（结项等级优秀）和教育部哲学社会科学研究后期资助项目等。已出版学术专著《诗的女神：中国女性诗歌史（现代卷）》《漂往远海：中国女性诗歌史（当代卷）》（均由北京大学出版社出版，入选"十四五"国家重点图书出版规划）、《个体诗学与话语实践》《跋涉的梦游者——牛汉诗歌研究》《读懂徐志摩》《新诗十二名家》（合著）等。编撰《彼岸之观——跨语际诗歌交流》（北京大学出版社）等，主编《中国新诗百年大典》（第7卷）、《新世纪十年散文诗选》《牛汉的诗》《诗歌十二使徒》等。即将出版学术专著《庠序有诗音：新诗教育研究（1919—1949）》（商务印书馆出版）。

注释：

①吴思敬：《深切怀念骆寒超》，《光明日报》2025年1月17日。

②参见骆苡、骆曼：《序》，骆寒超：《心灵的牧歌》，上海文艺出版社，2024年。

③李元洛：《论骆寒超的诗体建设》，《理论与创作》2010年第4期。

他带着人间的诗意去往天堂

——怀念骆寒超先生

• 蒋登科 •

2024年即将结束的时候，我突然在骆苡女士的"朋友圈"见到骆寒超先生于12月28日辞世的噩耗，甚为震惊。骆苡告别父亲的文字写得很深情："一周前您和孙女聊天，说自己还有5年的时间写作，两天前，您和我们又在讨论浙大出版社那几卷书稿……亲爱的爸爸，您没有留下一句关于家人的话，因为您坚信会战胜病魔，您的一生都在为文学事业奋斗……放心吧，尽管眼泪已经流干，但我和妈妈妹妹弟弟及家人一定会坚强，因为您永远在我们的心里。"就在11月初，我在北京香山饭店参加北京大学中国诗歌研究院、首都师范大学中国诗歌研究中心主办的一个诗歌史料与诗歌史研讨会，93岁高龄的谢冕教授几次在会上发言，充满激情也充满深情。他在谈到史料的重要性的时候，说我们不应该忘记历史，不应该忘记为新诗研究做出贡献的人们。他还说很想念新诗研究领域的一些老朋友。他点到的人中，除了古远清先生之外，都是上世纪三十年代及以前出生的，其中包括骆寒超先生。过去的时间不算太久，怎么就突然传来了骆先生去世的消息呢？实在难以让人相信！但这又是无法回避的事实。骆老师工作的浙江大学很快也发布了讣告。

我最早知道骆寒超先生是在四十年前的1984年左右。当年秋天，我在西南师范大学外语系（即现在的西南大学外国语学院）读大二，吕进老师给我们开设了"中国现代文学选读"课程。这是我最喜欢的课程之一，它为外语专业的学生了解和理解中国文学、中国文化提供了有效的路径。吕进先生多次在课堂上讲到，艾青、何其芳等诗人的作品和诗论对他的诗歌观点、诗歌研究产生了重要影响，还特别告诉大家，浙江的骆寒超先生出版了一部《艾青论》，传论结合，是了解艾青的人生与艺术之路的必读书之一。我在课后找来了这本书，读完之后收获很多。它让一个当时的诗歌小白，对诗歌和诗歌史有了更多的了解，也感受到诗歌研究的一些方法。我后来转专业读了中国新诗方面的研究生，硕士论文选的是艾青诗歌与外国诗歌的关系，不敢说完全是因为《艾青论》的影响，至少它对我是有影响的。当时，骆寒超先生好像还在浙江省文联工作，后来才到了浙江大学。1989年秋天，我外出访学，在北京拜访了诗人艾青、高瑛，谈到了骆寒超先生的书。高瑛说，他们两个关系很好，骆寒超经常到北京来玩，他的书也写得很好。

再后来，我又陆陆续续地读到骆寒超先生的多部著作和大量论文，比如《中国现代诗歌论》《新诗创作论》《二十世纪新诗综论》等，他的每部著作都很厚重，材料丰富，论证严密，观点稳妥，带给我很多收获，也引发了一些新的思考。他和陈玉兰教授撰写的《中国诗学》的第一部《诗体论》，16开本的书，像一块厚实的砖头，多达一百余万字。我有时在想，骆老师发表那么多长篇论文，出版了那么多著作，他究竟是怎么做出来的？和他接触的时间长了，我感觉他是一个非常踏实、勤奋的人，对诗歌研究情有独钟，几乎所有的精力都投入到学术研究之中。

我第一次见到骆寒超先生是在2003年11月。当时，我到温州大学参加一个学术会议，同时担任唐湜诗歌创作座谈会的点评人。骆老师在会上激情发言，他的个子很高，在讲台上站得很直，所以很显眼，加上他讲话又富有节奏感，所以印象很深。但是，他有一口浓郁的诸暨口音，听讲的人很多都很茫然，听不懂他讲的具体内容。其实，我也没有听懂多少。幸好我读过他的不少书，知道他的一些观点，所以能够勉强听懂其中的一些内容。2008年5月上旬，我和王本朝、梁笑梅两位同事到澳门大学参加"第二届当代诗学论坛暨张默作品研讨会"，又见到了屠岸、谢冕、孙玉石、吴思敬、骆寒超等前辈诗人和学者。那一次，我对着稿子认真聆听了骆寒超先生的发言，可以较好地辨别他讲的内容了。随着在会场外的交流越来越多，骆老师说话的内容大多数能够辨别出来。

骆寒超先生和中国新诗研究所有着非常密切的交往。2004年9月，由西南大学（原西南师范大学）中国诗学研究中心、中国新诗研究所主办的"首届华文诗学名家国际论坛"在重庆举行，吕进教授、骆寒超教授在会上提出了"新诗二次革命"的观点，其后在诗歌界、诗学界产生了广泛影响，虽然存在不同的看法，但他们对新诗发展的关怀却是用心用情的。那一次，我已经基本上可以听懂骆老师的发言了，还给旁边的专家担任起"翻译"来。会议结束后，几位出席论坛的专家又参加了梁笑梅的博士学位论文答辩会，他们是黄曼君、陆耀东、吕进、许世旭、骆寒超、袁忠岳。黄曼君教授担任答辩委员会主席，我也有幸忝列答辩委员会成员。那是我第一次担任博士论文答辩委员。面对当年的照片，我可以清晰地感觉到大家的认真和开心，但是，照片上的陆耀东、黄曼君、许世旭、骆寒超诸位先生已经先后离开了我们。2009年11月，骆老师又参加了第三届华文诗学名家国际论坛，由于旅途劳顿，刚到重庆不久就开始拉肚子，到学校医院去输液。我到医院去陪他，他却叫我快到会场，举办一个会议有很多杂事。幸好他的身体很好，病情也不严重，很快就恢复了。

最近一次见到骆寒超先生已经是四年多之前了。2020年11月上旬，第六届中国诗歌节在成都、重庆举行。骆寒超先生已经是86岁高龄，但他在女儿骆苡的陪同下全程参加了诗歌节的活动，而且在诗歌论坛上做了报告。在成都的宾馆见到他的时候，骆老师非常开心地和我握手，还和我拍了几张照片。这一次，我基本上能够听懂他讲话的内容了。在几天时间里，我们从成都到重庆，又再次到北碚，既看风景，又聊诗歌，非常愉快。我们漫步在缙云山的黛湖岸边，在狮子峰下感受大自然的馈赠，骆老师一路都笑眯眯的，可以感受到他的状态很好，也很开心。骆苡更是用心，随时随地陪着父亲，生怕一不小心让骆老师摔倒了。只是我在场的时候，知道我和骆老师比较熟悉，她会比较放心地把骆老师交给我，吩咐一番之后，才会短时间离开，处理一些私人的事情。我猜想，骆老师的成就和幸福与他的家庭肯定有关。我对其他人不太了解，但接触骆苡比较多，我知道，《星河》诗丛的编辑出版、《骆寒超文集》的编辑出版，都有骆苡的大量付出。骆苡曾经告诉我，她爸爸从小就喜欢诗，几十年来一直在做与诗有关的事情，她作为女儿，定然要尽力满足父亲的心愿。她还说过，现在的主要任务就是照顾父母，每天都尽量陪着他们，围着他们转，让他们过得开心。

人都会老去，最终离开这个世界。这是自然规律，谁也无法改变。骆寒超先生在大学时代就写诗、研究诗，诗歌因此成为他的终生最爱。因为诗，他在年轻的时候经历过人生的磨难，但恰好也是诗歌给他带来矢志不渝的追寻，使他把诗歌创作和研究作为终生的事业。可以说，他是几十年新诗发展的参与者、见证者，经历过风雨，也沐浴过阳光。骆老师的坚持和付出取得了令人敬慕的收获，他的著作影响了几代诗歌爱好者和研究者，至少我是受到过他的影响的。在多次会议上，骆老师敢于指出新诗存在的问题，提出自己的建议，我感觉说真话是他的一贯坚持，他因此而得到很多同行、晚辈的尊敬。可以说，骆老师在新诗创作和研究上的投入是全身心的，因此，几十年的辛苦探索之路，对他来说也是愉快、幸福的人生之旅。

有人很悲观地说，人死如灯灭。但是，我也听到另外的说法，其实人死之后有三次"再生"，一是基因层面的再生，就是他的后人不断繁衍；二是社会层面的再生，就是不断有人怀念他，甚至举行一些追思、研讨活动；三是精神层面的再生，就是他的成果还有人关注，影响了后来者的成长。我以为，骆寒超先生这三方面都占到了，他因此而获得了圆满的人生。我甚至在想，即使到了另外一个世界，骆寒超先生也一定是一个充满自信与自豪的形象，因为他是带着人间的幸福和诗意去到天堂的，他可以继续在那里讲授他热爱的诗歌。

2025年3月13日，完稿于重庆之北

作者简介 | 蒋登科，文学博士，中国作家协会会员，西南大学中国新诗研究所教授、博士生导师，兼任重庆市作家协会副主席、中国诗歌学会常务理事等。曾担任西南大学中国新诗研究所所长、期刊社副社长、出版社副社长，出版诗学著作多种，承担国家社科基金项目等多项。

智者乐，仁者寿
——怀念骆寒超先生

• 关长龙 •

收到冰冰微信转告先生驾鹤远游时，我正走在新州南天寺后山报恩钟附近，是时熏风丽日，山寺空明，怆然眺望长天，默默良久，念先生或亦神游至此，惜别依依……

及今七七已过，先生自当往归得所，再参造化了。

昔蒙业师郭在贻先生举荐，得先生接引入职，迄今已有三十六年。其间登堂入室，接闻謦欬之富，虽先生亲弟子盖亦不能过也。故术业虽异，而得益于先生者仍多，其厕于私淑弟子之列，或亦宜也！

顾忆旧影千重，姑略检三事志此，以谏先生。

一、初识"意象"

1989年，从毕业答辩后到就职开学前的一段时间里，我曾数次陪先生到武林广场看望学生，也便开始获得了先生有关学术的一些开示。其后接触到先生正在写作的《新诗创作论》，模糊记得有一处关于艾青诗歌中土地诗句的解读，先生认为田垄的起伏与波浪意象一样，皆象征着生命的律动。这让我感到很有些"震惊"，因为此前偶或接触的一些现代诗，总觉得是一些散乱句子的随意堆砌，全无古体诗的"客观"规则，至少对于我，从那时起算是有了一个关于现代诗的"内在"审视标准。

有关意象解读在先生诸多的古体诗论中表达尤多，比如他在《论〈春江花月夜〉的原型象征世界》中提到："海作为一个原型是象征永恒的生命之母，又是与诞生、繁衍联系在一起的生命本原，而江则象征生命周期的过渡阶段。"如此等等，真的让我在阅读原文时会产生一种自我"赞育"的生命感觉。先生还有意把传统的意象理解与西方的原型理论相贯通，从而探索一种文学生命理解的普适理论，其有关意象类型"神会宇宙人生"的说法，更显示出先生对心性原型追问的洞幽烛微，让我致意再三。这些都对我的学术成长产生了深远的影响。

按照我的理解，"意"作为个体生命主宰——性体的介质，它以"象"的形态呈现表达，从而与对境（包括自然、社会）交流而实现主体的生命流动——赞育天地，这也正是生命的意义所在。中国历史悠久，其意象内容甚为丰富，这不仅呈现在文学艺术中，更渗透在人们的日常生活中，尤其是在体系性的礼仪生活中，从衣食住行、节日礼器到生长婚丧祭等等。即物穷理，如表达父母心愿的百岁锁、送给情人的鸳鸯荷包、象征衔接过渡的饺子、象征星星的汤圆，乃至诞礼抓周的睟盘象喻、丧礼饭含的蝉蜕之思、祭礼降神的香酒致意，等等，总能让人心驰神往。可惜自上个世纪西风东渐以后，传统的生活方式被冲击得七零八落，有待重新整合，而"意象"体系的建构或许可以成为这一整合的内在"标准"。这应该也是我后来对礼学研究产生兴趣的初始因缘。

二、闲证"飞碟"

1995年前后，我开设了一门"中国神话"通识课，所以与先生的聚聊便常常会涉及一些相关的话题。某次谈及现代神话中有关"地外生命假说"时，提到飞碟现象，先生大感兴趣，并为我讲述一个亲证故事，因为难得，所以当时有忆录文字，虽不能拟契先生原话，但当略存故事大貌：

在我20岁那年(1954年)，阴历12月28日，寒假时由南京回诸暨，下船后寄宿一民家，第二天凌晨赶路，沿河畔行走，当时距家约十公里不到，右河左野，晨雾弥漫，心情大好，忽见对岸有光，若人所持的手电筒，隐约移动靠近河上，我就急呼前面是河，不能过来，然后看见光芒越来越亮，且有轻微的机器轰鸣声，遂生惶恐，即俛首蹲地，渐觉热风袭来，鸣声、光亮亦巨，侧目河面，见有两屋大小的飞碟，更加惶然不敢仰视，不知移时多久，乃觉声亮渐隐，举首视之，见飞碟已过河岸，在我的前方渐行渐隐。

这与苏轼《游金山寺》及沈括《梦溪笔谈》中所见的"飞碟"观感相近，其更早的记载可推至西晋张华《博物志》中的海渚人乘槎游天河故事。其后文献渐繁，载述益多，至今研究著作也不少，但皆不能著实其论，要之荣格的说法最具生命意义：他认为飞碟是一个类似曼陀罗的符号，在人们情绪紧张时会在无意识中被激发出来，从而成为自我的灵性"保护圈"。如果我们逆推其理，则自我的潜意识里是具有"灵性"的（荣格认为个体所蕴藏的集体无意识就是通常意义上的神），那些灵觉天赋更强的人可以自我激发并有所体验，这与宗教里所谓的"顿悟"或许也有着某种觉证上的相似性。

我常常在想，如果说人是万物灵长，那万物的奇迹也应该蕴育在每个个体的生命中。如果我们把人类史上的所有生命奇迹都赋予到一个理想人格上，那这个人不就是我们通常所谓的无所不能的"上帝"吗？其显现于世间，就是圣人、仙人乃至于佛，我们每个族群都有一个这样的"唯一神"，他引领并赋予每个独立的个体以生命意义。作为个体，我们只要念念不忘，必有回响！

三、终闻"梦幻"

2024年11月17日晨我忽得一梦，依稀身处某办公楼中（具体楼层不能确定），见先生瘦弱的身形拾阶而上，忽摔倒阶前，遂前扶坐于厅中茶几侧一小凳上，先生示教殷殷，而所言已不能记矣。寤后遂约见先生，承冰冰告知先生亦正有此意。次日上午得侍左右，时先生言语稍有含糊，我以写字板复述交谈，唯觉先生思路清晰，气象弘远，移时乃去，不意竟成永诀。略记所示二端：

其一，先生谓前时有些似梦非梦的"中邪"之感，觉醒后就生病住院了，期间有几个梦境印象深刻：

1、乘火车至西藏日喀则，有军区政委接待。

2、乘火车由山东济南至北京参加颁奖仪式，但又似前往西藏领奖。

3、乘火车由山东至海南开会，见有晚辈学生拜访，但自己衣衫不整，甚难为情，故拒见之。

其二，先生谈到自己对宗教和哲学有一些感想，认为宗教也要有待于哲学思考的推动。希望能在建立宇宙秩序、太阳系秩序、绿色地球秩序方面做出些实际的工作。并具体提到可以通过募捐建立一所"香港文哲学院",对标"麻省理工学院",成为文理双星。以此推动理想秩序的建构。

先生平生没有去过西藏,后二梦境中的事件应该也没有发生过。按传统解梦多以火车象征身体,而目的地代表愿望,如西藏之珠峰、山东之泰山、海南之天涯的象征所示,故当时我以为先生有古圣"三不朽"(立德、立功、立言)之志,且"火车"没有"意外发生",而先生的系列出版计划也在写作中,遂未作他想。今日思之,盖如业师郭在贻先生临终前有未竟的"敦煌三书"之志,是亦天道之应然。龚自珍《己亥杂诗》中已揭其理:"未济终焉心缥缈,百事翻从缺陷好。吟到夕阳山外山,古今谁免余情绕?"

先生于1935年出生在浙江诸暨,1957年毕业于南京大学中文系,1984年任浙江省文联文艺理论研究室主任,1988年调任浙江大学中文系主任。1996年退休,其后主编大型诗丛《星河》,直至逝世,享年90岁。先生著述甚丰,为学主张大胆创新,直面现实。谓诗歌有纵横之维(纵为主体——现实时空——宇宙时空,横为语言——意象——象征),研究当纵横并重,乃得其全。

先生于后学,道其善不绝口。我之每生异想,亦皆能得先生接引鼓励,故或耽于神话玄想、心性超越,而常驰思于天地之外。惜因术业所限,于先生学术精微处不能得其肯綮,今唯略述所知,以为先生斯世相伴之纪念。

作者简介 | 关长龙,笔名关童。1964年生,史学博士,2005—2006年度哈佛燕京学社访问学者。浙江大学古籍研究所教授,浙江大学马一浮书院、浙江大学汉语史研究中心兼任教授。

著有《两宋道学命运的历史考察》(2001)、《中国学术史述论》(2004)、《敦煌经部文献合集》(合著,主撰韵书之属,2008)、《敦煌本堪舆文书研究》(2013)、《敦煌本数术文献辑校》(2019)、《爰止国学丛稿》(2019)、《礼学文献八讲》(2023)等。

追忆骆寒超老师

• 法籍华裔诗人 张如凌 •

2024年12月24日圣诞之夜,我按照西方文化习惯从法国向骆寒超老师的长女骆苡发去了问候:"遥祝妹妹全家圣诞平安快乐!不知骆老师近来身体状况如何?我过了年来杭州看望他老人家。"骆苡带着未知的伤感和希望回复我说:"父亲近况不好,但期盼他一定能度过明年3月的90大寿。"我便相信骆老师定能熬过最艰难的时刻,就像他一生经历的无数磨难和坎坷一样,一定会云开雾散,看到光明,走向开满鲜花的春天。可是这一次,他却没有闯过生命的最后一关,于12月28日凌晨永远地离去了。留在身后的,是无论顺境逆境都与他相濡以沫的妻子,是事必躬亲照护他的三个子女和儿孙们,还有许许多多敬仰爱戴他的文学和诗歌界的诗人和朋友。这一次,骆老师真的累了,他合上曾闪烁着才思的双眼,静静地去了他向往的宇宙天堂!

由于事出突然,我无法安排亲自前往参加追悼仪式,故29日连夜写悼文给骆师母以寄托哀思。经过一段时间平复心情后,今日终于能重拾思绪,写下这篇追忆文章。回顾与骆老师交往的点点滴滴,仍悲痛不已,泪盈于睫,悔恨自责未能再与骆老师开怀畅谈诗歌和宇宙;更遗憾未能向他老人家作最后的告别。

初识骆老师,是在2014年受诗人白桦老师的引荐。白桦老师一直敦促我要回归写诗,为我当时新出版的《中国红》《法国蓝》诗歌合集作了序,并将我的数首诗歌推荐给了骆老师主编的《星河》诗丛。骆老师事后评价"它们显得热烈、真诚,闪烁着单纯美的洁光……",还特地为此写信鼓励我:"如凌诗友:读你的诗,惊叹于灵魂的博大与深邃……望你继续努力写诗。我深信你会成功的——正像你在'凝固的诗'创造中已获得的成功那样!"(此处他意指知道我参与祖国重大建筑项目的成功。)骆老师是中国当代诗歌理论的权威,可他对于一个素昧平生的后辈,却如此的亲切温暖,令我极为感动和敬佩!

之后我的诗歌有幸多次刊发在《星河》,与骆老师及其家人也渐渐熟识。他总是用带着浙江口音的普通话亲切地唤我去做客,还邀我和诗友同好们去浙江诸暨采风,让我这个离开祖国多年的游子,一次又一次地感受到如同家人般的热忱和关爱。诸暨采风返法后,那份挥之不去的真情促动我创作了献给诸暨和骆老师的诗《远古的呼唤》。2019年12月,在杭州纯真年代书吧,朱锦绣老师为我举办了诗歌分享会,当时84岁高龄的骆老师步行上宝石山,在会上点评我诗歌创作的特点时说:"如凌有两种身份,两条根,一条是法兰西的根,一条是中华的根,这构成了她文化性格的一个特点,也就是她乡愁的复调性。这种复调性使如凌完成了一个灵魂深处的追求,也就是中西方文化的高度交融。所以我从她的诗歌中感受到,不是一般意义上的乡愁,而更多的是生命之愁。"接着他特意以《远古的呼唤》为例进行赏析:"(这首诗)实际上是两条根的交叉,正是这种乡愁的复调性,导致了她灵魂深处的复杂的情感表现和诗歌艺术的体现……用地球的相对时空印证宇宙绝对时空的永恒，那种乡愁的感受，那种中西方交融的人类情感的大同，都在这首诗中体现出来。所以我说，这是一首表现人类大同情感的、壮阔的、富有宇宙意识的抒情诗。"骆老师专业精深的点评将整场分享会推向了高潮，令那个初冬微寒、书香氤氲的午后显得格外珍贵。

多年相交，我一再深深感慨，骆老师是一个多么谦和乐观的前辈，他拥有一个多么友爱和谐的家庭！我知道骆老师因为《艾青论》在诗歌理论界崭露头角，但也因为研究艾青而遭致人生的重大挫折，二十余年蛰伏在偏远的乡村中学教书、在海边艰辛地劳作。但即使身处动荡的年代，他依然在潜心诗歌研究、翻译诗歌，从不因为受到屈辱和不公而放慢追求理想的脚步。艾青的长诗《向太阳》描绘在苦难中追求光明，我相信，骆老师也一定从中汲取到巨大的力量，一遍又一遍地坚定自己对未来的信心。而他的家人，则更是支撑着他的精神支柱，陪伴他度过困苦的岁月，为他带来欢馨和慰藉。同时，骆老师精研学问的治学态度和对诗歌的热爱也深刻地影响着家人们，引领他们在文学艺术的道路上不断探索。

骆老师也是我在诗歌创作道路上的良师益友和忘年交。回想2016年春，我与骆老师在西子湖边品茶谈诗，我请他为我的一些新诗作提提意见。他认真研读每一首诗歌，给予了许多宝贵的意见和建议，后来这些诗作被收录在我的第三本个人诗集《红蓝如凌》中，骆老师还为之精心撰写了长长的序言。作为这本诗集的第一个读者，他读懂了我对"世界的深情"和海外游子"自我精神的追逐"，也赞许我"寻求一条立足于实际生活触发而作由外而内抒情的路子"，并鼓励我"对知性、对拟想的奇特、对意象变形象征、对荒诞表现、对语言的张力追求等"做出尝试。"热烈而清远，冷艳而鲜亮"，骆老师是如此准确地从诗歌中体会到我真挚的心声，他的知遇之恩，他对我的鼓励与期待，不断激励着我前行。两年前，我出任"翰林诗歌院"这一新兴诗歌研究机构的法方院长，想邀请骆老师担任顾问委员会的顾问，还想在之后的交流活动中邀请他访问法国，但骆苡告知他胃不好在治疗中，遂想以后再议，未料这个念想却成为我永远的遗憾！

骆老师治学严谨、著作等身，是深受爱戴的学者。他永远是那样孜孜不倦、笔耕不辍，忙碌地著书。在我有幸获赠他在人民文学出版社出版的十二卷巨著《骆寒超诗学文集》后不久，他又于2017年在上海人民出版社出版了《骆寒超诗论选集》。这部二卷本的集子是骆老师为自己从事文学活动六十周年而特意编选的，分诗学研究与新诗创作两大部分，其中诗学研究部分包括"新诗史论""诗人专论""诗艺求索""古典新探"四辑，是他探求新诗诗体内在规律的实验之作。卷中有12篇论文和40首新诗近50万字，全是之前从未入集过的全新内容。这百万字的皇皇巨作，凝聚了骆老师多少的心血，他对于诗歌评论和诗歌理论构建的热情和专注令我钦佩！

许多时候，我们总把骆老师与艾青、与诗歌评论和诗学理论研究联系在一起，却忘了他也是一名勤奋的诗人。他从十几岁就开始写诗，在年近九十时还迎来了人生中一部重要的个人诗集——《心灵的牧歌》。这本诗集由他的两位女儿骆苡和骆蔓协助编选并撰写序言，集结了骆老师一生的诗歌创作。在我看来，两位女儿是此书序言最为合适的撰写者，因为她俩受父亲的影响都走上了文学创作的道路,又长期协助处理诗歌创作和研究等事务,最为熟悉骆老师的经历和思想、文风和偏好。当我刚翻看诗集,就被四卷命名所吸引:《白茸草》《燕呢谷》《鹧鸪天》《星沙滩》,带着自然的回响,又闪烁着人文主义精神的光芒,像极了骆老师纯良朴实的本心,正如序言中所写,"至高层次的艺术真实是心灵的真实,只有将生活升华为心灵的感受,才是至美的"。我阅读此中诗句,从青年时期的向往和幻梦到耄耋之年对生命和宇宙的哲理性思考,彷佛看到他在诗歌创作这条天涯路上奋力前行的身影。

以一部个人诗集作为自己宏阔人生的缩影,对于诗人而言,或许是一种最理想的告别方式。虽然骆老师的逝世,带给家人和亲朋好友无尽的伤悲,但当我们想到,他这起起伏伏的一生始终有家人不离不弃地温暖相伴,有诗歌作为精神的家园,相信骆老师一定对他自己精彩的人生感到满足而自豪! 如今,骆老师虽已驾鹤西去,但他的音容笑貌,他的智慧与热情,将永远镌刻在我们心中,鼓励我们在文学的道路上继续探索与前行。在本文的最后,我想引用骆寒超老师的诗作《幻化》中的节选,在他描绘的人间清欢和寂寥中,向他郑重地道别:

我将消融于这一片大地

山岳和丛林,白云飘逸
炊烟轻笼着帘外的竹篱
村女的井边浮满燕呢
呵,无意有味,杨花迷离
三弦琴弹不完时间的寥寂
……

骆老师,愿您永归安宁!

2025年2月19日于巴黎

作者简介 | 张如凌,法籍华裔诗人,毕业于南京师范大学中文系,后赴美国斯坦福大学和法国巴黎大学攻读比较文学博士。受聘担任复旦大学及母校南京师范大学客座教授。她的诗歌曾入选《中国海外作家辞典》和《20世纪华夏女性文学经典文库》等文集,并多次登载于《上海文学》《上海诗人》《星河》诗刊等专业文学书刊以及法国的书刊。

自1997年首部个人诗集《中国红》问世后,张如凌迄今已在中法两国出版《法国蓝》《中国红》(2013)、《灵魂的门,虚掩着》(2019)、《放逐的灵魂》(2021)和《寒夜的幻想》(2022)等八部双语诗集。

她曾作为建筑艺术顾问参与多个中国大型项目,如北京国家大剧院、上海浦东国际机场、上海大剧院、上海东方艺术中心和广州体育馆等。在2003—2005年中法文化年期间,参与组织并策划了许多大型活动。为表彰她的卓越贡献,2002年法国政府授予她法国国家功勋骑士勋章,并于2013年再次授予她法国国家功勋军官勋章。

2022年张如凌被图卢兹诗歌学院(Academie des Jeux Floraux)任命为首位华裔终身院士。

骆寒超：浙江诗歌界的良师益友

• 郑晓林 •

在2024年的最后几天，天气异常地寒冷，我们送别了著名诗歌评论家、浙江大学中文系原主任骆寒超教授。

在骆先生追悼会的前一天，我放弃了手头所做的一切事务，想方设法从外地赶回了杭州，来到杭州殡仪馆骆先生的灵堂前，为他做最后的守灵；与骆家姐弟一起商量确定第二天葬仪的流程方案，并细化了几乎每一个细节；直到半夜三点，还审定了发过来的有关文字材料。我在卖力地做着这一切的时候，总觉得骆先生在天上看着我。

2010年4月，人民文学出版社十二卷本的《骆寒超诗学文集》首发式在杭州华北饭店隆重举行。事前，骆先生嘱女儿骆苡专门来到我的办公室，希望由我来主持首发式的工作，我当然满口答应，以极大的热情投入了这项工作。后来，首发式取得了圆满成功，屠岸、谢冕等老先生百忙之中专门前来研讨，给予骆先生以高度评价；黄纪云等骆先生的一众弟子全力支持。这次首发式高朋满座，照顾周全；议程紧凑，紧张有序；来往繁多，忙而不乱。骆先生事后十分满意，以后凡是有什么大事，总会想到要听听我的意见和建议，我也乐意为他老人家出谋划策，做一点具体的工作和杂务。所以，当我漏夜还在为骆先生的追悼会忙碌时，我只想到的是：这是为骆先生最后尽一份心意了！

为骆先生尽自己的心意，我是十分乐意的，因为我从内心深处非常敬佩他。

1957年夏天，年仅22岁、还在南京大学念中文系的骆寒超，完成了11万字的毕业论文《艾青论》，可惜还没有等到答辩，艾青就遭受冤屈，处在毕业分配关键时刻的骆寒超也因此受到牵连，分配到温州近郊的一所乡村学校永强中学，开始了漫长的教书生涯。在被打成"右派"的二十二年里，他在乡村中学教书，在海边劳作，在草地放牛，受到许多不公正的对待。

骆寒超在成为"右派"的二十三年后，即1980年才第一次见到了艾青。我曾经问过骆先生，你为一个你不认识的人，吃了那么多的苦头，还连带着妻子和子女一起受苦，后悔过吗？他说，"我从来没有后悔过！我第一次读到艾青的诗，大概是1951年还在杭州高级中学念书的时候。那首诗叫《雪落在中国的土地上》。对于艾青是什么人呢？我不晓得。我只是看他的诗充满着对劳动人民的热爱，充满着追求真理的精神，我就深深地爱上他了"。这是多么单纯、纯洁的一个人啊！

我曾经陪同骆先生一起参加过在金华举办的纪念艾青的文学活动，也曾经多次拜访艾青夫人高瑛女士，当然，更多的是阅读他们两人的作品，我强烈地感到，在艾青和骆寒超身上，都有一样的追求自由和真理的精神，都有一样的爱戴人民和自然的情怀，都有一样的纯洁无瑕的心灵，都有一样的不献媚不溜须的风骨。这些精神气质，在当下更加显得是那么的难能可贵，所以我非常地敬重他们！

2006年12月,浙江省作家协会照例举办三年一度的优秀文学作品奖,这次评选的是2003至2005年度里出版的优秀文学作品,在评选优秀诗歌作品的终评阶段,终评委骆寒超提出,怎么没有老诗人岑崎的《岑崎诗集》?那是2003年6月出版的作品,符合评选年限,是质量不够,初评没有评出来,还是其他原因?评委会办公室工作人员第一时间汇报到我这里,我们马上进行了解,原来是老诗人没有提交作品的缘故。骆先生听闻后说,请把这部诗集拿来,与目前所评的诗集作一个比较,如果不如已经初评出来的诗集,那就算了;如果好过其他作品,我们不能有遗珠之憾!

对此,评委会里也有不同的声音,有评委说,既然本人没有提交,而且初评委已经评过了,如果这时候再多此一举,会有违公平。这时候我看到骆先生非常着急,他似乎一下子找不出什么反驳的理由,已经是冬天了,他的额头上竟沁出了亮亮的汗水。这时,我援引了评选条例中的一条,大意是:如果评选出现未曾预料的情况,可以由终评委两位委员提议,全体委员表决,赞同数超过三分之二的,视为决议。于是,骆寒超和另外一位终评委龙彼德提议,先投票表决将《岑崎诗集》拿来,请全体诗歌终评委阅读,至于是否入选,待进行第二次投票表决再说。这一符合评选条例的安排,当然得到众多终评委的一致赞成。

诗歌终评委的工作因此暂时停下,工作人员立即开车直奔岑崎老人家里,取来了《岑崎诗集》。这部集老诗人几十年心血的诗集,收录了500首汉式十四行诗和6首长诗,其中长诗《朱自清之歌》与《雪峰之歌》入选了《二十世纪中国新诗选》与《新中国五十年诗选》,其优秀的诗歌品质得到了全体终评委一致赞扬,第二次投票表决结果,该书以全票当选,并列为获奖诗歌的第一名。这件事情的前前后后,让我看到了骆先生对同行的那种热忱和仗义,也看到了他对艺术的无比尊重和执着。

骆先生不仅对老诗人的成就充分肯定,对年轻一代诗人的成长也是关心备至。

有段时间,我们浙江省作家协会一直关注着"野外诗社",这个由几位默默无名年轻诗人结成的民间诗歌群体,在国内著名的《诗歌月刊》《星星诗刊》等文学刊物上,都推出过"野外诗人专辑"。2009年9月,浙江省作协资助的《野外诗选》由浙江文艺出版社出版,这是"野外诗社"和《野外》诗刊创建7年以来第一个公开出版的选本,也是2009年度"浙江青年作家创作文库"中唯一的诗歌选本。当我和骆先生谈及"野外诗社"时,他很谦虚地表示并不是非常了解,倒是谈起了梁晓明和他创办的《北回归线》诗刊。他是一位很开放、很能接受新潮诗人的评论家,在言谈中,非常欣赏"北回归线"诗人的先锋性和实验性,对他们超现实主义的一些表达,也是以一种赞许的口吻进行了点评。我们后来有好几次聚会,诗人余刚都参加了,骆先生还多次询问最近是否有什么作品,鼓励余刚按照自己的风格继续把诗歌写下去。当然这些都是后话了。

于是,我就把"野外诗社"的一些基本情况向骆先生作了汇报,又把《野外诗选》送与骆先生指正,他马上拿起书细细地读了起来,很久之后,放下书,一字一句地说,这些年轻的诗人很有想法,也有灵性,还有闯劲,假以时日,一定会有出色的表现。仅仅过了三年,2012年,《野外七人诗选》就由湖北长江文艺出版社出版发行了。

骆先生对新一代浙江诗人的扶持是不遗余

力的。最典型的是对诗人黄纪云的关心和爱护，用黄记云本人的话来说，就如同"精神父亲一般"地存在。2011年底，黄记云在人民文学出版社出版了诗集《岁月名章》，骆先生就像是自己出版了诗集一样的高兴，看到我就对我说，"这部诗集，你值得去写一篇评论"。这部诗集我看了，觉得真心值得写一写，无奈当时工作繁忙，杂事较多，一下子静不下心来写评论，骆先生看到我一次，就问我一次"评论写好了没有"，每每这个时候，我都替黄记云感到温暖无比。我最后写就了评论《岁月苍凉写名章》一文，骆先生看了之后，又对我褒奖有加，刊登在了《星河》(2013年春季卷)上。从这件事情可以看出，骆先生对晚辈诗人的那份拳拳之心，是直率而丰厚的。

其实，骆先生对浙江另外一位重要诗人陈灿的关心，也值得一说。2011年9月，解放军文艺出版社出版发行了陈灿的诗集《抚摸远去的声音》，又是骆先生，兴致勃勃地向我推荐了这部诗集。无独有偶，原中国作协党组书记、副主席金炳华同志来浙江视察指导工作，也对这部诗集有较好的评价，于是浙江省作协专门召开了陈灿诗歌的研讨会，比较系统全面地分析了陈灿诗歌的创作成就，对诗人的后续创作有了一个比较大的推动。

骆先生对当时还在金华工作的诗人陈人杰，也多有褒奖，对他的诗集《回家》，认为感情真挚，目光下沉，创作主体的情感始终投射在现实存在的底层，诗人独特的视角，对都市文明作了深刻的注解；并且认为，诗人的上升势头强劲，只要有好的题材，一定能够达到一个创作高度。果不其然，已经援藏工作十年的陈人杰，在2022年8月，终于以诗集《山海间》荣获了第八届鲁迅文学奖诗歌奖，他本人目前也是西藏文学与诗歌创作令人瞩目的中坚力量。

骆寒超先生晚年，曾用了大量的时间和精力，主编了一本大型诗丛《星河》，作为《星河》的灵魂人物，我们知道他在确立杂志的风格，确定每期的主题，遴选优秀的作品，团结各路的诗友中发挥着无可替代的作用，但据我所知，骆先生在具体事务中也是呕心沥血的。有一年夏天，我去《星河》编辑部商量一些事情，编辑部租赁了浙江大学西溪校区里的一排平房，房间里的空调估计已经很有年头了，除了发出一些声响之外，并不怎么制冷，我到那里时，意外地发现骆先生正穿着一件汗背心，挥汗如雨地埋头审稿，我马上说，骆老师啊，这么热的天气，你还来干什么呀？要审稿，也就在家里审吧！骆先生微微笑了笑说，在家里摊不开来啊，要找一些材料也不方便，反正习惯了，没事没事。没有什么豪言壮语，但对诗友的那份责任和重视，都默默地挥洒在了汗水里。

骆寒超先生也是旅法女诗人张如凌在诗歌创作道路上的一位良师。十多年前，经白桦老师的引荐，张如凌结识了骆寒超先生，并向《星河》投稿，骆先生在百忙中回信道："如凌诗友：读你的诗，惊叹于灵魂的博大与深邃……望你继续努力写诗。我深信你会成功——正像你在'凝固的诗'创造中已获得的成功那样！"骆先生所说的"凝固的诗"，指的是张如凌女士作为建筑艺术文化的创意专家，加入了法国建造师保罗·安德鲁的设计团队，参与建造了中国国家大剧院、浦东国际机场一期、上海东方艺术中心和广州体育馆等中国著名的地标建筑。

之后，骆先生又在张如凌的诗集《红蓝如凌》的创作过程中，提供了许多宝贵意见，还为该诗集撰写了序言，以"热烈而清远，冷艳而鲜亮"，准确地从诗歌中体会到女诗人真挚的心声。2017年4月，骆先生以极大的热情，撰写了长篇评论《张如凌论》，这篇评论洋洋洒洒有五万多字，从张如凌的人生际遇出发，先是探究了女诗人建筑成就里的诗歌基因；再是分析了女诗人对于故土中国的乡愁和对于新地法国的热爱，具有一种二元对立又双向交流的抒情逻辑；由此，来阐述女诗人诗歌里宽大悠远的历史幅度、东西方文明的多重视野，以及诗中创造性的词语构筑。这是骆先生晚年"诗人论"里面非常重要的一篇文章，值得重视。

在这篇评论文章发表之前，骆先生曾经给我看了初稿，征求我的意见。当时我特别注意到，整篇文章厚厚叠叠有100多页稿纸，上面都是骆先生亲手写的文字，那些文字因为手抖，而变得歪歪扭扭，有些笔画渗了开来，不知是茶水还是汗水的缘故，但有些肯定是中药药汁不小心滴上去的缘故，看着这些稿纸，我的眼前叠化的是一位老人灯前伏案、奋笔疾书的镜头！对一位八十多岁高龄的学者而言，时间是他最稀缺的资源，但骆先生愿意在张如凌的创作上倾注如此大的心血，这是对晚辈诗人多么大的爱护，是对诗人多么宝贵的馈赠啊！所以张如凌深情地说，骆先生"他的知遇之恩，他的鼓励与期待，至今仍激励着我不断前行"。现在的张如凌已经成为法国图卢兹诗歌学院（Académie des Jeux floraux）的终身院士、翰林诗歌院法方院长，由此可见，骆寒超先生确实慧眼识珠。

骆寒超先生离开我们将近六十天了，但我觉得他始终没有离开我们，他的音容笑貌时时浮现在我的眼前，能够和他成为忘年交，我何其有幸；能够和他生活在同一个时代，浙江诗人何其有幸！

2025年2月24日

作者简介 | 郑晓林，原浙江省作协党组副书记、秘书长，浙江省文联二级巡视员，中国作家协会会员，中国文艺评论家协会会员、首届理事。

谆谆如父语，殷殷似友亲
——怀念骆寒超老师

• 费一飞 •

我与骆寒超老师完全是因诗歌而结缘。2019年，我结束了在北京的工作返回故乡杭州，终于告别了长达四十年走南闯北的职业生涯，开始另一种有更多自己时间的生活，重新回归诗歌创作。那时骆老师还兼着《星河》诗丛的主编，在当年的冬季卷发了我回到南方后的第一组诗《熟悉的风吹在脸上》，也因此认识了这位在中国诗坛辛勤耕耘一生的前辈。

作为一名晚到者，在后来几年的相处相伴中，骆老师的指教和鼓励给了我极大的帮助，让我受益匪浅，终身难忘。

2020年，我的第一本诗集《我的河》在经历了许多艰难的努力之后，即将交付出版。记得那是一个春夏之交的下午，我怀着忐忑不安的心情，把骆老师从浙江大学玉泉校区接出来，请到附近的杭州植物园喝一杯清茶，跟他讲讲我作为一个长期远离家乡追赶生活的人写这本诗集的初衷和心得，请他给予指导，更希望他给我写一篇序，好为这些粗浅笨拙的文字增加一点底气。我心里的不安，既有羞于拙作肤浅，恐怕经不起一位资深诗学家审视的惶恐，也因为他那时确实很忙，手头有许多事在做。对已经进入高龄的人来说时间和精力都非常宝贵，我提出这个要求也许太高了，心里没把握，不知他能否应允。

就在那个炎热的夏天，他竟放下手头的工作，认真阅读了我的初稿，光摘录和资料准备就写了八大张纸，写出了《〈我的河〉序》。更让我没有想到的是，他给予了我很高的评价，他写道：

他还是个初来者，但我得说这位初来者为中国新诗正在寻求着一条新的探索之路，值得珍视。

我看好的正是这条新路：不奇，也不故作宏大；不扭捏作态，也不高言大语，却能于极其平凡的生活中发现不凡的哲理意蕴，让相对时空叠印在绝对时空中，去感受，去概括，去抒唱。

因此属于这些诗的是平实中见深邃，平淡中见新巧，平稳中见激荡。从这里，可见作者机敏的构思，活跃的联想。

我知道这些话有过奖的成分，但作为一种鼓励，确实让我增强了信心，也受到了一次巨大的鞭策，成为我后来努力学习、勤奋写作的动力。

他是一个热情开朗、热爱生活的人，特别难忘和他在一起的那些时光。我曾陪他回到诸暨枫桥老家故地重游，他小时候住过的老房子、上过学的校址还在，还有人惊喜地认出了他，跟他说起曾经的往事，他是那么的激动和怀念。我还多次有意让他放松一下，陪他到运河边看船，到钱塘江观景，到植物园赏梅，在这些难得的轻松时刻，他会把在四处忙碌的家人也一起叫来，跟大家讲述这座城市的历史变迁,以及今天的生活如何来之不易。他是一个受过冤屈、吃过苦的人。但同时也是一个靠自己的努力一步步攀上高峰的人。他不曾被命运击倒,始终对生命和生活充满了向往和感激,这种激情和爱意既反映在他的作品里,也洋溢在日常之中。现在想起来,他的音容笑貌仿佛依然还在眼前。

他还多次来我家里做客。去年5月11日,他的诗集《心灵的牧歌》刚出版,竟在第一时间亲自送上门来。而且还跟我说后续还有精装本出版,到时候再送我一本。

他在扉页上谦虚并热情洋溢地写道：

一飞诗友留念并批评。
诗是开花的生命树
让我们都来开花——
在五月的缤纷时代

骆寒超

他在这本诗集里收集了各时期的代表作324首,被他视作一生创作之大集。那天他给我讲了许多诗歌创作的主张,他说,诗歌创作的一切来源是生活,无论面临怎样的境遇,只有将真实的生活提升为真实的心灵感受,才能写出至真至美的诗篇。确实是这样,他的这本诗集,有的喷发于被关牛棚的至暗时刻,有的抒情于亲近自然和人间的美好瞬间,都是来自于他切身体验的强烈激情,给我印象深刻。

但后来他就生病了,反复几次地住医院、换医院、出医院,来回地折腾。我去医院看过他几次,他跟我说是胃病,但他不完全知道其实是肿瘤的问题。他似乎并不在意自己的病情,我每次去,都会问我最近的写作情况,又有哪些新的作品,一遍遍地鼓励我坚持自己的风格,多读多写,争取每年都有新的进步。就在病重期间,他还念念不忘自己的写作计划,说出院后一定要把耽搁的时间抢回来,抓紧完成《中国新诗史论》《百年新诗个案论》《艾青年谱》等几部大著最后的写作。

我一直相信他是一个能创造奇迹的人,事实上他也顽强地一次次度过了难关,回到了家里,回到了书桌旁。

我再次去医院看他,已经是从重症病房转入到康复病房,情况似乎有所好转,但还不能正常吞咽,还插着气管、胃管、尿管。他坚持着坐起身来,依然关心我的写作情况,再一次嘱咐我要多写一点,还说:将来我会把你写进书里。

原以为他会像前几次那样在医院里住一段时间后,慢慢恢复,回到他的讲台和书桌前,继续耕耘他钟爱的诗学和诗篇。但这一次奇迹没有发生——

这是一个阴霾的下午,我接到他女儿骆苡发来的讣告:慈父骆寒超,于2024年12月28日因病逝世!

骆苡在电话里泣告:费兄,世界上没有爸爸这个人了……

一切来得这么突然,让人不敢相信这次他真的离去了。没想到一个月前的最后一面竟是永诀。

一颗火热的诗心停止了跳动,一支不懈追求的笔停止了跋涉,一部原计划六卷的《百年新诗个案论》停在了第五卷第二百五十万个字上。他还有那么多的事情没有做完,他是多么留恋这个世界,留恋他倾注了一生心血的诗稿和诗论。尽管他已九十岁高龄,但还是走得太匆忙了。

近日,我的第三本诗集已定稿,并有部分作品被翻译成了英语、德语、法语、荷兰语、意大利语等,开始走出国门。掩卷长思,骆老师的身影又一次浮现在眼前,他的教诲,他的鼓励,他的榜样,永远留在了我心里。此刻怀念骆老师,不禁想起唐代诗人刘商的一首诗:

玉壶存冰心,朱笔写师魂。
谆谆如父语,殷殷似友亲。
轻盈数行字,浓抹一生人。

寄望后来者,成功报师尊。

作者简介 | 费一飞,杭州市人。早年应征入伍,曾任空军某部军训部门负责人,中校军衔。军队转业后进入金融保险业,历任阳光人寿保险公司总裁、阳光财产保险公司总裁。中国诗歌学会会员,浙江省作家协会会员,作品刊发各报刊、网络平台、选本,出版诗集、散文集、纪实文学多部,部分作品译刊多国文字,获第七届中国当代诗歌奖诗集奖等。

在岁末的薄阴中送别骆寒超先生

· 子 张 ·

一

2024年12月30日一早,乘三号线地铁赶赴西溪路上的杭州市殡仪馆,参加前辈学者、诗人骆寒超先生的告别仪式。这一年中,我认识的八十岁以上的老人走了四位,骆老是四位老人中年纪最大的,再过两个月就整九十岁了。

岁末的天空呈现出灰白色的薄阴,早晨的殡仪馆大院里一片宁静,十几位身穿工作服的工作人员也刚刚走进大门。我远远看到追远厅门楣上"深切缅怀骆寒超教授"的横幅,站下拍了一段视频,才慢慢步上台阶进入大厅,看到告别大厅已经布置好,正面悬挂着骆老满面笑容的彩色照片,照片上面则是"骆寒超同志告别会"的横幅,旁边是挽幛挽联。大厅里播放着宫崎骏动画片《天空之城》的音乐,右边大屏幕上也在循环展示骆老生前的照片和采访镜头,整个大厅两侧和进门处摆满了单位和个人送的花圈。上午八时,告别仪式开始,由诗人和评论家、浙江大学国际文化学院的刘翔兄主持,骆先生退休前所在单位浙江大学国际文化学院负责人致悼词,诗人企业家黄纪云和骆先生家属哽咽着回顾了骆先生为诗歌追寻、求索的一生。

告别时,看到仰卧在鲜花丛中的骆先生,像是在熟睡中,一头银发和安详的仪容,又让我回忆起与骆先生在一起出席会议和参加诗歌活动的种种往事。

此前一天的晚上,工大毕业的饶力均校友发给我一张2017年6月骆先生来我院讲座的照片,而骆先生的老朋友袁忠岳、吕家乡教授,在接到我发给他们的讣告后均写来深情恳切的悼词,南京大学浙江校友会龚云珍学长打来电话,委托我代表校友会送花圈表达悼念之意。在告别现场,我遇到了黄健、王自亮、郑翔、远宁几位熟人朋友,还有专程从南京赶来的王珂兄。

吕家乡教授的悼词是:

沉痛悼念骆寒超先生!骆寒超先生的诗学著作和诗歌创作壮大了中国新诗的生命力,充实了中国诗歌的传统,丰富了中国文化的宝库。骆寒超先生千古!吕家乡敬拜

袁忠岳教授的悼词是:

突闻寒超兄不幸离世,深感痛惜!他的一生是诗的一生。他既是诗人,又是诗歌理论大家。他丰富的情感思维和严密的理论构建是他学术生涯的两支有力翅膀,助他在诗学、诗论或诗史等领域,都能有开阔的空间,飞翔出令人惊喜的高度。他致力于诗的事业,孜孜不倦,不遗余力,为此付出了一生。他的离世是诗歌界的一大损失。愿骆兄一路走好!到天国继续诗的飞翔。

骆老是两天前的凌晨四时许辞世的,看到消息,我的第一反应就是自责,责备自己为何没有及时去看望他!自疫情发生以来,我一直没

再见过骆老,仅从熟人那里知道骆老腿脚不很好,已不太出门,却没有想到他会在年末突然离世。一个又一个画面在我眼前闪过,骆老的音容笑貌让我怀念过去的日子,我在悲痛中凝神思索,写下一幅粗糙的挽联,表达我对骆老的悼念:

晚岁求是村中殷切析穆旦;
曩昔紫金山下浓情荐艾青。

求是村是老浙江大学的宿舍区,地处杭州浙大玉泉校区与曙光路之间,骆老长期住在这里,疫情前我去浙大西溪校区《星河》编辑部,骆老总是兴致勃勃地跟我讲他的诗歌研究计划,并特别言及关于穆旦的研究。紫金山下自然是指骆老早年在南京大学求学、开始研究艾青的事情,只不过穆旦、艾青仅仅是骆老研究的现代诗人中较有代表性的两位,写在挽联中也只是蜻蜓点水般点到为止而已。

二

的确,骆寒超先生最早以研究现代诗人艾青著称。上世纪八十年代初,"归来"后的艾青达到了他一生中最高的声誉顶峰,一度被尊为当代中国诗坛泰斗,而骆先生作为艾青诗歌的研究者,其撰写的《艾青论》也产生了巨大影响。我就是那时候开始知道骆先生大名的,因为当时我特别喜欢诗人艾青及其诗歌作品,自然对有关艾青的论著也特别留意,还买过另一位艾青研究者、与骆老颇有些共同命运的云南晓雪撰写的艾青评传《生活的牧歌》。

骆老八十年代初出版的《艾青论》,是一本历经劫难之后重新撰写的学术专著。他的艾青研究开始于五十年代他的大学时代,书稿本已完成,只因为骆寒超以言获罪,命运随即发生了转折,不但留校任教的方案未得实现,《艾青论》也在后来更混乱的日子里遭遇灭顶之灾。骆先生被分配到浙江温州一个中学里教书,直到二十年后才获平反,调到杭州的浙江省文联工作,终于在1982年出版了新写的《艾青论》。

而我能够与骆先生认识,实在也是机缘巧合。本世纪初我以人才引进渠道由鲁入浙,调到杭州的浙江工业大学中文系,临行前打电话向袁忠岳老师辞行,袁老师特意把他认识的杭州诗人和学者介绍给我,以便我在杭州尽快融入当地的学术圈。当时已在浙江大学担任教授和中文系主任的骆寒超教授,就是袁老师向我介绍的同行之一。

果然,我到了杭州之后,因为去台州参加浙江省现代文学学会的年会而与骆先生接上了头。记得会议间隙我去骆老房间找他,看到南大朱寿桐老师和他住一个房间,非常高兴,遂向他作了自我介绍,他立刻笑容满面地把我介绍给同在现场的学会会长,并建议会长把我在山东学会担任的理事一职直接转过来——此种快人快语的爽快给我留下了极深的印象。

2004年我参加了两次规模较大的全国性新诗研究学术会议,一次是在重庆西南师大(现为西南大学)举办的首届现代诗学名家论坛,另一次是在福建晋江举办的蔡其矫诗歌研讨会。在重庆的会议上,我与同来与会的骆寒超先生不期而遇。当时他带着一位助手陈玉兰,也是他被返聘到浙江师范大学后的同事,加上诗人董培伦,因为都来自浙江,我们常常在一起游览重庆景点,欢声笑语,令人愉快。这次会议,我认识了不少来自海内外的诗人和学者,如香港诗人黎青,旅美诗人、韩国学者许世旭,袁忠岳老师也从山东济南赶来了。记得见到来自兰州的老诗人高平先生，骆老笑呵呵的跟他打趣："大雪纷飞！大雪纷飞！"原来《大雪纷飞》是高平写于上世纪五十年代的名作，影响很大，故而骆老以开玩笑的方式称赞他。

最后一次和骆老一起在外地开会见面是2009年，福建师大在武夷山主办的现代诗歌研讨会，王珂兄邀请。会议期间安排游览九曲溪以及登山活动，我和骆老乘坐同一条竹筏，听着撑筏导游幽默的讲解，穿行于绿水青峰之间，心情特别愉快。上岸后，我还为谢冕、沈泽宜先生各摄一影，自己觉得拍得不错，后来通过电子邮箱发给沈泽宜先生，得到了他开心的认可。在返回杭州的火车卧铺车厢里，我和骆老以及刚刚调来浙江传媒学院的赵思运兄聊了一路，我发现骆老真是一位诗人气质很重的人，热情、奔放，表情开朗，喜欢开玩笑。

骆老快人快语，性格爽直，但有时候也会因为学术问题而和老朋友争论得面红耳赤，令人莞尔。大概是2006年，我应香港诗人傅天虹先生邀请去他所在的北师大珠海分校参加中生代诗歌研讨会，没想到在广州白云机场候车时又和骆老不期而遇。在会议期间，我就看到骆老和来自武汉的陆耀东老先生为了一个诗学问题发生了激烈的争吵，两个人互不相让，最后在大家的反复劝说下才平息下来。其实他们也是老朋友，过去到北京的图书馆查抄资料常常碰面、合作，彼此都很钦佩对方，可是在学术面前，观点难免不同，他们就颇有些吾爱吾友而吾尤爱真理的样子了，真让人有一种古风犹存之慨！

三

骆寒超先生是研究新诗的专家，可是说来惭愧，除了《艾青论》，我对他的诗学研究成就其实并不是特别清楚。2010年春天，《骆寒超诗学文集》首发式暨骆寒超诗学理论研讨会在杭州召开，骆先生盛情约我参加，并亲自给我带来一套十二卷本的文集，令我诚惶诚恐。在会议现场，我又特别要求骆先生在第十二卷、即他的创作诗集《白茸草》扉页另作了题签。

骆老为这套文集写了篇不算短的自序，回顾了他作为"一个诗学探求者的行迹"，我读过才对骆先生的身世、梦想和诗学探求历程有了较为清晰的印象。我觉得骆先生虽然在1957年大学四年级就遭遇了"丁酉之灾"，并且随之流落到温州远郊从事中学语文教育而不能实现他留校治学的梦想，但他毕竟也有特别幸运之处，一个是在他求学的各个阶段都遇到了好的老师，比如初中有诗人何值三，高中有女诗人宋清如，大学又有方光焘、胡小石、赵瑞蕻、陈瘦竹、吴奔星；第二个是在一些关键时候常常获得一些非常重要的帮助，比如在温州农村教书时还能从"右派"朋友金江、唐湜那里读到许多珍贵的新诗学文献，又比如新时期"右派"问题改正后先后得到陈瘦竹、黄源、路甬祥的举荐。但是，这所有的幸运，又都是与骆先生本人的用心和积累丝丝关联，而不是天上掉馅饼式的巧遇。所以，说到底，幸运与机遇都是偏爱那些有心人、有准备的人的。

骆老的十二卷文集，并不是严格按撰写的时间顺序编就的。大体说来，是以内容划分为两大块，十一本诗学理论和批评，一本创作诗集。前十一本中，一到三卷是骆先生自己最为看重的《汉语诗体论》；四、五、六卷分别是《新诗创作论》《新诗主潮论》和《二十世纪新诗综论》，分别完成于1989年、1998年和2001年；七、八两卷是他研究艾青的成果，一部在1982年版《艾青论》基础上重新编订的新的《艾青论》，一部是1998年与他的小女儿骆蔓合写的《艾青传》；第九至第十一卷,为《诗学散论》的"上、中、下","上"实际上是部按章节撰写的新诗史专著,"中、下"才是他1960年以来"几十年间"有关诗人、诗作和诗学研究的论文,1957年他最早发表的论白莽的处女作因骆先生"悔其少作"而未予编入。作为文集最后一卷的第十二卷就是他几十年来坚持写作的诗歌结集《白茸草》了。

如此厚重的一笔成果,凝结着骆老长达半个多世纪的心血,其内涵、其成就、其意义,当然不是三言两语就可以表述清楚的。从上面所列举十二卷文集的内容看,骆老的学术研究领域虽然相对只集中在现代诗,但就在现代诗这一个领域,却又涉及相当广泛的话题,既有对个体诗人的深度研究与评价,也有对现代诗歌史的整体描述,更有对现代诗形式,特别是诗体建设方面独到的意见。而且,照不断地"悔其少作"的骆先生自己看,关于汉语诗体方面的思考"也许可以说是我悟得诗学奥秘的突破口",他表示:"《汉语诗体论》的写成,不仅标志着我对'中国诗学'的研究已走出了第一步,更重要的意义还在于我已为自己心目中的《中国诗学》作了体系定位,也就是说我已明确转向对中国诗学的探求,并将按'诗体论→诗质论→诗潮论→诗人论'的次序来确立体系的构架。"

由此可知,骆老关于"中国诗学"的思考和规划是相当宏大缜密的,联想到疫情前我到《星河》编辑部他当面给我描述的学术规划,以及过去参加会议期间一起坐在大巴上他跟我聊起的诗学问题,似乎都可以证明他思考的热情与持续性。而我殊觉遗憾的是,他的方音太重,他的诗学思想我就往往不能顺畅地领会与接受,这很限制了我们彼此之间的交流,使我对他的口头表述只能出以唯唯然、诺诺然的礼貌性应答。而且,尤为遗憾的是,骆老的宏大计划没有来得及全部完成,他与出版社签约要出的成果也就只好搁浅或调整出版计划了。

四

骆老晚年,除了宏大的中国诗学研究规划,还有不少关于诗歌的其他建设活动,其中最重要的或许是在企业家诗人黄纪云支持、帮助下创办了大型诗丛《星河》。

前段时间回之江寓所,专门翻捡出自己存的《星河》杂志,虽然不全,但2009年年末的创刊号和刊载我文章的数期都找到了,也有厚厚的一大摞。记得骆老电话约我参加过在外贸大厦一个酒店举办的《星河》座谈会,在那次会上我又见到了包括袁忠岳老师在内的骆老的朋友们,也听骆老和黄纪云先生讲了创办《星河》的一些设想。不久,骆老又打电话,告诉我黄纪云在人民文学出版社出版了一本诗集,希望我能写篇评论。于是我抽空去浙大西溪校区找到《星河》在校园里租赁的编辑部,拿到了黄纪云的诗集,也看到了骆老新的工作环境。后来每次去,都看到印出来的《星河》越来越多,一层一层堆积如山,可见印数不少,发行量也一定很可观。

我评论黄纪云诗集的文章很快刊载于《星河》,记得这一辑有个黄纪云诗评专栏,除了我的文章,另有袁忠岳等先生的评文。

此后骆老不时催我写点理论文章给《星河》,并约我去编辑部专门讨论《星河》理论板块的规划和构想,希望我多设想些办法,多支持,多写文章。我一时写不出新的文章,只好先把几篇关于"归来派"老诗人的论文和一组题作"银河撷星录"的短文发给骆老,也都一一见载于《星河》了。骆老甚至约我为《星河》看稿,可惜那时候我自己也忙,实在顾不过来,仅看过一次而没有持续下去。有负于骆老的信任和盛意,我感觉很对不起他老人家!

骆老很想把《星河》办好,为此颇费心思,也很希望找到年纪较轻的得力助手协助他办。我记得赵思运兄就协助他开辟过一次"诗评家的诗"专栏,发表了不少以搞研究为主的学者们的诗作。还记得浙大的刘翔兄也跟我提到类似的事。

但不管怎样,《星河》毕竟一年又一年地坚持办下来了,当我看到它的每一辑都能推出众多的作者和繁星闪烁般的佳作,就恍然意识到当代诗歌如火如荼的繁荣、多样生态,在惊讶的同时,也默默期待着能出现杜甫、苏东坡那样的大诗人。

自我2002年来到浙江,结识了不少浙江的新同行、新朋友,二十多年过去,这些新同行、新朋友也都变成老同行、老朋友了。但不管怎么说,骆寒超先生却是我入浙后认识最早、交往最多、专业与喜好最切近的前辈学者。尽管由于各种原因,我在某些方面有所辜负骆老的期许,但我内心始终敬重他、感谢他,他热情、坦诚、爽朗的性情,他对中国现代诗学孜孜以求、潜心笔耕的治学精神,给我留下的印象是深刻的、难以磨灭的。

疫情前或疫情中的某一年,我又去西溪校区《星河》编辑部找他,发现办公室门开着,骆老却不在屋里。我打电话问他女儿骆苡,骆苡告诉我可能到校医院挂盐水去了,可以去那儿找他。我很快找到学校北门一侧的校医院,果然发现骆老正躺在床上输液,见我去了很高兴,告诉我是因为牙疼才打针消炎的。等他输液结束,我们又说着话回到办公室,继续聊了起来……

那是多么美好的时刻啊!

2025年3月18日,晴,写于崇明东滩。

作者简介 | 子张,本名张欣,1961年生于山东莱芜。九三学社社员。浙江工业大学人文学院教授,原中文系主任,2021年荣休,现任杭州市文史研究馆馆员,上海外国语大学贤达经济人文学院教授。长期从事高校中国现当代文学教学与研究工作。著有《冷雨与热风:现代诗思问录》《近百年中国文学体式流变史·诗歌体式卷》(合著)、《新诗与新诗学》《历史·生命·诗——子张诗学论稿》《吴伯箫先生编年事辑》《山屋轶话:吴伯箫评传》等学术著作,另有《一些书 一些人》《清谷书荫》《入浙随缘录》《四十有惑:人文教育回想录》《子张世纪诗选》《此刻》等各类作品集和回忆录。

韦锦的诗

筑梦工程师

工程师是个好词。
说谁是桥梁工程师或灵魂工程师,
他的胸脯一定会骄傲地鼓起来。
即使说谁是筑梦工程师,
也比说他是做梦的专家更自豪。
而他做梦的水平确实专业。
他能持续数年做一个梦。
不管白天的阳光有多么刺眼,
他的梦一到夜间就能续上。

《分行的散文》第七六〇

苏格拉底的智慧
不轻易嘲笑别人的得意。
尤其对吟诵诗篇的人。
尤其在这样的夜晚。
亮灯的窗户还没拉窗帘。
雅典接到新一轮涛声。
"博学的大师,高贵的长者,
我不奢望您的鼓掌,只渴望您的酷评。
我是不是像荷马一样?
我是不是全雅典最伟大的诗人?"
"请坐下,请歇息一会儿。
别放下你的竖琴。
你整个样子都像荷马。
你的问话未必需要我回答。
你想让我读一下你的表情吗?"
"想。当然。非常渴望。"
"它说你肯定是。
而且,可能是整个希腊。"
"哈。那你的认为呢?"
"我认为,不仅是希腊,
你可能是有阳光的领地内,
最棒的吟游诗人。
你忠实地传递了荷马。
你传递了他的问候。
你比荷马还忠实。"
"我比荷马还忠实?"
"你让他不断完成。
让他不再变幻不定,犹疑不决。
你让他的脚不再越出自己的脚印。"
"谢谢你,苏格拉底。"
"谢谢荷马。
荷马对后世不再有太多期望。
荷马就像磁石。
他吸引铁。
他让铁具备磁性。
一块铁吸引另一块铁。更多的铁。构成吸引的
　序列。
你的声音,眼神,手的位置,
你全身都吸引我。
你有了磁性。
你让我也有了磁性。"

《分行的散文》第六八二

今晚,吴刚砍倒了桂花树。
虫蛀的桂花树,桂花落满了月亮。
今晚,吴刚围着月亮走了三圈。
今晚的吴刚心里发空,口中都是苦味。
他走到月亮边上,用斧背做锤子,
把月亮敲得咚咚响。
他觉得有必要闹点动静。
他已连续三年不说一句话。
最初的时候没人告诉,
离开老家的代价会这样高昂。
他越来越讨厌那些胡思乱想的人,
随便一个念头就把人反锁在故事里。

《分行的散文》第五八七

24棵树,365棵草,大约100朵玫瑰,
构成一个国。
穿高跟鞋的女子,纱裙飘过傍晚。
风从左侧赞美她的腰肢。
他断定这是往日的公主去参加化妆舞会。
因为头顶的信鸽是啄木鸟的私生子。
忙乱很快过去。
他像部署一场战役,发动全国勇士
为公主赶制藤椅,坐垫,
把没人喝过茶的杯子也洗了又洗。
他为公主的归程设定唯一线路。
相信她回来时啄木鸟一定敲响门环。
他把沿途驿站整顿得如帝国文书,
每一行都符合规制。
他给银河两岸的灯盏加满灯油。
月亮把银器举过头顶他还嫌黯淡。

他请来乐队,喇叭花家族缺一员黑管他就生气。
他让巴赫写18首圣咏,肖邦写21首夜曲,
最后的奖赏是不准人回去睡觉。
整个夜晚,他成了坏脾气的国王,
让一首诗在炉火中翻滚,发冷发热28次。
对于面河而居的邻国,他却大加悲悯,
担心仅有睡眠的夜晚如何到达对岸?

《分行的散文》第四五二

故乡星空下食人妖美到惊魂。
每吃下一个少女,
便增加一个少女的美丽。
据说她偶尔也吃小伙儿,
为让眼睛更亮。
她把小伙儿的眼珠擦洗九九八十一遍,
每一遍都用舌尖亲吻一番。
她选中的姑娘和小伙儿无不完美,完美到极致,
都是目光和叹息的终点。
无介质取电的高手,
她先把血吸干。
"一滴不剩,不然,弄得满嘴通红,
吃起来太不优雅。"
村里老人说,她吃掉的姑娘都没二话。
那种嫁给任何小伙儿都不让安宁的女子,
不长美丽又有什么办法?
被吃掉的小伙儿大都满腹怨言,
常常夜晚回来,在村口,在进出之间犹豫,
弹琴,唱歌,颠三倒四,跑调或错位,
说早知如此,何必来世间只走一遭?
村里老人透露,因为没有血色,
他们不敢见太阳,有理也不明说。

我在井里歌唱天空

我在井里歌唱天空。
偶尔羡慕坐在井沿抽烟的人。
他的悠闲让我愤怒。
他似乎比我看到了更多。
云的故事,星的传说。
不戴肚兜的月亮露出肚脐。
风的脚底起了茧子。
其实他什么都没看到。
他的后脑勺也是多余的勺子,
盛不下一杯水。
他不知道我正造一个扳手,
我要把井拧断或扳倒。
一口井给了我一只手电筒。
筒状的天空延伸到蓝色后面。
我有信心把井拧断,扳倒。
到时候,我和青蛙一起流出去。
这不是呓语,我一点睡意都没有。
造扳手耗费时日,可工序一点不复杂,
只须在井里不忘记歌唱天空。
很简单的材质,很管用。

盼着今天快点过去

盼着今天快点过去。
幸福和甜蜜就密封在时间里。
痛苦不再炫耀根须,枝叶,冷静和节制。
晨光把地面断为两岸,不显示果绝和优柔。
贴着地平线的0.0001秒。
一句话不说。任何请示都免掉。
暗河见到天日。尾声转眼成序幕。
世上要还有做了坏事的恶棍,
也抖下身上的草屑,混进人群,
或去开满花的山岗,睡个天昏地暗。
猫在床下尝蜂蜜的人,抱紧蜜罐就好,
不必把盖子打开,把黏糊糊的手抹在衣襟上。
世上要还有不可思议的事情,就让它作废。
孩子们这样说话时,
真就担当了八九点钟的太阳。

人只是擦掉灰尘

还差七次日落,就是元旦,
新年的钟声就会让钟楼颤动。
细想人要是不给时间标上节点,
银河里的浪花会怎样笑话这地球。
再细想,一切并非人的发明,
那些节点早已设定。人只是擦掉灰尘。
春夏秋冬,雨雪寒暑次第登场,
队列虽不整齐,顺序却基本不乱。
谁就是再喜欢恶作剧,
也不给轮值主席的座位抹上胶水。
我们给它起名叫岁月,日子,时光,
不知道它给自己起什么名字。不知道。
它寻它的开心,它讲它的道理。
它的道理我们不懂,
不是我们理解的土豆和番薯。
它一个季节留一个脚印。
步子大,动作慢。但节奏感强。
旋律起伏剧烈,调性经常转换。
人没功夫看它抬脚落脚。
更别说欣赏它的起承转合,柳暗花明。
它对人却不乏耐心。
也不和银子的闪光争夺人的眼睛。
不然它三步两步就丈量完我们的人生。
我们经常骂它心肠冷硬,从不等颂事完满
便潦草收场,一甩手掉头不顾。

它也就丢下白马。
它骑的骆驼也只剩骨架。
它懒得嫌我们有那么多大事忙个不停。

他没有的东西你没法给他

你的着急并非没有理由,
但最后还要认输。
你和市场街的销售员不一样。
这一点你心里一定要有数。
人家没有快乐,你怎么给人快乐?
人家没有悲伤,你怎么给人悲伤?
爱恨情仇希望失望,都不是你能给予。
施舍和奉献都不是你的特长。
和没有河床你没法给人河流也不相似,
比没有河流你非给人河床更难。
只有生活能帮你的忙。
这不是说你可以去一边待着,
去玩儿狗舔屁股自吃自的游戏。
通过诗预感到的东西你要好好准备,
不然需要时肯定来不及。
你的使命不过是,
他没有的东西你不要给他,
他有的东西你不要让他看不见。

天不敢不亮

我和春天一起把你生下来。
助产士的角色差点被人抢走。
从一降生,你从里到外都是亮的。
你睡觉的时候,走路的时候,
你浑身是被水洗过的光芒。
你让傻小子们激情四射,脚心发烫。
让我对生命的信心避免荒唐。
你发亮的秘密坏蛋也不忍说破。
所有花朵都替你圆谎。
我的宝贝,我的一小块冰凌,
在执拗的夏天噘着小嘴,
你的冷让我担心。你的脆弱超出了本身。
我的宝贝,下雪夜一点点旺起来的火,
你的暖意让我心疼。
你的杂质和轻烟也有不可替代的真纯。
为了护住你脆弱的美丽,
我心里又长出一双眼睛,又长出一双手。
我天天跑步,遐想,做俯卧撑,
吃蔬菜,蛋白,脂肪和粗粮。
我让肠胃保持应有的大小,
让全身分岔的小径运送充足的养分。
我的宝贝,我不敢老,不敢死。
我夜夜念叨你的名字,天不敢不亮。

只好一生平庸

他把布勒东的诗读了三遍,
又看诗论和宣言。
他反复抽鼻子,以致鼻孔堵塞。
"哈,自动写作?
把那个拉肚子的家伙打上麻药
直接送印刷厂不就得了。"
我不像布勒东那样叫真,煞有介事,
也不像这位老兄尖酸刻薄。我很简单。
读前者的大作不时觉得好玩儿。
听后者说话常忍不住大笑。
所以只好一生平庸,
以掩饰倔强的电流给左心室加压。

无耻的收藏者

"你非要送我一颗星。
我自己都无处存身,
我从哪里给它腾出空地?"
"我也无处存身,才待在星星里。
我还没待太久,我发现,你也该发现,
它的旋转开始放缓,脚步开始发沉。
所以,我连它一起送给你。"
"那么大一颗星,你说送谁就送谁?"
"那么大一颗星,只有你的心能盛下。"
他挠着鬈发稀疏的头皮,很想爆一句粗口,
让这个厚脸皮的家伙一整天脸红。
没等张口听见砰的一响,
心里不由分说落进来一颗星星。
他把它放在很远很深的角落,
只占用米粒大的一间卧室。
它好像连一声迎候都不需要。
像剑待在剑鞘里。果仁待在果核里。
不知过了多少年代,他忘了它的存在。
面对久久遗忘,它也不声不响,
似乎米粒大的角落足够宽敞。
有时候他的心剧烈晃动,让大海波翻浪卷,
它所在的区域也日日安定。
看样子它在等一个不可能到来的黄昏,
什么风吹都不打扰它的寂静。
于是他做了一件自以为聪明的蠢事,
把米粒大的星星拿出来,
换了一颗米粒大的珍珠。
他定制盒子,镶上夜空和花边。
放在书架顶上,搬来凳子才够着的地方。
他不知道那个得了大便宜的精明鬼,
和当年的厚脸皮是什么关系。
他不知道终有一天,
他只能痴呆呆擦去嘴角的口水,
眼睁睁看人家窃喜不止。

跟着头顶上的老月亮

诗歌分行要感谢荷马。
他不经意的发明常让人惊奇。
一些愚蠢的眼睛有了泉水。
一些理当废弃的河床有了流动。
成堆的沙,乱长在一起的树,
分行后折过来折过去,
让人走着走着懒得回头。
让第一行和最后一行
看上去只隔几个逗号和句号。
以为多远的路再折几个弯就到。
尤其那个固执的傻子,
从开头到结尾总忘记跳跃,
写来写去就一个念想。
要么我爱你,要么我恨你。
没黑没白跟着头顶上的老月亮,
绕了一圈又一圈。
一个月才说一句完整话。
除非听他的人和他一样傻,
他再没有别的指望。

人是什么东西

A爱B,C也爱B,B又爱A和C。
两个人的爱,会让B得到双倍幸福吗?
一颗心,分出两团火,该用乘法还是除法?
只要不给双倍的腐烂和刺。
不给双倍的折断和撕裂。
世界就拆下篱笆,墙推开风雪。
一个花园拥有两个园丁,

泉水漫过田垄会日日欢唱。
一个房间拥有两盏灯,
夜色迈出门槛会踮起脚尖。
最常见,最不应该,
两匹横冲直撞的狐狸或猪,
用践踏的脚比赛速度。
用圈套和贪婪扭断一棵树的脖子,
撕破一朵花的脸。

作者简介 | 韦锦,原名王家琛,1962年冬生于山东齐河。著有诗集《冬至时分》《结霜的花园》,诗剧《楼和兰》《田横》《张骞和乌洛珠拉》《李商隐》《白色群山》《大河付东行》等。曾获选《诗选刊》年度优秀诗人和中国诗歌网实力诗人。歌剧作品《马可·波罗》于2018年5月首演,后在北京、广东、福建、米兰、热那亚等地复排巡演。担纲编创并任艺术总监的大型声乐套曲《万里长沙》,于2021年9月首演,英国《金融时报》曾给出四星评价。有专家撰文称其为具有国际视野和综合能力、"异军突起"的诗人编剧,创作了不同凡响的艺术作品。

一座会转世的城

——试论韦锦诗剧《楼和兰》

• 格 式 •

楼兰，作为一个世界级千古之谜，有千种传说，万种推测。古今中外，谁要是能给出不可动摇的谜底，简直不可思议，不可理喻。三个"不可"，一方面昭示了存在的绝对与神秘；另一方面则匕现了选择的胆识与勇力。2013年深秋，诗人韦锦现身苍茫壮丽的楼兰古城，如得天启，遂以立法者的身份对楼兰的消亡存续释疑：这是一座在美的顶端猝然停住的城，一座会转世的城。

转世的可能及动力何在？这是任何一个解谜者都要首先回答，且必须回答的。韦锦在发表于《西部》2017年第2期的诗剧《楼和兰》中也是如此，尽管他的诗性假说有些石破天惊。"唯一的楼兰，只有唯一的结局。"从存在的本相而论，结果是这样；就元诗的绝对性而言，这样的判定也成立。问题是绝对的口吻之中，往往内含强烈的现实焦虑。现实是辽阔古老的西域，曾有三条丝绸之路横贯，有四大文明交汇。古为今鉴，今为古映。如此殊胜的存在，令诗人韦锦的诗剧，一开始便置身斯蒂文斯所言最高虚构的境地。

为人处世，话不能说满。说满了，"一处处遗址"就会变成"一座座孤岛"。为解开这个语言的死结，韦锦将一个隐约可见的国度，强拆成两个比翼双飞的王：楼和兰。阴和阳，或然和必然，这种一生二的节奏，让存在从向上和向下两个维度敞开。韦锦明白，"结束就是开始"，"城门大开，是最高的深渊"。

从深渊出发，"一座城用四张嘴说着同一种话语"。语言的局部统一，加速了孤岛的血脉相通。"我知道你不再来了。我还要继续等待。我已习惯等待。"这种后戈多式的守望，不仅成全了诗人不可一世的霸气，也为文明的自动流转悄然清障。城是商业文明的达成，也是现代文明的存证。"一座静止的古城。完好无损的空城。"城因古而拥有记忆，却因空而价值归零。静中依稀，红楼梦断，落得个白茫茫大地真干净。空中入定，楼兰梦醒，竟然是都散了吧。韦锦洞明：一座空城，能抵御任何占领。

这样的看空，是临终，也是开元。诗本来是"这"，被韦锦强攻成"这儿"。这儿是此在，不会重演乌托邦，但要让上帝理屈辞穷。"这儿很少刮风，一年只刮两次，一次刮半年。"韦锦的经典指认，让风成为一座城转世的绝妙载体。不光是因为"佉卢文的笔画带着风的形状"，不光是因为风作为语言的显影剂，生命的显灵咒，存在的现身术。只要听一听"苍凉，沙哑，浑浊，清越和辽远"的风声，便不难发现：风蚀是文明和自然的共同创造。楼兰的已存和将存，得有几番个我的顶层设计，又得有多少生灵的顶格逼供?!。

严格来说，楼兰是一座旷世风雕。天地之间悠悠的信步不得见了，而那令人怆然而涕的孤独，还是触目惊心。首先解一下大自然的风情。王妃媂丽莫名的死，被风传成"唯一的时间"，事因"唯一的时间"也即"所有的时间"。这样的时间矢量，很容易导致语言的迷失："我恨你。我感谢你。/我感谢你。我恨你。"漩涡状的反复，一边指认生命的无常，一边示现存在的错位。"你已死去两天。你已死去两千年。"这种一世不可遂将此世彼世相贯穿的传世语调，叫人感觉，生命的消失有时就是一阵风。作为"罗布泊无风时的波纹"，不带一点暗影的生命，婼丽之死，确实是"生命在美的顶端停下"，让楼兰土地出现裂纹。

其次领略一下楼兰的风俗。"她要生个女儿就起名叫婼丽。"在楼兰，江湖与庙堂的沟通，就这么直接，就这么诚挚。生与死，本是不易缝合的两岸，却在命名这个第三岸上，恰切了相看两不厌的灵动。这样的回应，与其说是生死相依，不如说是生死相托。最初是缅怀，随后竟成了新生。这样的转世，自然而妥贴，大限变有限，弥漫市井的氛围，不是平面化的曙色凌空，而是平实得近乎局促的晨昏莫辨，店主人家房檐低了，墙壁窄了，屋子里的热气变暗了。在楼兰，期待生命降临的举动，那种家常化的色调，充满了仪式感。

再探察一下民间的风气。魔术师一出场就被婼丽之死牵扯。缘由有三：一是"他和我们不一样，冥想是他的酒和口粮"。二是他有缩短或加速事物进程的本领。三是他应对荒唐之策，乃是"请回到各自的位置"。匪夷所思的做派，难以名状的能量，异乎常人的安抚，集结在一起，无解时是泥沼般的混沌悖谬，有解时是魔术现场的直播。"请让该发生的事情按部就班。请在奇迹诞生的时刻耐住性子。"他的告诫之于世人的好奇心，显得多么微不足道。好奇是荒唐的生产力。可一旦演变成世人的生活，自然便关涉了家国政治。比如比赛深呼吸，比赛排屎，等等。魔术师对此的认知，是一种超时空的看见和跳脱。他指出："当一种事物，比如说这些卵，当它的壳在外力作用下破碎时，能做炒蛋。不管做成多么大，能超过它本身多少倍，它还是很快就被吃掉。可是当它的壳在内力作用下慢慢破碎，那从壳里出现的，将是源源不断的生命。"

外因是条件，内因是根据。生命的奇妙，源于回归常识。"一生遭遇一次，一次就是一生。"世风日下，当对存在的认领蜕变到"用智商和技巧变换乞讨方式"时，人类的失败就不可避免了。"一条溪流的缺席，会让沙漠不受制约。""商道上已连续三月未有驼铃声响。""罗布泊的水越来越腥，越来越涩。"表面观，似乎是人神异位，其实这是人类"与天斗，与地斗"的恶报。韦锦的诗写大气，且言之有物；立足眼下，又不急于事功。他让当下的罪恶在胡杨的眼泪叮咚中找到了历史的踪迹。过度开放会不会让一个王国失去自我？环境承载力的日趋脆弱会不会让一个种族国将不国？外来的骄横会不会成为大自然对人类的最后通牒？面对空前的危机，楼兰王的做法很简单，也很实用：让它发生。

"文明如果不能让人更文明，武器不能消灭武器，我们就要考虑另外的出路。未来不是强权的硬化和固化，一统不等于攥紧和控制；不是肆无忌惮的吞并，使勇斗狠的竞技；勋章闪烁，不是正面代表残忍，背面代表无耻。"在楼兰，哲学家，诗人，魔术师，王和王后，馕和胡杨，均有王者的气度，一体多面，唯心所现。"生活的左臂还没疼，他的左臂已开始疼。"这种人世相应，是生命的活性与躁动，是男人在左，女人在右，是粗糙的右手握着"左手的细嫩和柔滑"。韦锦和诗人柏桦一样，都深度领教过毛泽东时代的抒情方式。显然，他是用左轮手枪"打一场非常规战役"。在众多的只可一世的城池面前，他让楼兰借此转世。

也许是我们俩同为王姓的缘故（韦锦原名王家琛，我的原名王太勇），韦锦最初给我的感觉，就是"一个造房子的王""他迎面走来，除了身材的高大，服饰和神态都俨若市民""平凡地活着，极端地写作"。此类的并行不悖,是一种大隐隐于市的大智慧。如果不是"因为他让我懂他。我让他懂我",我很难深切体察到这种存在。"唯一的楼兰",之所以会产生"唯一的结局",盖因"生命会有另外的组合,能量会有另外的构造,另外的蓄积,另外的运行机制"。生命不可重复的表征和悄然转世的可能以及具体存在的惟一性,让我坚信:"绝对的诗有绝对的尺度,它和既有的秩序形成对峙。对峙,不仅是对应和呼应,那是单独的姿态、向上的趋势、不断的生成,是悖反的统一、复杂的澄明,是对碎片化的反动和抗拒,是生殖力和有机性的高度自治。"

诗剧《楼和兰》,是一首绝对之诗,同时也是一首大诗。"山尖尖上垒塔还嫌低,脸对脸看着还想你。"这种爱,让"大地抬升,天空把疆界放在辽阔的边上";这种爱,"让水回到水,让流淌回到流淌"。就拿人性博弈最惨烈的后宫来说,到了韦锦笔下,都变得豁达,开阔和清澈。兰那种呼之即来的浪漫令人不可企及。她不与婼丽争风,也绝不吃楼的醋,而是"各自打开,向上,伸展手臂或扭动腰肢,是深入,蓄积和推进。"将自私变成了自由,"楼和我,是河流爱它的河床,海爱它的浪花。是高爱宽,正爱负,寂静爱着寂静。"把排他变成了利己,"楼和婼丽,是眼睛爱美丽,耳朵爱动听。是血液爱血管里的热,树枝爱春的裙裾。"爱不仅有了宽度,而且也具足了超越的功能。"喻体的价值有时大于本体。"

至此,我愿直呼其名——王家琛。通过《楼和兰》,他已经称王。作为天地人的贯通者,他在自己的语言王国里独立自主,无法无天。"我们的城,从今以后,除了岁月,不需要任何留守。"这种告白,起底了他的语言自信。在重建楼兰王国的进程中,为增殖语言的分量、质量和能量,他让每个词死守本位。在纵向掘进和横向射孔的过程中,他试图找到并厘清事物间的联络和阻隔。顶端与底层,王族和民间,互为对跖点的相成相悖,多向度的力构成错综与庞杂,貌似葫芦茄子一锅煮,实则于混茫中建立语言的核心和沸点,让语言自转的半径、弧度以及反转的速度叠加在一起,从对照与内省的意义上探寻着写作的绝对零度。尤其是几个市民的对话,那种即兴取喻的机敏和从容,不仅深致了口语的人文性,而且在一定程度上恢复了汉语的原动力:流畅,充盈,"有限和无限连通,地上和天上接壤"。整体架构的有机,冲决限制的能力,不可逆转地让一座城进入品物流形、焕然轮回的序列,也让一个诗人的写作给汉语赢得了光荣。"一座城……美轮美奂……留在风中……",不是蜃景,僭越蜃景。

注释:文中所引,除"这儿很少刮风,一年只刮两次,一次刮半年"出自韦锦诗作《这儿》外,均为《楼和兰》台词。

作者简介 | 格式,本名王太勇,1965年生于山东。中国作家协会会员,山东省作家协会诗歌委员会委员。著有诗集《不虚此行》《盲人摸象》《本地口音》,诗论集《看法》《意思》《对质》,文化批评集《十作家批判书》,艺术批评集《白话:文》,作品入选国内多种权威选本,曾获第十三届柔刚诗歌奖、第三届泰山文艺奖等多种奖项。

北野的诗

旧消息

散场的人,要经过一片玉米地
月亮出现在一张旧报纸上,它晕黄
像心思诡谲的人在潜伏
空荡荡的大地上有三两声狗吠
积满泥水的土坑
淹没了星空。说书人模仿的蛙鸣
震耳欲聋。一辆夜行的马车
铃声是潮湿的,只有旷野
在转动它的车轮,而石头在阻止
更多的人在围观
围观的人,让一匹白马的轮廓
在空气中显露出来,而他们自己
却藏起身形。我知道西梁那个果园
正利用夜色,快速结下更多果实
它们隐身在树叶和露水之中
守园人和他的亡妻,没有房屋
他们靠着树干
虚构了爱情的甜蜜和孤独
那个时侯,他们多艰难,几乎
身无分文,一座果园,和一杆锄头
在银河两岸,留下了劳动的身影
夜幕下,这个空寂的世界真大
像撤去灯光的幕布
我走在路上,身后总是跟着
一串沁凉的脚步声

牡鹿

它内心的狂躁不为肉眼所见
它冒险穿过密林
和星空下的深谷。腹部拖着
一个巨大的香囊,那里
装满了凶猛的性欲和冥想
那里是一团黑影,它湿漉漉的
像一座移动的山岗
我在毡房里沉睡,身体中潮水四起
有决堤的澎湃感
我知道春天来了,风声
正穿过高原,把荒草中的枯骨
变成马群,把朵朵白云
变成阳光
把一群惆怅的牡鹿
慢慢领上永不回头的山岗

兀鹫

兀鹫想抵近一具尸体
去观察"死亡"的内部,到底
由什么词汇构成?

那一年,一个大人物
死在汹涌的洪水中,而尘世昏暗
一个贫弱的小国摇摇欲坠
而我正被继父领着,跌跌撞撞

去一个远房亲戚家借粮
那一年,我觉得饥饿比死亡
更重要。在艰难的世界上
做一个饱死鬼
幸福会把一张黄脸
涨得满面红光
天空压得很低,乌云总是
在头顶乱撞。我想到的小伙伴
都被抱进了乱葬岗
而我在树冠上观察着
一秆盛开的向日葵,它正在
茂密的青纱帐里摇晃
等我找到它的时候,我的身体
已经被玉米叶子,划得遍体鳞伤
兀鹫从天空顶端扑下来
在疑虑重重的大地上
我像一只移动的兔子,苍白而惊慌

沙尘暴

围场,多伦,克什克腾旗
还有承德和赤峰……
这几个岩石一样的小城市
正在迷雾中消失
它们的身体里,出现了裂缝
西伯利亚寒流,顺着河西走廊
吹进来,蹲伏在避风处的
寺庙和喇嘛,变成了几根插在
风中的黑色圆柱,它们顺着风翻滚
彻底失去了抵御自己的信心
我的一些亲友,都住在
这几个小城里,现在我知道他们
已经陷入一种漩涡中心

沙砾沿着他们的颅骨反复逡巡
整个世界都发出巨大回音
他们无处躲避
猛兽扭动,星空破碎
暮色背后的黄昏,有了狂乱的速度
祭骨塔孤零零地站在那,它被
一万条绳索胡乱捆住
它的灵魂和记忆被复制出来
我知道,它想快速完成熔化和消逝
它的身体因此绷紧
像一张灌满了沙粒和风声的弓

大清永没了

木匠死了,水泉沟的矿柱就烂了
石匠死了,村头的悬崖就长高了
泥瓦匠死了,村里的草房就塌了
说书人死了,孩子就成文盲了
影匠死了,戏台就长草了
铁匠死了,犁杖和镰刀就生锈了
牛倌死了,全村的牛就得瘟疫了
猎人死了,土豹子和狼就下山了
郎中死了,好多心病就叫不出名了
老庄稼把式死了,年轻人就不种地了
打工的在房山矿洞里砸死了
老婆就带着孩子改嫁了
疯子死了,碾房就彻底空了
老兵死了,全村杀过鬼子的男人就没了
父母死了,儿女就进城了
老族长死了,全村的规矩就断了
萨满死了,世上的鬼神就没了
奶奶死了,我们家就搬走了
因为死亡的帮助,大清永就消失了

画月光

多少年过去,月亮正在升起
我光脚走进一座村庄。多少年过去
我还爱着你。而月亮已走向异乡
向日葵干扰了整个旷野
我在黑板上画下丛林、老虎和青纱帐
我在黑板上画下一个仇人
等着她慢慢长大,像明亮的幼兽
唱着歌,走回月光
而活着是一门慢手艺,我等着她
慢慢长出翅膀。那一年
我像星空一样敏感,心里结着白霜
那一年,我沉默寡言,与许多人
结仇。那一年我挖下陷阱
心中的老虎在长大,它在月光里游荡
独自长出翅膀。她对这个世界
一无所知,她不知道
有一个猎人,正在纸上
为她画下远山,旷野,和月光

克里斯朵夫来信

月光拖着午夜的碎片,你的长裙
也是其中的阴影,你陷入
爱的泥潭,一言不发
小花园有整个世界的草地,溪水
和月光,它们消失的过程
像梦一样漫长。亲爱的麦田新娘
你每次听见我的声音,都慌乱不安
你这个孤单的小邻居
你在长椅上坐下,漆黑一团
秋天来到边远小镇,邮差的马车
剥离了晨雾,为此露出汗涔涔的脸

亲爱的玛丽娅,原谅我
向月光吐露的心事。原谅我的爱情
为风吹散。原谅一个孩子
爱上母亲的味道和他深陷的不安
大人忙于打仗,教父忙于赎罪
而我爱上写信,我不知道
未来是什么样子
我见过你在未来的时光之中
像鼹鼠一样踱步,拖着懒散的长裙
走在月光中的花园。我看见
秋风中的麦田,为你铺的金色小路
一直伸向天边。现在星空未散
而月光是蔷薇花的墓园
你在长椅上坐着,是一团漆黑的月光

七岁牧羊遇苏武

七岁牧童的放羊经验
遇到中年大叔的庞大羊群
肯定傻掉。没有人计较
他是否是一个历史人物,也没有人
知道他是个罪犯,他只要
把一群羊放好就行了

石庙里塑着他的神。枯井里
盖着他的脸
星空不改他尖叫的嘴唇
他皮袍里土拨鼠的刺鼻味道
和我是一样的。我们,一谈论因果
头顶就降下雷声
一谈论国家,落日就一片猩红
一谈论性,整个羊群
就回过头,发出"妈妈"的叫声

那一年,我遇到的牧羊大叔
是忧郁的苏武
秋天一到,他就在落叶中消失

有一场雨

雨来得急,院子里的猪食槽
水桶,塑料盆,挂在檐下的铁锄头
发出各种声音,还有我未听过的
呼喊,它们都来自风的喉咙

向日葵和倭瓜的叶子,被雨线穿透
它们在阴影里跳起一串白烟
母鸡像一块黑礁石,但它鸡冠血红
直直地站在雨水里
翅膀下压着六七只吱吱叫的小鸡

妈妈病了,在公社医院住院
只有我带着妹妹和弟弟
站在窗台上,大声唱一首歌谣:
"大雨哗哗下,北京来电话
……电话还未来,我们已长大!"

多少年过去,弟弟漂泊到了远方
而妈妈和妹妹已经去世
我站在雨地里,想大声给她们
念一首歌谣,还未开口
就泪如雨下……

热锅煮蚂蚁是一种教育

草原炽热,马在脱毛
像一团火苗在奔跑
洪水冲过沙漠,大地像一支

饥饿的漏斗,它发出的吸气声
是热风在尖叫
鹰在天上飞,它在挨饿
它必须靠幻觉,才能把自己撑住
鼠药在荒草中融化
它靠气味,把一个牧人杀死
冤死的人在地下沉睡
流浪的人,离婚的人,都厌倦了家
半年无雨,湖水已经干涸
远处的一场地震,让大海中的
一座孤岛,突然跳起来
太阳太近了,像一座大锅炉
月亮太远了,像一所锈死的监牢
道德是一根绳索,它用暴力
把你捆住。法律是一把刀
它用谬误把你杀掉。无赖的人类
生活嚣张,这个世界必须
赏给他一口热锅。一口烧红的锅
你知道,煎熬也是一种教育
它让你想逃也逃不掉

萨满咒

我们的身体里堆着
杂乱的世界。它们斑驳,陈旧
如同刀斧,这明晃晃的凶器
令人头晕目眩
胸口刺着骨头的人,是花朵结了
果实。湖水突然现出
一个剖面,这湿漉漉的博物馆
都是留在玻璃柜的死亡事迹
它们被展览一千年,仍然
是神的一页日记。廊柱下的参观者
在时间里犹豫不决

他被后人雕刻得像一只猕猴
疾病仍在身体里流行
医生和医院,是在给死神打工
他们负责把急切的求生者
先弄死,然后,塞还给地狱
万神养育,天地如幼童;一日一夜
万死即万生。我的佛啊
谢谢你让我回来一次,谢谢
幼童因永德,而生生不息
世上为此,才有了我们和地狱

刘黑七老师

夏家大院的门,半夜被砸开
炮手们都死在了围子上
一群举火把拎快枪的人冲进来
开始在女眷面前发号施令
大姑娘给爷留下,其他小媳妇
有功劳的兄弟一人一个

半个月时间,新拨街天天娶亲
河滩地上,牛羊被杀死一片
腿肉卸下,其他部位老百姓随便拿
财主的家产一抢而光
长工的心里充满了斗争的快乐

这个攒了百年家业的老地主
被点了天灯,他被绑在
一根松木杆上,身上浇了麻油
他的小老婆亲手点着了他
这个整整烧了两天的老地主
一直在骂:刘黑七,你不得好死
刘黑七老师在夜幕里哈哈大笑

十年之后,新拨街开始了土改
老百姓说:刘黑七老师
教的斗地主方法,我们都学会了
刘黑七叫刘桂堂
是山东的一个大土匪,他流窜
到热河,在我的家乡祸害了三个月

鳄鱼

它睡眠的部分,正在长刺
它腐烂的部分,正在变成淤泥
铁甲舰来自更深的年代,内陆河
发源于火山口和月亮之间
这个时候,你可以把它吃掉
但你不可以用咒语把它的灵魂捆住

我看见你吃掉它的时候,它表情
极端痛苦,像两个闷雷撞在一起
但雷电只掌握一瞬,咒语掌握永远
而上帝永远安居在黑暗之间
他被咒语的能量包围

如同一条大河,鳄鱼密密麻麻
它们凶猛的家族如此繁荣
像一片无声漫延的宇宙,哦,上帝
请赐给它咒语,或一双手
让它紧紧拉住星空的尾巴,如同
一个老酋长,把它的脊椎
镀成金色鞭子,从头颅里抽出

它的影子看起来散漫无赖
但它的灵魂,却一直插进岩浆之中

假设

假设座头鲸来到花园
假设音乐喷泉找到核电站
假设一只失明的母狮
登上了上帝的讲坛

假设花园里——装满了
月光和夜晚
假设音乐中——坐满了
鲜艳的人群
假设母狮的肚子里——
装着一个灿烂的博物馆

假设我死了,为了感谢
希望你送给我:一座花园,一个
音乐厅,一个盲人讲坛
让我因此——变成座头鲸
母狮,和一座核电站
让我因此——又聋又哑,双目失明
但内心无比灿烂

索拉雅

爱像绝望的夕阳,但我仍坚持爱你
在这个乱纷纷的世界上
我愿意遭受时间的痛击！像一场
永不休止的石刑
愿所有暴打,都落在我身上

忽必烈

"他的头盔显然更急切",通过舌尖
他的箭镞,出现了激烈的呐喊

当我记住一群马头和一轮明月
当我适应了暴雨中的鞭打
秋风中的多米诺帝国
就迅速变成了倒伏在时空里的骨骼

旧邮筒

旧邮筒立在夜色里,为迎接一封
来信,它会大步走上前?
而南方的阴影顺着昨天的长廊奔跑
到今天被我慢慢打开
它是你藏在心里的闪电?

我在一条河上有被挟裹的一瞬
野浴和洪水袭击,都会导致内心滚烫
诗人无法在秋风中找出自己的影子
如同一颗短暂的灵魂
永远也无法从屠夫的手里讨回皮囊

快递员送来了鲜花,谢谢
我知道你的心意
它被称为红翅膀、绿翅膀
时间的轰鸣中,它一直被鼓励
有时它濒死,有时它飞翔

愿你遇到一座花园

愿你走夜路,被想象照亮
愿你牵挂蔷薇,心生幽香
愿你经过冬天,像怀孕的企鹅
心里装着一轮月亮
愿你穿过黑暗的极地
遇到一盏孤灯,它又大又亮
像荒原上升起的太阳

愿你石头里的心事
遇到画笔、调色板和泉水
愿你惊恐不安的时候,遇见一个
暖洋洋的爱人,他抱着你哭
像前世的婚礼诞生于刑场
愿你遇到一朵花,轻轻抵近
就看见了它的泪水和忧伤
愿你遇见更多的花,它们需要
一座明亮的花园才能开放
它们需要你到来,才能获得春风
和整个世界的力量!

打露水

菖蒲,苍术,艾草的叶子新绿
它们活过今夜
喉咙里吞下的声音又不同
打露水的人,都是死去的先祖
他们那么年轻
身后总是跟着三三两两的老人
而孩子们睡眼惺忪,仿佛千年未醒
露水从星空滑下
到达更多的星空,它们遇见的人
总是四分五裂,前途未卜
它们带着药和洗浴瘤疾的草木
它们带着活在泥土里的人、水底的人
火堆和铁锤中的人
一齐回到世上
早晨是一个晦涩的容器
它们叮叮当当——鹳鸟从空气里跃出
蛙鸣来自池塘。只有赶尸人
藏在雾中,他悄悄把一群死者
赶向了另一座监狱
我用毛巾洗脸,我用艾叶擦眼睛

我遇到的今日,给了我
远山,露水,和活下去的勇气
而我的毒,永不为人所知……

在洪水中

闪电在转动猛兽的车轮
水底的村庄意味着倒悬的夜晚
星空替人间安置了亡灵

——世界如此寂静
无边的大地被谎言一遍遍吸引
此时死神与洪水平行

我的姑姑在水深火热中挣扎
太阳暴晒着她的头顶
她已被绝望紧紧拴住,她徒劳地
用一件布衫向远处打着旗语

她的养鸡场在污水中发出腥臭
她的屋顶等待坍塌
她拼命爬上一棵大树

远处的世界,仍然灯红酒绿
"而爱,就是不想活了!"
谁爬上死亡的头顶,还能誓言
——要继续坚持下去?

火车在外地继续奔跑
救援者的橡皮艇,卡在通行证里
我们远远看见了它橙色的身影

我们抱着必胜的信念赶来救援
"大爱无疆,我们必胜"

唉，人类就是这种不屈不挠的样子！

知青老师

那一年，我们在校田地劳动
土豆苗正开花
知青老师和一个黑五类男孩恋爱
我们一起哄
他们就跑进树林，再也没有出来
那一年，田埂上盘着两条小蛇
它们穿青衣，吃露水
正向青春女子幻化

那一年，发生了许多事情：干旱
洪水，苦霜，麻疹……我的几个
小伙伴，吃野菜中毒而死

那一年，两条小蛇，被赤脚医生
打死，它们的肚子里
装着一串血淋淋的蛇卵，医生说
这是最好的中药，专治夜哭和惊厥

冬天，一个跑山的猎人
发现知青老师和她的恋人
死在山顶上。他们像皮影人的道具
已经干成了薄薄的一张纸

燕山下的漫游与沉思

• 北　野 •

　　石头的痛苦在于不能漫游,而灵魂可以做到。那么,另外的漫游者是谁呢?少量的人或其他有灵智的动物?特拉克尔命名了一只"蓝色的兽",似乎可以穿越大地并传回风的足音。而"风是上帝之音",它始终鸣响着上帝的孤独,这似乎是另一种无法确认的归宿。

　　因此,它无法构成漫游本身。

　　异乡人或者并不能完全包括灵魂。灵魂有不可思议之数,异乡人抑或与此相等。一个沉默的人、悲戚的人、面目不清或虚无的人,都会让我们相遇。可怕的是躲在暗中的人,并不为我们所知,他们同样占有一条光滑的路脊,并走在各自的途中。他们身份可疑,比漫游者更神秘;你可以在夜空的池塘里捞起星辰,但异乡人里其中的一部分,始终命运朦胧而冷峻,他们在你触摸和有所把握的时候,突然漏出了指缝。

　　这就是说:灵魂是另一个复杂的社会,那些失踪者构成了灵魂中的隐士阶级。他们有自得其乐的志向,也有不可捉摸的命运?看来任意一份隐秘的心事,都需要重新理解,并被尊重。当我读到"石头是痛苦的山脉",我才知道,任何一次地裂山崩,都经过了大地的深思熟虑,而人类生活在有限的光明之中,并不知道其中的奥秘。而此时,"如果钟声传入各家各户",我们需要做出什么准备?

　　回到漫游本身并不容易。它是一面斜坡,一直伸进我们命定的时间里,因为"强大的死亡"并不能代替漫游者的终极目的,而死亡是关闭了沉思。所以漫游不是诗意的栖居,却成了一次精神漂泊,在一定的范围内,相当于陷入了另一种囚禁。

　　所以某一部分的漫游者中,有一些人又屈从于还乡的召唤而重新回到了现实中的大地,变成了重新被人生捕获的人;但肉体的死而复生并没有改变他们意志的消沉。更多的是:他们让周围身陷短暂快乐的人,突然有了警惕。

　　说到这里,漫游者和灵魂似乎可以混同一体?其实远远不是这样,漫游者在我们的世界里始终保持着距离,不管他们是谁,或其中混入了谁。如果我们不把僧侣、流浪汉、私奔的人、乞讨者和现代隐士从漫游者的队伍里排除出去,那漫游的自由境界就会显得可疑,甚至那些丧失了国家庇护而被迫进入漂泊生活的阴谋家和他们的追随者,也会混入其中,沉浸在巨大的寂静之中并充分享受其快乐的灵魂生活将受到玷污,而迫使幽灵重返废墟,这或者已经背离了异乡者明媚的初衷。

　　夜晚,当我一个人仰望星空,我就想:荷马的灵魂在哪里?他是否正带着特洛伊城下一个杀气腾腾的幽灵军团飞翔在风中?如果在某一个恰当的时辰,我突然在浑浊的江边,遇到一个浑身湿淋淋的人,我是否需要把他当成李白的灵魂?而那些白天写诗夜里没入烟花巷中的女子,她们或者是李清照的化身?如果我说我是艾略特又重新活在世上的一个证据呐,似乎也没有人耻笑其中的狂妄,因为他恰好死于1965

年，而那时我正出生；只是东方西方隔着这么远的距离，谁在其中打了一个洞，才把我们接在了一起？我的父亲吗——那个掘完了这个地洞又去挖出了自己坟墓的人？

也许漫游者不宜被具体指向为诗人，甚至是任意一个服从精神本质的身影，或超过腐朽生活而滞留在大地上的精灵们的后裔。感性的认识是：他们活跃在大量的城市和乡村，或紧紧围绕在我们的周围，用道德守护恶习，用肉体消耗人生，用未来画饼充饥。这其中，并不限制一些人成为现实中温柔或羞涩的野兽，以及隐匿在光环下的知名人物，或者另有一些在痛苦面前自己沉思和颤抖的人，也不能断定他们就是怀念灵魂生活的漫游者在今天的最后一次停留。当我在观望他们的时候，我有了一个思想者应有的迷惑和痛苦。

为了灵魂的漫游，大地在未来也同样会宏大得游刃有余，并不会因为更多漫游者的加入而变得狭窄；即使地球毁灭于我一个人的幻想之中，还会有另一个星球来承载罪恶的人类。不同的是：漫游者的世界观里只有旅行而丧失了对家园的回忆。

现在我们急切需要把地球上那些有用的东西挖干净，然后快些逃走；但是，如果没有一条像地球那么大的船，谁又能带走整个人类？看来能搭上这条船的人肯定不是我们——我们肯定是没戏了！那么，我们的子孙后代一定会因为被抛弃在这片绝望的大地上而惊慌失措。一个丧失了大地的漫游者，前途又在哪里呢？这悲凉的结局，反倒完成了特拉克尔最后的赞美："疯狂者已经死了，而人类却埋葬了自己！"

其实漫游者虽然内心强大，身体却可以缩得很小，扯过一片树叶就可以盖上自己。而一片树叶对大地的担心，纯属多余。所以，我一个人的思想一经写出，就已经报废，何况是一篇并不能控制生活局面的杞人之思。

我们每一个人都无法摆脱生命所赐——我说的是我们生活中的空间和时间。就是这短短的几十年，一个人的时代感已经形成——创新的愿望已经属于梦想部分。一个时代所凸显的伟大优点和它的错误几乎同样可见。一些正确的观点陆续得到验证，这些观点甚至来自从前。一些埋在土里的罂粟之花开始摆脱恶魔的嘴脸，并且得到好奇心的理解和重现，但一个错过了时代的精神成果依然显得遥远，它似乎只宜于在美学和道德方面给予足够的称赞，而获准需要嫁接和进入传统的部分其实已经面目全非——时间只对未来感兴趣，因为未来是希望和信仰的寄生之地。

未来可以使人暂时忘记痛苦和绝望，而不生愤懑。人类虚伪的世界观已经把未来描绘得辉煌灿烂，类似于神的家园，人只需从中分享鲜花和果实而不再经历艰辛的时光，所以未来既甜蜜又虚幻。而我们今天的时代，又是时间中多少老死的鬼魂幸福的梦想呢？！

波德莱尔不是地狱里回来的人物，他和但丁的心灵有所不同，也许他还可以容纳歌德的梦想，但他在绝望的角度谈到的幸福，却使他诗歌中的"人道主义"折断了巨大的翅膀。这种诗歌现实让我有了另一种想象，假设我们生活在一个不确定的时代，你要在时间中选择哪一个朝代度过你的幸福时光？选择可能多种多样，春秋、东晋、唐朝……其实除了更远的神话时代中那些巨大的云霓可以托住人类飞翔的翅膀，哪一个时代都各有其艰辛和动荡。

而一个诗人所需要的那座山岗已经在历史的变迁中改变了模样。往昔和今天一样，即便是桃花源也一样面临生态威胁，或演化成了道德的荒漠。看来生活中普遍的东西总是一致，不同的只是它的黑色幽默带来了种种荒诞：不同的时代风靡不同的浪漫。

不幸的是人类本身，"要靠自己才能找到一切"，因为人有原罪在身。如果没有磨难让人更快地驯服，人类马上就会乱成一团，即使诗歌被注入了宗教的魔力，谁又能阻止整个世界落入黑暗？世界太沉重了，像一块漂浮的巨大石头，烧起来有星辰的炽热，暗下去有陨石毁灭的寒凉。所幸我们一直满怀热望，像身体里烧着一把火，始终被自己所鼓舞和照亮。若非如此，人类早已坠入另一种生活了——像一块放弃了燃烧的石头。那么，我们是否可以这样想：虚伪的幸福感和世界观，只是为了维持一幕人生的悲喜剧不过早散场，除此之外，一个气象纷纭的时代，是不是将因剔除了寂寞和空虚的生活而变得空空荡荡？

现在，诗歌带给我的虚无感和时间中的虚无感一样强大，那些极尽所能，搜检着美好幸福的词汇所拼凑起来的诗歌，充满了风光旖旎中的罪孽和伪善，而那些貌似权威并且始终穿梭在诗歌运动中的男人女人，则一半是野兽一半是火焰，还有一半也许有恶灵的身份，他们要把更多的人引入魔鬼的家园，之所以有很多人至今浑然不觉，是因为魔鬼也有意外的幸福感。而我夹裹于其中，只能选择"火焰"的身份，这样既给短命的时间一份希望，又给我冰冷的内心保留一份温暖。而我仍旧心存疑惑：这束火焰到底能烧多久呢？！

肤浅的写作会赢得荣誉，独特的思考将加深偏见。维护经典并非保守，创造经典并非狂妄，只有鄙薄经典和传统的人，才在心灵里充满缺陷。那些被风花雪月教育得满脸欢欣和悲伤的人，不过是名利的收获和缺失所造就的宵小和瘪三，或不过是在时间中假装成熟起来的浮浪少年，即使他们熬过了人生百岁，他们依然蜗居在文字的褴褛和贫乏的想象力之间。相反的是，你的写作如果与流行的东西相悖，也许有一个巨大的好处：它培养了艺术的自信和傲慢。

另一个奥秘是：诗歌因丧失了普遍的阅读和欣赏而保留了狭窄的力量，并减少了被模仿的风险。也许自得其乐是其中的动力之一，但与其拉断了鼻子去装象，倒不如独享一个人心中的孤立和荒凉。正如时间之于诗歌，有能力接受其考验的人，时间也不损坏他的光荣和梦想。其实时间从不会考虑诗歌所要适用的标准。时间只是大浪淘沙，并不掩饰它的暴力和涤荡之心。

视觉艺术启蒙于孤独，而诗歌与咒语和呻吟有关，一切艺术的发端也许并非循规蹈矩，但文明和真理从自然中分离出来之后就陷入了混乱，连柏拉图和亚里士多德的心灵都疲乏得像亚历山大崩溃的军队，即使后来的精神征服者占领了人类文明的高地，即使他们后来不断发现和重塑秩序和道德，我们依然在漫长的时间里失魂落魄，更多的人不可能像英雄那样生活，我们只是满怀激情又残缺不全的人，艺术如果呈现了部分现实和模拟了全部的未来，那未来又与我们何干？现实尽管是局部的，但它严酷的一瞬已经让我们命悬一线。

诗歌只是最后的安慰，她和宗教的意义一样，宛如墓地上的花朵、伤口上的盐，她梦呓一样的祝祷让我们心中茫然。如果宗教是这个世界上"巨大无形的黑暗"（叶芝语），那诗歌或者就是另一个更大的黑暗。直到现在我才想，如果我对诗歌根本就一无所知，我今生将过得多么朴素、平静、安全。

但现在一切都颠倒了：如果毒蛇是雅典娜的车轮，如果苦行僧是神的运动员，那么诗人就必是黑夜的塑造者，一个伟大光明的世界，必须有人给予善良的提醒，如同一个夜晚必须贯穿一个白天，如同富丽堂皇的天空必须有一道黑暗的闪电。诗歌的麻烦是宗教的麻烦。如果诗歌是一个完美的宗教，诗人中就永远会有忠诚的信徒也会有背叛的撒旦。直到现在我已经听不进别人的劝告，我的眼前始终有个幻象，一个暗中的守门者在《俄耳甫斯》的诗句中替我告诉你："普路托之门上的锁不可能打开，里面是一个做梦的人。"

我们始终无法直面一个诗人内心的生存状态和文化冲突，但一个诗人的确是一个巨大的精神现象。我这样说已经远离了那些技巧、流派、纷争和社会功利的影响，创作者已经开始在诗歌的世界里重建自身的秩序和辉煌，诗歌有了再次创新和开放的双重意义，一个新的精神空间开始焕发耀眼的光芒。假定这个空间就是诗歌的理想——一个诗人的梦幻之乡，那我需要再精确地描述一下：诗歌通过诗人的虔敬之心和伟大的胸襟获得了这样的现实，他得以在一个明亮的精神峰巅上实现人类的艺术之梦，诗人作为其中的主角，有理由享受其中的荣誉和佩戴缪斯赐予的桂冠。这如果是我们的前辈诗人所创造的财富，那么，我们可否把它视为一种伟大的传统力量呢？"传统是革命的同义语"（西班牙诗人阿来桑德雷语），这让我们在寻找出发点的时候，是不是首先就有了明确的方向？

现在，我们的诗坛上，创作和批评的气质并不缺乏，但它们有时又截然分开，这缘于创作者和批评家对某种现象的独立欣赏和偏爱，甚至是极端的恭维和追捧，其实结果往往适得其反，

一个诗人最个人的部分常常出人意料地胜出，并成为长时间里一种独特的诗歌现象，而批评家的意见和建议则背道而驰，但这也不妨碍批评家从中获益，只是他总是在关键的时候丧失精确的判断和应有的目光。显然传统不属于墨守成规和盲目陷于已经成为经典的那一部分。传统是一个庞大的东西。打破传统或突破传统的说法与做法是多么虚妄。继承传统仿佛是空谈，但传统的历史记忆和空间感会把你拉入时间中，让你意识到整个精神时代都是浑然一体的关系，而你也将从中获得自己的存在背景和一个人的画面感。

传统就是这样奇妙而庞大，任何诗人和艺术家从不会单独摆脱她。但传统的力量有时又不限于古典的诗词歌赋，其实她可以来自各个方向：神话传说、野史、方志、杂记、地理之书、巫祝之词亦或政治家的巧妙辩驳等等。她或许同样可以提供一种神秘的文化想象，有时她或者就是传统的真相。传统有时也包括微妙的技巧——而技巧有时则更像一件新的艺术品，它呈现了文字的魅力和奥妙，呈现了一个诗人熟练使用当代文化的某一部分成果，并使这些成果具备了建筑品质和审美效果。而其中的创新部分总是显得微弱，有时又会被时间快速淹没。你试图加入的新花样，看似对完整的艺术秩序有所领悟，或者通过对一两个艺术家的盲目喜爱而放大到对整个文化传统的把握，其实你仍然如坠云雾。在传统面前，我们需要谨慎而行，以免落入一个人无法自拔的心灵漩涡。

"诚实的批评和敏感的鉴赏，并不需要注意诗人，而需要注意诗"，艾略特在《传统与个人才能》中反复说到的这句话，实际上对我们已经有所警示，他既直指诗人在阅读中的缺陷，也毫不客气地说到了不深思诗歌而是转移了注意力的

批评家,他们的鉴赏似乎有所图谋,如果这种艺术修养确非文化积淀的浅薄所致,那他们心中的世界该是多么阴暗和可怕!我们又怎么能期待这样的批评家来为我们的精神生活拨云见日?我甚至怀疑:他们翻手为云覆手为雨的批评才能仅仅是来自某种文化?

用有限的艺术视野来训练自己的创作,肯定是错误的。其实我从来不否认天赋,不管是来自记忆、思考还是阅读,天赋都可能存在,但如果他总是蔑视经验成果,在诗歌艺术上他也不会轻易成熟。很少的即使是声名卓著的诗人,也不可能带领你走出迷途。因为诗歌需要借助可靠的关系——传统与心灵。"诗人必须……获得过去的意识",艾略特似乎也做了这方面的暗示。

诗歌写作在一部分人手里,可以成为极其简单的事情——甚至游戏之作或行为艺术也可冒充诗歌;一个白痴的梦呓和一个疯子的自言自语,难分伯仲,偶尔也会露出诗人的面目;诗歌同时也不阻止一个文盲和一个流氓共同登上诗坛领袖的宝座。但真正被时间留下来的人,是和传统与人类的文明果实站在一起的,他的艺术之光大于他保存于世的声望,大于他使用过的短暂的时空和梦想。如果我愿意把诗歌看成宗教,优秀的诗人永远是上帝派到人间来的歌唱者,他们对生命的怜悯和赞美,总使人类生生不息,充满繁荣与繁衍的信心和热望。

作者简介 | 北野,河北围场人,满族。出版诗集《普通的幸福》《分身术》《读唇术》《身体史》《燕山上》《我的北国》《上兰笔记》等多部。获孙犁文学奖、《民族文学》年度诗歌奖、《莽原》年度诗歌奖、《诗选刊》杰出诗人奖等。现居承德。

马行的诗

渤海湾边

世界,在渤海湾边
是一个小小的城

更小的城,可是门前的
一朵花儿?

此刻,爷爷在饮酒
奶奶在晒太阳

而一朵花儿之上,一只蜜蜂只那么轻轻地一飞
城门就关了

巴里坤向北:孤独之神的家乡

巴里坤向北,翻过雪山
再过两个村庄,是二十里庄破屋

从二十里庄破屋向北四十公里
是孤独之神最喜欢的二百四十里戈壁

二百四十里戈壁偏西
有两个泉眼,还有无名野花
开得很慢很慢。再向北

是后园,孤独之神的后园
有一座山是寸草不生的黑园山、一座千年烽

火台
无姓,也无名

荒漠书

几十年了,有一个大漠
还有一个戈壁,悄悄住进了我的身体

当我行走在大街上
极少有人知道
有些时候,大漠和戈壁与我的方向并不一致

我若孤独
必是大漠卷起了沙暴
我若走投无路
肯定是戈壁遇到了断崖

还好,每当风和日丽
天也就蓝了,也就空了

我不停地走啊,我在荒漠与俗世之间
空旷又虚无

大戈壁滩上的铁皮房子

人到中年,天下无事
大戈壁滩依照大风和小石头的意愿,重新布局

地质勘探者来了又走,唯一的铁皮房子
被我涂成天空的蓝

门不必关,窗不必关
我在铁皮房子里面看书,写作

想念谁了,就到门口坐一坐
饿了,就用电磁炉煮挂面

这是我梦中的世界,它南北通透,一边是地平线
一边是隐约的雪峰

手风琴

世界从塔城开始,而此时
塔城却从哈尔墩玫瑰小院的手风琴开始了

从傍晚到深夜,那位拉手风琴的哈萨克大叔,一
　　直不是在拉琴
而是在拉动一个无边的草原

格尔木河

冰川融水,昆仑山神
沿着陡峭的河崖一路向北
出昆仑山口
游子一样,来到格尔木

按说它有很多选择
可向东,可向西
可选择久居昆仑山中,也可长途跋涉
奔赴三千公里外的海

可它却放不下前世
它哪儿也不去
只是以格尔木的名义
一次次放慢速度

它就是格尔木河
它走进达布逊
像你放弃繁华一样,放弃千年冰川水的甘甜
在察尔汗盐湖
上半游成为孤独
下半游成为盐

骆驼刺开花

戈壁滩上,骆驼刺不喜扎堆
东一棵西一棵

骆驼刺也开花
星蓝色,还带着
淡淡香气

只是,花儿太小
一个人必须俯下身
仔细看
才看得到

今天我又来了
找了半天
却发现小花儿
可能太自卑,也可能是太寂寞了吧
大都忘了开

阿尔泰山的狗

阿尔泰山的狗距离巴特尔家的毡房很近
距离白云和羊群很近

有的站在马厩外
有的趴伏在草原上
还有一只在山路正中
半睁着眼

那天,急匆匆赶路的我
都要踩着它的爪子和尾巴了
它,照样一动不动

一天又一天
它,它们多么温顺
站着或趴伏着,像一座座缩小版的
阿尔泰山

哈浅22石油井

想调离的,就让他调离吧
应该留下的,自会把哈浅22石油井当作永远
　的家

这么多年,井中褐黑的石油流淌
井口四周,东西南北方圆八九十里
全是彩色的石头

金丝玉,玛瑙,彩泥石
就像诸多生命场中的我们
都是内含孤寂与梦想的彩色小石头
有名无名的孤单小石头

你看哈浅22石油井的那位女工
她真是幸福,她无论坐着站着,还是一个人独自
　走着
所有彩石
都在为她闪闪发光

塔城东戈壁

帐篷门口
有一个马扎坐着就可以了

风停了,鹰飞远了
灰蓝色的天空分外轻淡
有一双眼睛就可以了

不需要抽烟,不需要有酒
清茶,白开水,手机或电脑,也不需要
有一匹马儿就可以了

在塔城,在东戈壁,太阳想落下就落下吧
有一个黄月亮慢慢升起来也很好

准噶尔盆地行记

准噶尔盆地的东面,走着七百里长风
西面,卧着八百里戈壁

准噶尔盆地的中部
有两条河流,已枯干了千年
还有沙山,正在熟睡

是的,准噶尔盆地并不荒凉
它只是厌倦了繁华

在这儿,某些星星
如果累了
依然可以从天上跳下来
化作戈壁石

这个下午,在准噶尔盆地的木垒哈萨克
我随手捡起的
一块戈壁石,内含星光

无名戈壁谣曲

戈壁的鸟兽
哪儿去了?戈壁有玉

戈壁的风为何
从左刮向右?戈壁有玉

戈壁的月亮为何
那么小那么亮?戈壁有玉

千百年了,戈壁为何坦坦荡荡
还长达千里?戈壁有玉

是的,为何这戈壁无名,为何这戈壁都远离众神
  又远离俗世了
却依然温暖?戈壁有玉

在海边

大海即是崭新的旅程啊

一个人把背包放下,又拿起。一只只灰鹤,站在
  大海边
等风吹醒

我是塔城

天亮了,星球多么耀眼
我啊,我是塔城,端坐亚细亚大陆之正中

中国—哈萨克斯坦的边界线多么漫长
我啊,我是塔城,我是手风琴淡蓝色的旋律

左边一座巴尔鲁克山,右边一座塔尔巴哈台山
我啊,我是塔城,拥有满山野花

白云近了,流水远了
我啊,我是塔城
我爱上了一只恍若隔世的巴什拜羊

和布克赛尔小城以北

和布克赛尔小城以北
有一棵胡杨树

这么多年了,我在西部
总能看到一棵或几棵,北极星一样孤单的树

下午时分,我把勘探队的
蓝色卡车
停在了胡杨树下

不经意发现,二三十公里外,停着的一长列青黛
  色大山
火车一样
可能也会开走

昆仑山、天山，阿尔泰山

我从昆仑山来到天山
又从天山来到阿尔泰山

我一路捡拾喜欢的石头，一块又一块
我把冰川融水装进一个个水瓶

此时在乌鲁木齐地窝堡机场
我有些忐忑，我默默祈祷能够通过安检
因为我的拉杆箱有些特别，里面有我捡拾的

河流湖泊，以及昆仑山
天山，阿尔泰山

杜尔伯特

那天，蒙古包中
杜尔伯特少年把哈达献过来
杜尔伯特青年在唱歌
痛饮的人，把奶茶也一饮而尽
夜深了，宴会散了
我们走出蒙古包，杜尔伯特下起大雨
草原下起大雨
大雨哗哗啦啦，夜色哗哗啦啦
落在我们的一把把雨伞之上

沙漠梭梭枝

古尔班通古特沙漠中
我在沙山顶上采一支梭梭枝
又在沙山半坡采一支

我把它们放进帆布包
出了沙漠
到机场，取登机牌
要上飞机时
安检员问我这是什么
我说"宝贝
我的宝贝！"

山高啊，路远
梭梭枝在哪里
沙漠就会在哪里
梭梭枝带着沙漠之魂飞跃天山
飞跃祁连，飞跃黄土高原
飞跃我的孤独与迷茫

如今，世上有两个古尔班通古特沙漠
一个在新疆北
一个在我的书房

我们来到A-5号采油站

A-5号采油站
在渤海湾畔，荒野一样空寂

年轻的采油站长名叫江春花
在她指令下
A-5号采油站黑黑的石油
沿着管线一路向南

"这儿属于地质上的燕子岭隆起
地下原油已不年轻，全都过亿岁了"

那天，江春花在讲解
铁皮房子前
一台桔色抽油机，真是温顺，一如与世无争的长

颈鹿

自在，又悠闲

在戈壁滩上骑自行车

我有一辆自行车
那是我委托勘探队机修工组装的
自行车前筐有干粮和水
车梁下绑着防狼棍棒
好脾气的戈壁滩很少扎胎
我骑着自行车见工友
我骑着自行车看明代的烽火台
我们与戈壁滩一起颠簸
天黑下来，我们须返回勘探队驻地
我弓腰蹬车，回头看
后座之上，我捆绑的一大块戈壁石
正闪闪发光

勘探小站

方圆三百里，仅有的两栋铁皮房子多么安静
仪器车上的天线多么安静

冬去春来，当鹰飞远
小站四周的骆驼刺自会悄悄地开花

小站，小小的勘探小站
能够放慢脚步
当一名勘探工人也好

小站，小站，一个人在小站上生活久了
自会习惯与孤独打交道
自会用孤独
把一个地球轻轻转动

大风停了，我们驻扎在昆仑山下

大风停了，卡车纷纷熄火
我们集合，扎帐篷，生火做饭

我们的番号是SGC2107勘探队
但我们的前身却可能是
一支天外部落

抬头望，有只雄鹰
时而盘旋，时而滑翔
仿佛正在值守

山坡上，闲下来的勘探队员打闹说笑
极有可能，传说中的昆仑山神
已混迹我们中间

作者简介 | 马行，生于山东，参加第17届青春诗会，中国作家协会第十届全国委员会委员，中国石化作家协会副主席。著有诗集《地球的工号》等。

在"我"和世界之间:马行诗论

· 李 玫 ·

我在准备写这篇诗评之前习惯性地寻找或者说等待一个合适的切入点降临时,分别想起戴望舒和北岛的一首诗。这当然可能是源于学院派评论的某种思维惯性,一个不断需要参照和寻求援助才能打开的解读习惯,以及,由此带来的引经据典式的拖沓、繁琐和隔膜。但这样的联想有时也是好的,它让一个诗人置身于很多诗人中间,这其实是残酷和有效的:它能让那些原本面目模糊的人坠入更深的模糊中,但也让另一些人在人群不能遮挡处异常醒目地脱身而出。

一

被想起的戴望舒的诗是这首《无题》:

我和世界之间是墙
墙和我之间是灯
灯和我之间是书
书和我之间是——隔膜!

诗中"我"和世界之间经过层层阻挡最终是隔膜的,这是那个时代常见的对于个体孤独感的关注,这首诗从外部形态到内部体验都是收束的。它被想起很大程度上是因为,马行的诗中也有孤单感,但却呈现相反的抒情模式,"我"和世界之间是互动和不断打开的。

在这个打开的世界里,"我"和它们是从亲密走向更亲密:"小蒿草坐着,我也坐着/整个上午/我们肩并肩,坐在念青唐古拉山北麓,海拔4000米的/山坡上"(《小蒿草》);和一块砺石"并排坐着,你等你的/我等我的"(《陪一块风砺石在准噶尔戈壁滩上》);"天上的月把我当兄弟/小野菊认我做大哥/草原是我的客厅,沙漠是我的书房,戈壁是我后园,荒山是我座椅"。(《勘探途中:当我遇到诗神》)从身体之间物理距离的贴近,到亲族关系指认与家园依恋建立,互动是清晰和不断升级的。

或者共同分享与彼此融合:"塔里木,大风分两路/一路吹我/另一路跃过轮台,吹天下黄沙"(《大风》),甚至,"我就是/罗布泊"(《罗布泊》)。废墟上的荒草,"可是另一个我/还在疯长"(《废墟上的荒草》)。或者,"我"就是黄河的支流:"我的波浪,是芦苇、羊群、奔马、雄鹰//我的上游,是祖父的微笑,祖母的琴声/我的下游,是大风和云朵在渤海湾与帕米尔高原之间,来回游荡"(《我就是黄河的支流》)。世界是张开怀抱涵纳万物的,每一个"我"都以无数个"我"的形式附着在万物之中,"我"与众生同在。

这种浑然是普适性的。诗人可以,姚师傅也可以。"等我们再次来西藏,有缘就见到他,无缘也会见到另一个他。"(《姚师傅》)万物之间也可以转换和流动:"沙子一堆堆,一缕缕,有的是骆驼/有的是王妃,有的是楼兰"(《坐在塔克拉玛干的沙山上》);"青藏高原上的电"可以化身为"薄薄的云""滑翔的鹰""闪电""蒿草""雪莲花""酥油灯"(《青藏高原上的电》)。跟农业质地的植物相比,电作为工业时代的产物其实不太容易生长诗意和抒情,但这首诗通过这样和万物关联的连接方式,完成诗意的对接。

更深的机缘是在时间的循环往复中累世叠加:它们是"我"前世的父母、兄弟,甚至就是生生世世的"我"。在"我"和万物之间,马行常用"似曾相识"来实现对可能存在的渊源的指认或暗示:"似曾相识的小蒿草"(《那些人》),"似曾相识的青海女子"(《茫茫》)。这种飘忽的似曾相识甚至成为一首诗的全部抒情驱动力:

> 从山东的黄河口,来到青海的玉珠峰下
> 难道只是为了相遇
> 它到底受了多少雨淋日晒
> 到底在那里等了我多少年,心情又如何
> 我统统不知
> 它沉默,好像在思考什么
> 难道数百年前,我像它一样,也是玉珠峰下一块石头
> 为了前世,也为了今生
> 我用地质放大镜左看右看、仔细地看……
> 我感慨它粗粝的背面
> 像我没有做完的梦
>
> (《石头记》)

一块石头在玉珠峰下等了数百年,一个人从黄河口风尘仆仆来到遥远的青海,前世和今生的界限渐次退去,轮回的秘密顷刻间被洞悉,我们都是这个世界结的果实,岁岁年年。所以,牛羊是火车前世的兄弟和朋友,"昆仑山的石头,前世是一群小羊"(《茫茫》),而林芝原始森林的那棵杏树,曾是月光的爱人,它们在各自一世又一世的轮回里相遇,"风和经幡相遇在山坡","蒿草和牛羊相遇在河谷"(《在阿里》)。青藏高原和"隔世的冰峰"噙泪相见(《当下》),隔着很多个时刻等一个时刻,隔着很多个世纪,小院等另一个人,"那小院,看上去/多么眼熟,仿佛很多个很多个世纪以前,有一个人把院门打开/等,等我此刻/再回来"(《青海草原上》)。

所以,跟戴望舒诗中的"世界"逐渐收束到墙、灯、书这样的近和向内相比,马行的诗刚好是不同的:"我"打开万物也打开自己,壁垒在拆除,"我"和世界交会重叠,然后,从近走向更近,从远走向更远。这是不同的质地和气象:敞开的,浑然的,有元气和初生的。

这种质地是珍贵的,也是危险的。它的危险之处在于,跟个体生命的完成一样,抒情主体的建构与成长,是需要在自我与世界的分离中完成的。能否完成并呈现这种不断走向完成的动态过程是用来甄别一个诗人质地的重要指标,也是接下来必然会审视的问题。

二

北岛被想起的诗是《一束》:

> 在我和世界之间/你是海湾,是帆/是缆绳忠实的两端/你是喷泉,是风/
> 是童年清脆的呼喊
>
> 在我和世界之间/你是画框,是窗口/是开满野花的田园/你是呼吸,是
> 床头/是陪伴星星的夜晚
>
> 在我和世界之间/你是日历,是罗盘/是暗中滑行的光线/你是履历,是
> 书签/是写在最后的序言
>
> 在我和世界之间/你是纱幕,是雾/是映入梦

中的灯盏/你是口笛,是无言之歌/是石雕低垂的眼帘

在我和世界之间/你是鸿沟,是池沼/是正在下陷的深渊/你是栅栏,是墙垣/是盾牌上永久的图案

很显然,跟戴望舒诗中"我"与世界的隔膜相对应,这首诗是寻找连接的。所以在它多达30种意象中,容纳了涉渡(帆)、界说(画框、窗口)、标度(日历、履历)、指引(罗盘)、照亮(光线、灯盏)、开启(序言)、阻挡(鸿沟)等多重关系,不断探寻一个人和世界之间的各种可能性。

一个人要看见世界和自我之间的界限才能回到自身。一个和世界浑然一体的人注定是要在反复的质询、分辨和寻找中确认自我:我是谁,我从哪里来,要到哪里去?这是个体生命用来回应整个人类的精神命题。在一个人的诗中完整看见这样的追寻过程是让人惊喜的。毕竟很多人终其一生从未被唤醒然后坐卧不宁的想要启程过,无论是被自己还是外部世界。

马行的诗中,这种确认个体和世界关系的路径是质询、辨析和起身寻找。

这里有持续不断的发问:"矮矮的蒿草在等谁/小鸟在等谁/德吉梅朵老阿妈,拄着拐杖在等谁"(《在当雄小城》);"是谁把巴颜喀拉山放在了青海,又是谁让万里黄河从这里起程"(《青海》);"你是谁的使者,又是谁/让我们相遇"(《格拉桑姆》);"她是花神,还是前来迎接我的一个小女儿//她啊/到底是谁?"(《菊花》);"工人公寓、假山、人工湖/女勘探队员、越野卡车、玩泥巴的小孩子/又是谁的赌注……//哦,勘探基地啊,这废墟上的荒草,可是另一个我/还在疯长"(《废墟上的荒草》);"一座座雪峰,是谁的思绪/一只只斑头雁,是谁的目光/一条条小河,是谁的脚步/一朵朵雪莲,是谁在笑"(《在喜马拉雅山》)。

然后是寻找。"我找寻大海的前世,以及三百年前/住我隔壁的女子。"(《在禅寺》)这种寻找是上天入地和预约来生的:"给月亮写信","给水星和火星发电子邮件",写"春之风沙,夏之落花,秋之空远,冬之寂寥",但收信人是"下辈子,远方,一个坐在云朵上的人"。(《信件》)他的寻找,是"从青风里寻找到灯芯,从流水里找到火柴"(《冈底斯山》P45),是"想遇到一朵雪莲的灵魂"。这样高远而没有归途的寻找,是一座山的孤单,是在尘世中没有终点:牦牛走了,雄鹰带走了云彩,"这是异乡还是故乡,我的孤独如此空荡"(《冈底斯山》P46)。

这些让人坐卧不宁的质询和不断的起身寻找,使抒情主体开始拥有自己的轮廓,这是个体和世界的边界,是自我生成的驱动力和不能或缺的疆界:

我总想

到大雪山的里面看一看

我疑惑

大雪山不是一座山,而是一扇前世的门

我招手,喊话

向大雪山投掷石子

却不见

有人把门打开

难道,凡俗人

永不能看到命运的另一面

临走时

我依然不甘心

我再次捡起一块石子,向大雪山

投去

这首《面对大雪山》让人想起卞之琳的《投》，除了"投"石子动作的相似外，更本质的，是隐蔽在其中的孩子气不断探究的好奇里有哲思。在卞之琳的诗中，小孩子投石子的动作里有着海德格尔式的"被抛"，是对存在的体认。而这首诗里至少有四种人生的命题：我们想要洞悉自身所来之处的秘密，这是一个人终其一生的好奇；我们用半生的努力向未知处不停地询问却终无应答；我们的疑惑：是否有些秘密终生不会对人世敞开；我们接受，但转身撤离时仍会心有不甘。

一个人走向完整的过程必然要这样追问来处与归途。所以，对于一个不断寻索"我"和世界关系的生命来说，"家"是一个必然被打捞和追问的名词。

我想安一个家
屋前是可可西里草原，屋后是可可西里山
在那里，我要做的第一件事
把阳光做成我的拐杖，把月光做成手提的
　灯笼
然后我到可可西里深处
做第二件事，找回我迷失在前世的
藏羚羊：一只是我兄弟，他比春天小两岁
一只是我姐姐，她比夏天还要大三月
还有一只是我的女人

《可可西里之恋》是马行诗中关于"家"的较为精准的描述和向往：阳光做拐杖，月光是手提的灯笼，"比春天小两岁"的兄弟和"比夏天大三个月"的姐姐，这个以季节为参照的年龄标度的方式是不是很迷人？更重要的是，我会"骑着一头草黄色的可可西里野驴"，带着打了包的时光和幻觉，一起回到今世此生。

还有些时候，"家"是这样："我想安一个家/就在大孤岛，就在大孤岛无边无际的槐树林里/在那儿，我吃天上的月亮/饮地上的露水/在那儿，天上有多少星星/地上就有多少蜜蜂。"（《大孤岛》）或者是这样的："在大地上，我有三个家/黄河滩/开满梨花的园子/帐篷"（《我在大地上一天天地游荡》）这是同一个答案的不同版本的解法。在很多种解法中，我们抽绎出被打散的关于家的得分点。比如：幕天席地的物理空间，逸出今生今世的时间长度，与日月星辰同一序列的食物链定位，与天地万物之间的拥有和被拥有。

还应该提及《勘探奇遇记》，这是比"家"更大的理想世界：它是城市的前生和乡村的来世，"那儿的骏马比星星还多，那儿的女人比桃花还美"，"那儿的春天像童话，那儿的河流比玻璃还要明亮"，有"参天的古树"和"开满鲜花的原野"。但这个世界无法抵达，因为"要想找到那儿，须由星星引路"，"我没有带指北针"，以及，知道地址的勘探队的老队长"已经去世了"，而"更清楚宝藏位置"的众神已消失。

至此，我们看清了一个诗人关于个体和世界关系的完整表达。

三

在这样的清理之后，还要说到其中类似味觉体验的质感：前调与后调，入口与回甘。

马行的诗给人最初的印象显然是浩荡和辽远，但其后调中却具有某种反差很大的温和柔软的气息。

我们在那些被反复指认过的坚硬的骨架般的气质中可以看见很多处不同的质地：《电建施工时刻》中，在大山的浑厚内敛和草地的温和辽阔之间，在小草的柔弱和千年冻土的坚硬之间，大胡子队长面对藏羚羊到来时"后退三里,让一条路"的一声令下,有父性的浑厚与母性的悲悯,是百炼钢和绕指柔同在的反差与张力。《弯月》中新月的钩上有"糖",舟上有短发女子,梦里有小狗小猫,这锋利的藏刀般的新月因此有男性的凛冽、女性的甜美和孩子的稚气。

马行的诗中有很多"小":"小狗小猫"(《弯月》)、"小猫小狗"(《夜空》)、"小弯月"(《拉萨夜》)、小新月(《小新月》)、"小蒿草"(《那些人》《天上》)、"小小麻雀"(《影子》)、"淡黄小花"(《藏地词》《那曲草原:一朵淡黄小花》《冈底斯山》《在青藏高原上》)、"小羊"(《杏花杏花》)、一只模样俊俏的小羊(《那曲:赶火车记》)、"一群小羊"(《茫茫》)和"小小的甜"(《可可西里地质探区》)等等。仿佛世间辽阔而生命稚弱,强大总要和柔弱相依偎。

与"小"相对应的,经常有很多叠词:"轻轻"(《火车来到了唐古拉》)、"怯怯"(《那曲:赶火车记》)、"青亮亮""泪汪汪"(《电建施工时刻》)、"青青的,亲亲的"(《在青藏》)。

它们是长空浩荡与长空浩荡之间一小片的温柔缱绻:

从天山向北,整个准噶尔盆地
加速,再加速
就在古尔班通古特沙漠边缘,东经 91°23、
　　北纬 44°16
一棵小野菊,一个小仙女
拦住了我
她小小的、瘦瘦的,似乎迷了路,在地质越
　　野车轮的前面
向我举起淡黄小花

(《小野菊》)

在"大风""大山""大雪山"之后,在强悍粗壮的地质越野车轮前,"小小的""瘦瘦的"和"迷了路"的"淡黄小花","举起"的动作,是如此纤细和脆弱,是让人心疼和想要保护的。像那幅触动人心的摄影作品,战火中的叙利亚幼童,面对摄影记者的长镜头,慢慢地举起了双手,这是她从小学会的投降的动作,她以为那是一把枪。这是文字和视觉艺术共同触动人心的东西,罗兰·巴特所说的"刺点"。

而另外一些时刻,马行又会把那些本应质地温软的词写出凛冽之气:"思念像大海一样辽阔……那个零下十二度的弯月/如尖刀",月亮是零下十二度的,而且,如尖刀。不是"小弯月"或"小新月"(《望星空》),这里的温情没有缠绵。

或者,把"小"写得气势开合:

从念青唐古拉山南麓的当雄草原到昆仑山
　　北的戈壁滩
多么空远

那一株株矮蒿草、小蒿草
它们最低海拔四千米,还有一些
高过了六千米

因为居高
天空看到了它们仰起的脸,白云猜出了它
　　们的迟疑,就在它们身下那小的不能再
　　小的一丁点荫凉里
我看到

一队神秘的蚂蚁,正从那儿
悄然走过

(《苍茫》)

蒿草的"小"里，有海拔数千米的厚重来支撑，而它们那些丁点的荫凉里的蚂蚁是更"小"，但这小因为背靠着山麓和戈壁滩的"空远"而有"神秘"和磅礴之气。

还应该提及这首《大山》：

我有三座大山
昆仑、唐古拉、喜马拉雅
它们的乳名分别是小风、小雪、小石头

迎着昆仑的狂风
当我叫一声小风，我看见的是
飞沙走石

当我在唐古拉
向一棵又一棵小蒿草，说及若干年前的
　小雪
雪峰开始高耸，雄鹰向我飞来

在喜马拉雅，当我伸出臂膀
大吼一声小石头啊小石头，但见浅云飞散
光芒四射

它有一个十分辽阔而又特别干净的开头：一个人居然拥有三座分别叫昆仑、唐古拉、喜马拉雅的大山。说它干净，是因为，这不是财富占有者的张扬，我是说，不是一个地产商拍下某一片地皮时闪耀着金属光亮的霸气和嚣张。这里面有着孩童拥有玩具时的干净和喜悦，诗人给它们取了可爱的乳名：小风、小雪、小石头。你给自己的布娃娃取过名叫"妞妞"，把家里的小狗叫过"汪汪"吗？

"我"叫它们时，天地变色，飞沙走石，雪峰高耸，雄鹰飞来；"我"伸出臂膀大吼一声，"浅云飞散，光芒四射"，这样的思维图式里有人类童年时期的元气淋漓，有远古神话的荡漾飘渺：盘古开天，清气上升，浊气下沉，逐日的夸父轰然倒下，手杖生根发芽，枝繁叶茂，满树桃花葳蕤，桃之夭夭，灼灼其华，轻风过处，硕果累累。

而"向一棵又一棵的蒿草，说及若干年前的小雪"，这个温柔的小细节，使那些无边无际的力度，归于柔软的质地，如同一个大踏步的男人，在漫天的雨水里俯身抱起一只湿漉漉的小猫。就像这首《青藏高原》，在吞吐江河宏阔里，有着属于人间的"凉"和"甜"："青藏高原，我弯下腰喝一口长江源，又手扶巴颜喀拉山掬一口黄河源/它俩像唵嘛呢叭咪吽/有些凉，有点甜。"

能在这样坚硬和柔软，沉稳和惊奇、巨大和微小之间俯仰切换的诗歌，无疑是有着大开大合大起大落的坚韧和力度的，这一刻的诗人仿佛雄鹰附体："时而把天空缓缓抬高到云彩里，时而把天空狠狠降下来"（《天气》），这是一只雄鹰看世界的体验。这样的诗性的获得来自旷野的情感体验，以及由此生成的看世界的角度。

四

对于诗的讨论最终是会回到诗体的，诗体应该是一首诗的起点和归途。但很多时候，我们谈论文体更像是在谈论器物。材质、造型、工序、色彩、线条、装饰的纹样，工匠的师承渊源、手法和元素，等等。我这样说并不意味着对文体的否定，相反，好的器物是经得起时间和最挑剔的目光的，是每一个细节都反复打磨精益求精，每一个角度都恰到好处，是连瑕疵都能成为另具特色的别致之处的。人类文明史上遗留下的从青铜器到古瓷都足以让人叹为观止。

跟这些相比，马行的诗是少有"设计感"的，那些对于语言和诗体搭建层面精雕细琢的考究,那些复杂的意象或充满动力的换喻。印象最深的无非是"瓦蓝瓦蓝的两个女儿"这样的简单修辞,或《帐篷》中将生命切割成段,然后再重新对接,并在结尾处骤然擦亮:"……,加上……/加上……,加上……/加上……/加上……/加上……,加上……/……,又加上……/……在午夜,加上满天星辰。"包括《大风》这样诗性充沛的诗,也全无装饰。

这样的诗体结构带有自然生长的植物质地,仿佛旷野中的树:沉寂的单棵,参差错落的三五棵,和声般的很多棵。

它的生长方式之一,是按时间的顺序:早晨、中午、晚上。如同一节一节长出的枝丫:"从早晨开始,就有两朵白云/远远地守在半空/下午时分,不经意又望到那两朵白云/依然守在那儿……//现在,一堆堆篝火已熄,山谷寂寥/坐在帐篷外/借着月光,我隐隐约约,又看见了那两朵,一动不动/守着半空的白云。"(《冈底斯山谷》)

或者,是随着天然物象的变化:风再刮、风还在刮;天黑了、天更黑了。"都三天了/大风还在刮/……/大风还在刮/……/大风还在刮/……"(《在罗布泊》)"天黑了……/天更黑了……"(《行驶在准噶尔戈壁滩的黑夜里》)

还有,某个生命体的活动轨迹:在一天或者一个时段内的日常。比如一小群野骆驼的飞奔而去:"八头,也许九头,在天山南麓的大峡谷/一动不动//像土丘,像停下来的风,又像传说中的西域散仙/向着它们/我靠近,再靠近//突然,它们昂起头颅/向着隐约的地平线,绝尘而去……"(《野骆驼》)或者,一个人试图和雪山对话:"……招手,喊话/向大雪山投掷石子……/我再次捡起一块石子,向大雪山投去。"(《面对大雪山》)

这种朴素的近乎速记的诗体结构在马行的诗中占很大的比例。越是朴素的东西其实越难驾驭,一不小心就会滑向对自然秩序的复制,所以它注定属于少数人。那些不动声色的点燃方式,因此有大道至简的力量感。比如,《电网通到了巴仁多村》平静的叙述了电力工程的进展,然后电灯亮起时,"琼拉姆伤心地哭了,她第一次发现/电,是那么的亮":一个人为物质的匮乏或心愿达成而哭泣,是生活;而为电那么亮而伤心哭泣,却是诗。《太平洋传》顺序地罗列了黄河流过的轨迹,但在结尾处:"这个夏天,我第一次来到美国西海岸,就又遇到了那些水/已改名叫太平洋。"关于水文的记录是地理学,但看见世界上所有的水是相通的,这是诗。《写在日历牌上的》前面四个日期都是日常的事件,在第五个日期有了挣脱日常的一点:"我在五月十二日的背面,写下'晴,无所事事,唯黄河从门前懒洋洋地流'。"日复一日的生活是故事,黄河从门前流过时的懒洋洋,是诗。

每一个诗人的写作都可能面临的困境是,正在进入的是一个被无数人不断表达和彼此相互遮挡、覆盖的世界,他们需要不断地拂去既有的各种抒情图式而在挤挤挨挨的狭窄空间努力伸展,除非他进入的是一个从未被表达过的场域。马行的独特之处还在于,他的"无人区"开始逐渐生成一种相应的美学品质。

所以,"无人区"是地理概念,也是诗学概念。这是我接下来要说的另一个诗体特质:一无所负的歌谣般的轻快感。在人类文明的途路中,歌谣对应着个体生命或整个物种的童年时期,带有初民行走在广阔天地间的质朴、轻快和无所顾忌。这样的气息在马行的诗中经常被感知到:

风在天上，天上有窗
有布达拉，有海拔八千米的珠穆朗玛，有大
　　昭寺

水在天上，天上有雷，有闪电
有长江源，有黄河源

羊在天上，天上有可可西里
有小蒿草

火车在天上，她也在天上
我看见，她从唐古拉站下了火车，顶着一弯
　　月亮，到山的那边去了

　　这首《天上》中，有着类似诗经、歌行、民歌、儿歌和民谣的质地。"风在天上，天上有窗"、"水在天上，天上有雷"，顶真修辞加跳跃性强的名词，有初民的思维，也让人想到"一生二，二生三，三生万物，万物归一"式的万物相生绵延不绝。

　　相比较而言，《杏花杏花》前三节，更像是儿歌的语法或修辞：

杏花杏花，春天来了
雁阵雁阵，高天来了

西风西风，寂寞来了
江河江河，大地来了

远方远方，火车来了

雪山雪山，雪莲来了

前世前世，卓玛赶着小羊来了
今生今生，我无边的悲喜，青藏高原上一朵
　　又一朵白白的云，也来了

　　姜戎的小说《狼图腾》中，浩茫的蒙古草原上毕利格老人也哼唱过一段类似的歌谣：

百灵唱了，春天来了
獭子叫了，兰花开了
灰鹤叫了，雨就到了
小狼嗥了，月亮升了

　　这些接二连三的到来，仿佛一场雨后春天里不断拔节的声音。但人群聚合处的生长是这样容易被喧嚣的市声遮蔽，这些脆生生的音节因此更适合出现在人迹不常抵达的地方。

　　它们当然可能会像世界上所有的水都相通那样在深深的地层和我们根脉相联，但却是在遥远的地方生出的新植株："九月蒿草，十月劲风/此时，我的朋友扎西达瓦/正在准备过冬的棉衣、肉干、牛粪墙"（《天气》），其中有向《诗经·豳风》中"七月流月、九月绶衣"的致敬，但它鲜亮的游牧气息是古老的农耕文明中不曾长出过的。

　　这是新的。

作者简介 | 李玫，江苏东海人，现为东南大学人文学院副教授、硕士研究生导师，研究方向为中国现当代文学。

孟醒石的诗

翻阅一本旧书

翻阅一本旧书,就像走进一座老宅
上一位读者,七十年前的批注
如同藏在砖缝的密钥
让我轻易打开暗锁
绕过影壁,迈入垂花门
竖排繁体铅字密集茂盛
如同一棵棵高大的梧桐
字里行间闪光的亮点
如同罅隙透射的阳光
在尘世斑驳的留白

细读一本旧书,就像久居老宅
窗户纸太厚了,令人喘不过气来
日常的低语,突然冒出惊世的词句
宛如溽热的天气,一阵穿堂风吹来
让人浑身清爽
在孤独中体味到大自在
除了风声、雨声
还能听到弦外之音
看到阴暗的角落,长满嫩绿的青苔

破冰

大寒之后,星群沿着银河逆流而上
向故乡洄游
而我怕冷,很久没回老家过年
深知空心村,不过是一潭死水
冰冻三尺,难起微澜

今年正月初一,突然老家来电
叔叔、伯伯、堂兄弟们,上坟扫墓后
聚在一起喝酒,想起我来
要和我用微信视频聊天
一张张亲切的脸,出现在手机屏幕上
以方言呼唤我的乳名

刹那间,我幡然醒悟
孤独的异乡,疲惫的心脏
喧嚣的名利场,才是泥淖深潭
叔叔、伯伯、堂兄弟们,像一群破冰的人
正在隔空打捞一个个失踪的孩子
对着冰层敲击、呐喊
不惜凿穿灿烂星汉

在窗户纸上写字

酒醒之后,常常对着夜幕发呆
听昆虫鸣叫,看月影浮动
恍惚中,感觉与往昔不止隔着一个尘世
每一个尘世都裱着一层窗户纸
而我就是那个在窗户纸上写字画画的人
又坚决不捅破它们

在黑暗中面对这层背面发光的纸

反倒能够透写出一个个自己
从早年的杯弓,描绘未来的蛇影
解析命运何以
无知时扑朔,有悔时迷离
为了养活几条泥鳅草鱼
开满鲜花的道路,悄悄变成芦苇湿地

最后的晚餐

晚上十点以后,地铁一号线终点站
路边冒出十几辆三轮车
卖炒饼、热干面、炸串
熬夜的文员,加班的工人,游荡的社会青年
三三两两,围拢过来
把这里当作露天深夜食堂
大雪过后,气温骤降到冰点,依然热火朝天
我也是其中一位食客
经常独自一人,深陷这烟火人间
那天,我数了数
左边有六个人,右边有六个人
恰似达·芬奇的名画《最后的晚餐》
只是没有人背后藏刀,没有人捂紧钱袋
没有人出卖谁,没有人搭理我
大家都急于在瑟缩的寒夜填饱肚子
好有勇气和热量,继续走下面的路
因为这里正处于城乡接合部
再往西走,就是荒郊野地,漆黑一片
如同创世纪之前

石头本生

我去兰州时,黄河滩上的石头
正处在洪水与洪水之间的寂静期
我正处在壮年与老年之间的白垩纪
在遍地石头中,我捡起
一块灰黑色片麻岩
因其粗粝,当场抛弃
过了许久,又在万千石头中
重新遇到它。缘灭缘起
一念之间,我带上了飞机
从黄河上游,背到滹沱河下游
回到家才发现
白色裂纹纵横,像苍鹭抖落的翎羽
原来,沉重的石头也有轻盈的梦想
泡在黄河水里,随波逐流
也不能平息那颗展翅欲飞的心
石头入定时,把自我嵌入苍鹭的意识中
与它同飞,同食,同死
然后又回返自身
在一遍遍轮回中
本生默默集聚一种爆发力
不仅要自度,在万米高空,白云之上
完成一次逆天改命的迁徙
还要度人,陪伴迷途的人回归故里
白塔山下的黄河与封龙山余脉的夜色
具有同样的溶解力
石头与翎羽,流沙与流星
在我的身体里翻转,成为沙漏计时器
出现真空的一刹那,闪回汹涌的往昔

薄冰

四十岁以后,我的身体越来越重
睡眠越来越轻
躺在床上睡觉,如踩在薄凉的冰上
常常"咕咚"一声,从梦中惊醒
在黑暗中睁大眼睛,听屋外的动静
避免与失眠的父亲在厕所相遇

又随时准备着
把对方从冰窟中救出来

沃土

水泥城市,最稀缺的是土
从郊外挖几盆土回来
土中携带着不知名的草根和种子
花盆中慢慢长出很多杂草
有的草,超过了我种的花
我都舍不得拔掉它
而是把它当成生活的一部分
这种优柔寡断的性格
影响了我的创作
导致我的作品杂草丛生
看不到几朵鲜花
更没有什么果实
每到冬天,满目凋零
我时常望着空荡荡的花盆发呆
大家都笑我:"花草都被你养死了"
没有人知道,养花草的玄机
全在于养土
只有我相信,我的土还活着
并永远活下去

充盈

雨后,走在上庄镇的夜色中
风吹过我,身体感受到
瓷器出土之前的沁凉

年少时,见到空空的梅瓶
总有一种往里面灌入烈酒的冲动
而今,见到空,就空着吧

时间已经不多了,可我还是愿意等
等梅花盛开,等大雪压下来
我们在雪中散步,不折一枝

两个相爱的人,两种空,碰到一起
都会全力避免对方破碎
等黄土压下来,灌入心腹中
我们毫不相干,又彼此充盈

中山装

月光是洗衣粉,洒向大海
风在礁石上揉搓着藏蓝色的中山装
泡沫翻腾,一边膨胀一边破碎

穿这件衣服的人,书生意气
用白粉笔臧否黑暗,在黑板上阐释光明
而我们的目光是黑板擦
拂去了所有的浪花

繁星是粉笔灰,纷纷落下
只剩下深夜,比大海还辽阔
足够裁剪成千百件长衫
躬身垂手,挤满庙堂

激昂的汽笛声中,先生不见了
那件中山装,漂浮在西太平洋
波涛起伏,修补着袖子上的破洞

新浪潮中,一只海鸥翱翔,俯冲过来
像当年那个粉笔头,击中我的脑门
提醒我不要走神
不要在历史课上睡过去

第七感

那时候,井水是透明的
可看见投井自尽的人
月亮是透明的,可看见望月怀远的人
我也是透明的,不回头
也能感觉到后面有人在看我
有时候是王小娟,她的领口隐含两朵花蕾
有时候是魏老师,他的眼睛不容一粒沙子

如今,很多感觉都消失了
有人在我背后捅刀,我也不知道
有人在我前面引路,我也看不见
垃圾污染井水,当王小娟不存在
尘沙漫过月亮,当魏老师不存在
雾霾笼罩华北,当无极县不存在

苔藓

大树参天,必能通神
每次我撒癔症后
奶奶就在国槐的枝干上系一根红绳
将我的命,与植物
捆绑在一起

我膨胀时,感觉自己,如榕树冠盖
我抑郁时,感觉自己,似紫藤蜿蜒
我绝望时,感觉自己,像崖柏枯干
最需要一道闪电劈来,将我点燃

然而,这一切不过是幻景
真正与我关系密切的是农作物
以及小时候,我担水时
在井口摔倒,双手抓住的大片苔藓

逆行

器物之美,在于手工
淘洗、拉坯、绘画、雕刻、烧结
黑陶之美,在于镂空
让光线照进幽邃的内心
人到中年,在于通透
接纳风雨,也接纳筑巢的燕子

我的余生,偏要逆行——
熄灭炉火,抚平刻痕,擦掉画迹
停止拉坯,不再淘洗
一步步,从黑陶返回胶泥
在黄河故道,和那些白骨埋在一起
你中有我,我中有你

新鲜的白发

为了掩饰沧桑,我将灰白的头发染成全黑
过了几天,黑发的根部慢慢变白
那是新鲜的白发长了出来
闪烁着刺目的光芒

每一根头发,上端乌黑,根部雪白
像时光之弓,射向未来的一支支箭
从我的脑袋上倒拔了出来
露出银色的箭镞
也暴露出我——活动箭靶的本质
像一个草人,随队登上草船,向浓雾进发
不知道自己,短暂的一生,仅仅用来借箭

闲笔

浇花的时候,顺便浇一浇邻居的翠竹

枯萎的叶子,又变成挺拔的笔画
邻居种植翠竹,也是在种篱笆
在人与人之间,种植优美的分界线

写信的时候,顺便写一写太行山脉
黄土高原与华北平原的分界线
我们身居分界线上,却感受不到它的存在
我相信上苍,也在呵护、浇灌
让万物生长,繁衍不息

闲笔写多了,已经忘记本意
废墨草稿,自成一幅《万壑松风图》
正是有了隐秘的界线
让旁逸斜出的我,在这人世间
早早进入叛逆期,却并没有走向极端

敬畏与迟疑

剥大葱皮,像活剥蛇皮
扯下一片白菜叶子,像撕下一片羽毛
山羊被赶下山
羊排在锅里沸腾,要炖到骨肉分离
人类为了生存、延续
驯化了许多动植物,满足口腹之欲
而我写作,就是给汉语松绑
让动植物重新焕发野性
让一只羊从食物链的种群中窜出来
变成独立的个体,用羊角顶跑豺狼
让白菜展翅飞翔,躲过霜降
让我们在面对一根葱时
保持警醒、敬畏与迟疑

活字

月光下,大地铺了一层白纸
失眠的人在白纸上艰难前行
唯有他,没有把冬夜的寒冷,归咎于月亮
唯有他,没有把史书的遗忘,归咎于汉字
唯有他,没有把切齿的恨,归咎于爱

而月亮咬紧牙关跟着他
从他打开第一页,到放下书走出门
不敢有丝毫懈怠
生怕一眨眼,雕版印刷术中
故意遗漏的几个字
变成活字
跟他跑出去,并肩站在旷野中

恒牙

骑着单车行走在山前大道上
小溪边的积雪正在融化
宛如孩子掉齿之后的牙床
使我产生了幻觉
看到四十年前的小学校
一群孩子在雪地上撒野
脏脏的小脸,灿烂地笑着
毫无禁忌
没有意识到,恒牙为了出头
会挤掉天真的乳牙
为狼狈的中年留下一个个隐患
在钻心的疼痛中
度过无法纠错的余生

地上地下

春雨过后,西府海棠开满粉红色的花朵
树下出现了几个蚂蚁窝,呈花瓣形分布
我猜测,蚂蚁窝的地下结构
也像海棠树一样枝杈纵横,密集繁茂

我四处奔波的轨迹,与蚂蚁无异
从明亮的地下铁里钻出来,再返回郊外的家
与地上的蚂蚁通过洞口,返回土层深处的窝
与花蕾上的露珠,沿枝干向下,洄游到根须
同样有一段黑暗的路要走
不断交叉,不断分岔

白洋淀

凌晨三点,我在黑暗中醒来
感觉自己像一条莲藕,躺在淤泥里
如果我不生长,就会腐烂

写作,就是生长
捅破淤泥,浮出水面
开出朵朵莲花,结成大把莲子

实际上,哪有这么顺利
淤泥也在不停地生长,蠕动,扩张
对聒噪者封喉,令叹息者窒息

实际上,我并不是莲藕
莲藕有九个孔洞,藏着
纯净的水和空气,就有九条命

而我的骨头中,只有一个孔洞
藏着骨髓,命也只有一条。我知道
这辈子再怎么写也不可能超越莲花

但我侧重描绘那些在淤泥里
旁逸斜出的事物
比如芦苇、蒲棒、船桨,还有划船的你

鸽哨声

几经辗转,落户在千万人口的大城
像一把小米,几番淘洗,撒进热锅中
翻滚的漩涡,迅速沸腾
调为小火,防止溢出
等待,稀汤慢慢熬到香软黏稠
等待,揭开锅盖的瞬间
水蒸气弥漫,宛如鸽群凌空

往事,蒸馏,冷凝
水滴,越来越清晰,不堪回首
像戒酒之后,出现痛苦的"戒断反应"
能够让我微醺的
就剩半碗夕阳,一锅小米粥
能够让我充实的,就是务虚
将粒粒皆辛苦的诗句,写给无数的异乡人
我们脊髓中空,在夹缝中奔波不停
常常发出鸽哨声
宛如失眠症候群中的耳鸣

恪守

水仙卵球形鳞茎,像一头头大蒜
风尘仆仆,辗转历经多个商户几次贩卖
才在陌生的水中扎下根
迅速发芽生长,往上蹿
算计着,赶在春节前开花

在异乡,隔空开给遥远的故乡看
父母跟我们在省城生活了十二年
每到小寒,总买上一盆水仙
每逢小满,总买上几挂大蒜
母亲一直后悔,大蒜买多了
生芽了,还没有吃完
她把生芽的大蒜种在花盆中,郁郁葱葱
与水仙对照,分不清虚实
在省城楼房中,关上门过自己的小日子
母亲仍然恪守节俭
仿佛依旧生活在乡亲们的目光中
水仙与大蒜面对面
彼此心存敬畏,心照不宣
默默承受着对方围观

植物简史

我的书房,有一种芭蕉,学名鹤望兰
高大的叶子,摸到了天花板
几天没关窗户,就有一片叶子,探出头去
裸露在冷雨中,不畏倒春寒
我的卧室,有一种绿宝石,学名喜林芋
蔓生植物,被人捆绑在木桩上
依旧吐着信子,不停地蜿蜒
这些年,很多南方山野植物
成了北方温室中的常客
在萧瑟的时节,以葱郁宽慰人心
叶脉舒展的纹理,从内卷到外延的奥义
不啻于斯蒂芬·威廉·霍金的《时间简史》
在该书畅销的二十世纪九十年代
我这棵河北的青苗,两次南下广东
却成了草根,暴晒出粗盐
好在,岭南的山水,也呈芭蕉叶脉状分布
绿皮火车,也有攀缘的天性
所及之处,皆通生路
不知因何,后来我又
沿着退路北上,回到了2021年
河北省获鹿县,一个漆黑的夜晚
睡梦中,突然听到一声巨响
原来,喜林芋太旺盛了
长期未剪,头重脚轻
倾倒时,摔碎了陶瓷花盆
一条条藤蔓,挣脱束缚,匍匐前进
像一列列绿皮火车
梦想回到过去,穿越京广线

作者简介 | 孟醒石,原名孟领利,1977年生于河北无极,现居石家庄市鹿泉区。曾参加诗刊社第30届青春诗会、鲁迅文学院第31届中青年作家高研班,出版《诗无极》《子语》《封龙获鹿》等书。获首届贾大山文学奖、第二届孙犁文学奖、第三届"河北省十佳青年作家"、《芳草》杂志第五届汉语诗歌双年十佳等奖项和荣誉。中国作家协会会员,河北文学院签约作家,石家庄市作家协会副主席,河北科技大学铁扬艺术研究院主任编辑。

林南的诗

爬山虎课堂

缠绕,不是别的什么事,只是在这样浓
这样密的山林,决意要把自己
连带着整座山的韧性全部送给一棵树
因为高大无朋,一棵树对此无视

叶片自藤蔓抽出时,不知何故,缠绕
恍如树身无端自怜,仿佛挺拔,不过是
一种无法自愈的强迫症。据说第一个
赞美爬山虎的人同时赞美过
活得越高越是与泥土共用一命的事物

缠绕,绝非别的什么事,只是山中少数
从低处醒来向高处领悟的念头
只是布满嫩叶和触须的一堂生动好课

飞行家族

我们放弃修补彼此时,万物并没显得
更加重要,而山坡已在想象中遍布花草
我们总是耗尽美再去怀念美,最初的春天
已旷达到不亚于一个理解自身的人
老旧的门窗不是坏事,可以重新敞开
各种鸟类想什么时候进来都不是问题
也欢迎一只想躲避四野花香的幼年的野蜂
想在他物中恢复还不够老练的翅膀

花草安静地交流我们听不见,我们的听力
依赖于蝴蝶的愤怒。这个春天我们已看见
敞开的屋顶,伤口无疑是翅膀的一种
浮力
蝴蝶在转译固定思维无法领会的部分
所有花开都不只是我们看见的样子
当那双翅膀浮在一朵海棠的明艳中
翅膀上的斑纹就是花香的译文
至此,我们已感受到花瓣和蝴蝶协力
完成的流速更新了我们的空白

轻于我们的特质在我们的自负中
首先挣脱了作为人的束缚。我们
无法像蝴蝶那样忘掉折翼的恐惧
这是没办法的事,我们只能是人
只能让那些重于我们的,充溢我们

那只反复起飞反复降落,又不断浮出
海棠花丛的蝴蝶让我们发现自身
不能自愈的伤口
如果多看一会儿,就发现蝴蝶
连伤口也不存在,是那种流速冲开的空白
让我们感到一种无以名状的疼

写给水杉

你已经证明,最好的水是清浅的
用来立足而不是用来游弋

作为植物,有些树热衷于站在干岸上
而你,不仅爱岸还爱水
你那梳子般致密的叶片
太多纤细,却能把一片水域
含上叶尖儿,那是我只能抬头去望
无法伸手去触碰的地方

怪不得有人说一棵树在哪儿生长
取决于一棵树的心性儿,只有叶片
不尽的梳理改写过时间的性格
整个树冠方可心安地活进高处的寂静
而落叶不是别的,是生命的浅绿走出了深红
再也没有第二种方式完成自我理解

鹏鹏

可以选择的话,我也愿意
做蒲草或芦苇的梦
一生不上岸
假如星空太过璀璨
就拉上苇叶的窗帘
如果水域足够辽阔
就给一千只小飞虫一万道波纹
结局是都不再需要的
我只需关心一次潜水
关心水命的事物在深水中的畅快呼吸
现在,谁有勇气跟我做同样的选择
我就跟谁一起,把鱼群和昆虫
译成星丛繁茂,谁跟我一起
把生活裁出涟漪的裙边儿
我就跟谁一起爱上水波荡漾

紫藤

宁静开放的每一穗花都不止是宁静本身
紫藤不是非要将自己摁进居民区
是人们需要跟在它身后,学习
悬空的幸福感悠然垂坠

风声无法洞穿的,世声当然也做不到
细密的小雨一过,枯枝就软、就青
就一叶一花地摇曳

楼群有千盏自缚的灯
紫藤花一开
人间就立刻有了鲜衣怒马的冲动

这看上去不难,只要老藤默许
时间的铁锈长进身体,而不问春风尽头
那些扑簌簌的花儿
何以落得什么都像、就是不像自己

方式

我发现花事和春天只是心情的区别
繁华的季节,反而没人去爱
一路盛开下去的决心
反而没人身处缤纷心及凋零
难以解释和无法解决的事太多
蝴蝶像低头的拾荒者
蜜蜂耽搁于绝境的新甜
只有在风收住那一腔疏狂的瞬间
才有人愿意去思考一朵花
尚未烧毁的部分

最初的绽放与最后的凋零

有何不同？四野乱颤总是要到八方寂静
才开始产生语言,可那不是交谈
青杏垂坠枝头因果缜密,树下
铺满红云,泥土将给她们晚钟般的一鸣

可信的部分

梅花迟疑很久,在山谷中
我要认出枝条上还没被认出的部分
梅花不必看出我的诚意

翻开典籍,可见的梅花都有危崖
不可见的诗都有深谷
那时车马从容,只有人在煮酒过程中
把自己醉成一场来历不明的雪

也有例外,比如歌者分散在无主的群山
歌声却回响在梅花周围
至今并没有一点散去的意思

梅花是开迟了,鸟儿还是那么愉快
在一个好天气和一处货币无用的地方
倘若要引发最高的满月
梅花的迟、鸟儿的飞都是可信的

花冠

春日很暖,天是那种没有心事的蓝
两个小女孩相互追逐
她们将手中的紫藤花冠抛出去

她们没有再回头捡
她们还小,不缺明媚
也不缺创造明媚的天性

我远远地看着,两个小小的人儿
愿她们永远这样,不管丢掉什么都不回头

人们经过她们扔下的紫荆花冠
它就静静地待在那儿
还是很美,像一颗毫无戒备的心
不经意地深爱了人间一次

论寂寥

风在做着木工活
把物像与它们的阴影
凿成严丝合缝的榫卯
人们感受着风的推动力
像木料感受着刨子
梦是刨花,波浪形的幻像
我们偶尔会珍藏一朵

最好的歌是老月亮唱的
它冷漠,苍白
但有一副好嗓子
人间万般繁华,惟有寂寥
配得上它的尾音

风反复涂刷着明快的油漆
月光崭新
爱着世上僻静的人

腐烂的,新鲜的

水分、糖分和养分时刻进行着质变
那过程是新鲜的
寂静与喧嚣相互激发

几乎不存在未知
在被遗忘的时间里
一只苹果
喂养菌群，给那些
鲜活的、无处不在的生命
完整的王国。当人们称它腐烂的果实
一只苹果就完成了自己
世界仅是它的残余

单独的葵花

独自玩耍的孩子在梦中可劲儿成长
世界像他丢在梦外的玩具车
不知道他看见了什么
梦里他笑成阳光的底稿

谁让生命总是在不知不觉间改变
现在梦彻底接管了花盘的视觉
单独的葵花总是在看
存在的麻雀并不用来啄食诸多苦心
心灵的野鹤也不用来象征高远
他只是独自玩耍，独自看
独自成为时间那万籽千蕊的靶心

雨水之后

那些空置了整个冬天的枯叶
终于落光了
一棵树陶醉在空手创造的想法中
一棵树就是深懂烈酒的人
终于在倒空和斟满之间
掌握了孤独

从一棵树下经过，你要是有心交谈
你和一棵树之间就万物毕现
你要是有心陶醉
一棵树就把你斟满
你要是感到
那些枝条在内心回弹
不用怀疑，你就是一小份春天

明天的雨

在不可能中听出可能，雨有绿翅膀
没有他物之重，这是在春夜
倾听明日之雨最好的理由

即使夜再深一些，窗外的春天
仍有办法让藏得更深的东西
扑簌簌地醒着。不可否认
这簌簌作响的清醒里有桃花的速度
可是你听，更多的是雨
是遥遥地赶路
带着繁花之后广大的寂静

现在，我无须再为我的偏僻多做一个字的说明
明天不止一个，雨不止一场
我允许始于春天的一切漫过告别

说起麦田

你说这时候的麦子特别好看
我知道那种说不出的美
麦子都走到了朴素，热烈
决绝而奔放的时刻
五月对麦子意味着相对的饱满与成熟
五月的麦子是拒绝经验并蔑视规则的女人
成熟于深情，饱满于想象

此时的麦子厌弃隐喻
厌弃蓄谋已久的设计
我想,该去看看麦田了
该去尝一尝水分丰盈的麦粒
该在多汁的微甜中,抖一抖衣襟
与一株麦子互换身份

等一只瓢虫背着星星赶来
停在身上,在五月,我将重新
属于田野和村庄

美好时光要如何度过

要走进风吹着的麦田
要走出四面八方的风声

要身带无边的阳光走过恩重如山的雨水
要亲近田野,亲近泥土的洁净

要感谢镰刀,感谢白白的麦茬划破了手指
要用血与睡在田野中的母亲对话
要站起身来,站在空空的大地上
不管布谷飞去了哪儿,要像个孩子

星光悬垂着

星空那么大,仍是被
村子具体了无数倍之后的效果

总有一颗星
替每一位母亲走完所有黑夜
在风踮起脚尖儿也没法站稳的麦芒上
麦浪的全部只是乡亲们

第一眼看见的生活的样子

星光悬垂的夜晚
风仍在万物中抽身
却从没因此接近过什么
我就是这样飘荡着离开村子和田野的

烟斗

我宁可相信月亮是一个烟斗
宁可相信它是一个男人的装饰
一个男人可以不抽烟
但必须懂得那些软的、轻的云彩
是缭绕
是一个女人将余生穿进夜色的针孔

当然,月亮完全可以是石头做的
这并不妨碍
男人和女人在安静的房间里
布置他们的家具.垂下头来
月光正从我身体里取走什么

天还没完全黑下来

我无法用法国梧桐
解释一条街道和低于树叶的脚步

一座城,装不下
卡佛的黄昏以及它的轮廓
但是我的朋友,秋天已磨亮了它的刀子
树叶依然热烈,依然从容地赶路

是的!我拥有这些:
火烧云的辽阔

一丝丝秋风的清凉
遥远的友谊和身边的植物

天还没完全黑下来
日头已落向更大的光明

蚂蚁

几只蚂蚁在忙碌,不时地碰碰彼此的触角
然后继续忙碌。有一只爬过我的鞋子
对一只蚂蚁来说
我这个庞然大物算不上障碍

无论鸟儿如何挖掘它们的天空
无论草木如何涂抹风的颜色
无论一座山多高,蚂蚁只管忙自己的事情

像一个个小支点,广大之事尽情地
在它们身边广大,它们实在太小了
小到天地间,没有一道栅栏能挡住它们的去路

那些小铃铛从未响过

极寒天气结束后,积雪快速撤退
街边花园斑斑点点
那种白,像皮癣
又像是城市在一根根吞下自己的羽毛

迎面走来一位牵着四条狗的女子
在草坪上放开她的宠物
举起手机摆好姿势
旁若无人地自拍,她的宠物
也旁若无人,四处嗅着
抬腿,撒尿

我退到人行道上
马路上已没有雪
那些叠在落雪上的人的脚印
当然也消失了。悬铃木上
那些小铃铛从未响过
它们时不时地摇一摇、晃一晃
多好啊!小城的冬天
它们一心一意地感知着大地腹部的胎动

信

此时不读也就不会再读了
此时没有收件人
就不会再有了
此时不铺开纸
笔就空悬了

邮戳太具体
原本要写下午后的暖
可一想到天地空阔
我和我的信,瞬间没了依据

对雪的另一种陈述

晚霞是极易自燃的物种
我不喜欢
我喜欢石头
我喜欢古老的战场
马嘶,狼烟
喜欢君子之争
绝没有偷袭或暗箭

我喜欢一片火跳入水中

冷却成铁

我喜欢铁一再后退

回到矿脉的怀抱

我什么都不写

这些汉字在一首诗里扎下根来

舞着冷静的火

芦苇岸边

芦花飞尽,含着最深刻的失败

湖已结冰

芦苇誊抄着岸上

横躺竖卧的琐事

只有那只小山雀,还在用

飞离的瞬间

还原芦花的轻。它对一根芦苇的反作用力

让天空从头到脚又蓝了一次

对一颗李子的思索

一颗被鸟儿啄食过的李子

仍挂在树上

她的紫

她新鲜的伤口

她试图裹紧的那粒种子

她仅剩下一半的皮肉

没有树叶那般缜密的思考

她或许想过

等待意味着另一只鸟儿

作为一枚果实

坦然胜过成熟本身

她或许想过田野

在人来人往的路旁

她的沉默,总是那么小而紧实

当我思考

来自各种鸟儿深喉的鸣叫在高处回旋

来自各种草木身上的碎片在低处翻滚

我身上这两种物质

一半模糊

一半游移

脚下这悬空的球体

是怎么转到今天的?

我若原地不动,鸟鸣会埋掉我

我若后退一步,枯叶将抱住我

作者简介 | 林南,姓名王维霞,女,山东陵城人,居淄博。作品见《诗刊》《中华辞赋》《当代·诗歌》《诗选刊》《星星》《散文诗》等。中国作家协会会员,著有诗集《偏爱》。

孙晓军的诗

南风

南风吹绿一根电话线,吹来
蜜蜂的嗡鸣、一畦畦开花的油菜,
吹来江南。友人站在春的上游。

南风的花轿
至少需要八只燕子来抬,
青草们弯着腰,传递
一片湿漉漉的云彩。

南风把一面窗户窄窄打开——
它吹着怀中刚睡着的儿子,
书桌上,那只仍有温热的奶瓶。

月亮

1

像穿过一丛树林,
我们穿过一栋楼的影子。
儿子挣脱我,小小的手指着天上。
他说:月亮。

他要我举,让我站到最高的台阶上。
小小的手指一直伸着。
在高过头顶的半空,不断对我说:月亮月亮!

好多年没看过月亮了。埋头的生活里
不知月亮。

儿子不知我已有好多年不看月亮。
儿子不知我认不认识月亮。

是的,我跟着儿子读了很多遍。
世界仿佛跟着明亮了许多。

2

儿子的小手举着。在我怀里,
儿子的小手努力举着。
像去够一个门铃。

这样一个门铃:
安装在天上。

它有银白色的凸起。
藏满乐音,寂静。

他的小手
引发叮咚的响声。

刘桥

它不是山东地图上那个中空的圆圈。
异乡灯下的瘦小葡萄。

它不比齐河更偏远
因为它是齐河的一部分。

当一片土地开始给一个人松绑,
一只刺猬咳嗽着回来。
兔子奔跑、鹌鹑低飞,
给发麻的身体运来两腿银针。

砖瓦场附近,老鹰出没。
天气好一些,它的影子会越来越小。
直到把一颗红枣变成一粒枣花。
把孟店、石家王、孙庄的鸡鸭以及
一个人的惊慌,毫发无损
散落在地上。

春天

春天从一个电话开始。关怀的光亮升起
那座无限制的城市。
然后迅速南移。声音穿过狭窄的线路,
泉透过岩缝。

多少时候,一个局外人的春天,我按部就班地外
    出,归来,
电影一样看花开花谢,看春天慢慢浩大,慢慢衰败。

而局限的春天也是春天。
她不绕过一个准备有序的菜籽
不忽略一棵老树的根。

当一个电话穿过淡淡暮色。语言在思想的高度
    闪光。
一个清洁工开始
清除我内心的沙尘,抱怨。

所以当我摒弃,我看见亮晶晶的
宁静降落和上升。
风越过树梢。雨水进入草根。

"此刻正好是春天,
山东的春天肯定比这边强多了。
这里的沙尘简直令人窒息。
春天又短促,
说不定一会儿那天气就热得比夏天还热了。但我
还是要尽量地好好感受这春天。"

木头

锯木头的声音持续了很久。
锯木头的声音还在继续。让这个午休充满荆棘。

我可以起床。
抽身这锯末飞扬的梦境。
让外界成为脆弱的木匠。

而我要做这根坚定不移的木头。
从中午到天黑,从阳光普照到满天星星。

我只想
等一等,再等一等。
看自身究竟有多少锯末可以飞扬,以及喧嚣之后
还剩多少安静的碎片。

从未见过的花朵

我描述的花朵,其实我也没见过。
我描述的花朵,让我充满感激。

它是温软的。温软得让人流泪。
它是干净的,让我甘愿做一池污泥。

我从未见过你。
但我知道你在那里。你的坐标可以让
心底的雾气转化为泪滴。

你在那里,世界因此柔软,
我就不会变成一个马戏团。

这涂白的鼻子,有时只因生活所需。
生活夹缝可以增加内心的触抚。
我的叙述有桃花红、槐花白……
但我清楚不仅如此。

我描述的花朵,我也从未见过。
悲伤的高处,迷人的香气会延绵不止。

但音容笑貌如我所愿。
迷人的香气如我所愿。

故乡吟

石头挤着石头。在石头里打井,
先把最软的凿穿。胸口左侧那块。
那时的贫穷起名叫王子,快乐没有缺口。
老屋是一座宫殿。
朝霞,暮霭,像青叶种在两侧,或者秋藤。

当一颗泪还是云的形态,你阻断四周。
屏住呼吸,
麦田和麦秸垛里的洞穴
同样汹涌。把麦浪推向漩涡深处。
敞开,藏匿,美梦的两个极端,

或单手操作的舵轮。

麦秸垛里的世界。备受艳羡的蛐蛐。
翅膀划出弧线,汇拢时变成奏响的乐器;
长长的触须,要收割自己的头发,
一条揪住另一条,像生命和命运切割或纠缠。

蛐蛐的住宅青草环绕,
枯萎也不留一点儿齿痕。

我的祖母,放弃威仪的老皇后,去世前糊涂夹
　杂清醒。
故乡在凝聚中上升,是一颗液体的星辰。
眼眶里缓缓转动,不断丰盈。
她问我去世多年的父亲,要确知他的近况,
我说,他在东北种万亩参田!

未来造价师

他设计的房子,在向阳山坡。
花园的栅栏。
他,挑选了杨树林。

他打造的厨房。
锅碗碰撞,声音尚未升起。
客厅的阳光和灯光,亮和暖自带重影。

他介绍的春风,兼备木和火的属性。
心猿牵着意马。

他安排的序列:奶奶在一楼收拾花草;
我在二楼读书、写作,抽烟。

炊烟升起时。

葱花,不经利刃,就绽放。

他的世界,推开门窗,就遇春天。
生活里,地球没有疾病。
春花秋实,
喜欢的女孩,
长成老婆。

抽屉

她面对的每个边角,都是"南墙"的基石。
她的锁链。那些珍珠,
她亲手喂大、养成。
她在岁月隔层建了个城堡,
一个暗自冒烟的家园,从泪水中诞生。
她把桂树
移植到一张纸上。
自己也搬了进去。
她厌倦了用脚走路。
暗中把自己一折,
"咔嚓"一声就有了翅膀。
她是这儿的主人,女王。
活到1000岁
羽毛开始长出史前月光。
上锁的抽屉,一个闪烁的星球。
去那儿,需把自己对折。

头发很重要

头发很重要。
疫情期间,谁在乎头发的短长?
她借来了电推子。
说,你们快成女人了。
心头一热,

我躲进卫生间
偷偷用剃须刀,把头发刮光。
当然只有一半。因为我目光够不着后脑勺。

小时候剃光过一次,那时还在孙塘读书。
姥爷是我老师。
父亲也是教师。就是急脾气。
没等到我做他的学生。

姥爷、舅舅,还有我。
三个光头。
在几十年前的灶台前比着发亮。

理了个光头,风总往脖子里灌。
想起一些事。暖和不过来。

天上的河流

她挽住的道路,铺满稀疏的影子。
她挽着的波浪,让左臂或右臂微微发烫。

沉默,因春天太美。
太美了! 路,因脚步无限,而延长。

当她突然发问,
我常一阵阵恍惚。

哦,两片长出腿脚的树叶
汇入了春天的合声。

安静

她的声音,有形状。灵魂有香味。
水一样浸润。

自由拓展边界,诉求夯实阶梯。
为保持向内的力,
她始终在这儿,比生活高一个台阶。
原点和回应互成因果
仰望和躬身扶稳同一面镜子。

花山

花山有祠,有殿。
五体投地的石头
垒砌向上的阶梯。

肃穆把草木的窃窃私语,一分为二。
挖野菜的大姐们,在低处冒烟。

脚印因追逐
樱花、梅花、海棠和松柏
形成小路。

春的开始,柳树芽和榆钱穿针引线。
那时花山一片原生态。
路,需众人踩。
那时松林不大,坟墓紧挨松柏不过三米。
我们向往高处。不知马齿苋,荠菜,婆婆丁
属于哪路神仙。

母亲节

母亲在,天天都是母亲节。
洗衣,洗菜,打扫卫生。累了也烦,
就是闲不住。没人要她做什么。
不该操心的事儿,继续操。
忙不完的事情,继续忙。

我说,养了七十年的习惯,
想改,真难啊!
她就小孩一样笑。

有时间就和她聊聊刘桥、焦庙、雾头,以及晏城。
老事抽出新芽。
白菜嫩叶上爬满了小蜗牛。

昨天忙得快吐了。
醒来才想起打电话,问她刚回去适不适应?
她说刚刚做好饭:
西红柿、土豆、大头菜……
"是不是家里来客人了?"
她说不是。这些东西刚好凑了一盘。

安慰

我和他处得很好。
虽然一道菜,经常吃出两种味道。
偶尔的争吵,和咸淡无关。
我们的聚会,一年也没几次。
我的一些想法。
他的一些想法。
左手和右手,经常各忙各的。
日渐冷清的风里,
当你的月亮,开始升在我上方。
满腹种子,
共享一根老黄瓜。

鸟人

那个鸟人,睡了也不安省。
他砍了两根树枝放在床边。
方便我醒来走路。

一根光秃秃的桃枝,
另一根是光秃秃的梨枝。
那鸟人不知道,
我平时走路带着风。
只练习飞的时候,
我的头
才发出盲杖的"嘟嘟"声。
一张脸因过于精彩,
被错认成问路的桃花和梨花,
风一吹,
就满了天空。

立春

立春前后。一对春天感冒
浑身都疼。尾骨想发芽,肋下想生翅。
摸着脖子两边的硬包。我问媳妇,
有没有一边长出一个脑袋的可能?

她对我头脑经常发热的事儿,习以为常。
我说胡话时,常用白净的手掌镇住我额头。
像一个会法术的妖精。

我曾有尾有翅三个脑袋。
哪种状态属于正常,药说了不算。
那种美,
像一个错觉。
让楼房不由自主扬尘,掉砖头。

私奔

私奔的念头由来已久。
私奔的工具,早已备齐。
心先长出小手胚胎,然后长出食指。

像闪闪的手电筒。
我的库房,
有团坨铁疙瘩。
你别小看。
它不仅有油门和离合,
还有邻家女孩的灵智和思想。
比如,你想给它加个刹车片,
它一转身,给你个后背。
它一跺脚不理你
就变成了空气!
脚刹的位置不能总空着吧,
我就装了个矮树花墙!
那时面皮薄,
最勇敢的事就是敢想。
一脚油门就过了云南。
一脚倒车,又过了佳木斯。
始发站当然是齐河。
来到淄博后,
一块块石头开始投怀送抱。
一年又一年,
被我孵化成一枚枚鸟卵。
然后,我们都老了。
踩着树的影子散步。
偶尔提起这台未启用就报废的装备
老婆眼睛里总悬着一根风扯的电线,
时不时冒一溜火星。

别处

新雨过后,未填实的管路
让道路略显泥泞。
必经处,垫起了红砖。没人透露谁干的这事儿。
理想和生活各拿出一间教室。

小区的安宁,雷打不动。
花依旧朝九晚五地开,多出来的水洼慢慢清澈了
云彩微微晃动。

某人许诺的新鲜韭菜应在路上。
他的农场让人向往,驱车50里即到。
只是此时还
鸡飞狗跳,他于一念之中扎篱笆。

不可及

人心枯寂,众声鼎沸。
林荫道上,多穿裙子的木头人。

爱讲话的哑巴,
爱倾听的聋子。
爱引路的瞎子和爱奔跑的瘸子。

疼痛握着风骨。
囚徒抱紧自由。

当有一天,我的笔因另一温度落泪,
杖在手中发芽。
灵魂的战栗和叩问的笃笃声并行。

局限或缺失
让我爱上诸多美的不可及。
夹缝中的辽远,
夜空中一闪一闪的洞孔。

除夕

"春风穿起新衣裳",
喜悦无辙可循。

通往春天的路上,皆旧事物。
临近春节,路面,越来越多的亮光。

石头开花。
霜挂林木高处。

哑巴用两个音节赞美:
食指尖上绽放,
阿巴,阿巴。

作者简介 | 孙晓军,山东齐河人。以诗创作为主。作品散见于《诗刊》《诗选刊》《扬子江诗刊》《星星诗刊》《绿风诗刊》等。著有诗集《梦幻的光焰》《点燃》(诗歌合集)等。山东省作家协会会员,现居淄博。

沉香简史

● 王自亮 ●

　　一番清凉后,她们又朝帕皮提走去,挺起胸脯,奶头上的两片贝壳在纱裙下竖起,像只健康的小野兽那么灵活婀娜,身上散发出动物和檀香的混合气息。"现在好香啊(诺阿诺阿)。"她们说。

——高更《诺阿诺阿》

之一、炫耀式对话

"这件虎纹加里曼丹如何? 您手中有文莱沉香吗?
老挝沉香甜味稍差,凉意却远在越南沉香之上。"

"您知道海南采集沉香有多神秘:遍山巡视,见树木皆凋零,唯青翠依旧者,必有香在。"

"于是乘月光探寻,闻到有香气透林而起,就用草系在树上作记号,次日再来掘取。有香处,既有蚁封,高二三尺,遂挖之,其下必有异香。"

"采取沉香的手法,与砍柴没有两样",
必有仪式感,眼光润泽:时间沼泽的反射。

"告诉你也不要紧:印度尼西亚沉香,多是水沉。"

"潜藏在地下的沉香,该怎么凭借肉眼和经验去识别出来呢? 当地人能够做到这一点:依凭栖息在沉香树上的鸟类,就在它们返巢时找到水沉可能存在的地点,用器具探测到掩埋在底下的硬物,凭经验判断是否有可能为水沉香。"

炫耀某种获取沉香的方式,说一说沉香门类、逸事,
正是掩映沉香之道,令其香气逸出,如高贵的灵魂。

之二、考证

观摩:老挝生结沉香以黄底黑斑为上,棕黄的底色上,带有黑咖啡色点状斑纹。

闻香识香:蜜香、乳香、清香、花香、果仁味。

看那熟结沉香,"一为蜜棋,黑色,质地坚硬而易碎,这种糖结蜜棋初香气味香甜,清香有糖果味,本香浓烈,如甘醇的葡萄酒,尾香可以出烟,气甚冷冽,凉意十足。一为糖结,多为断枝老蜂巢蛀洞窝底腐朽化成。这类糖结沉香,亦甚甜凉,但气味沉浊,不若蜜棋清越醇厚,尾香亦有凉味……"

奇楠,同时拥有好几种不同的香韵。

香韵即诗韵。香的魂魄,性感的形体。
点燃沉香屑,或用手搓成香线,气韵生动,上升至东山顶。
香味在空气中慢慢舒展开来,
再凝聚成一轮带气息的月亮。

之三、香农说香

"受强台风影响而折断的树枝,因断口处受到强降水的冲刷,故结香条件遭到破坏,所结香体较薄,算不得上佳。

"相反,树心油沉香是受雷电伤体所致,质量甚高,远在沉香树其他部位所结沉香之上。

"边皮油沉香,受到雷电伤及树体表面,会形成片状的结香体,用刀具剔去多余的木质部分以后,就可得到。

"铁头沉香,那是在旧创口上形成保护层后,受真菌继续入侵遭受二次伤害再结一层保护层,而伤口内部的油脂持续醇化,再形成一层坚硬的保护层。"

之四、"黑油格沉香"

海南沉香,以黑油格为上。
黑褐色,略有浅黄色相间,斑纹呈现出不规则的片状,或者点状。
黑油格多为沉水料,油线分布均匀、条理清晰,样子美丽,深邃迷人。

那种黑,会发出虚无之光。

基督被钉上十字架时瞬间的眩晕。

黑油格沉香,取材于五指山沉香树树芯,而东峒位于五指山海拔最高处,终年阳光充沛,得正阳之气。
在海南黎语之中,"格"就是木材的芯部。取自黑色心脏,天成之物。

那种黑,是脚后跟的尘世之黑——
乔达摩·悉达多修行时的脚后跟。

之五、转世与诞生

人为的,让沉香树大面积受伤而大面积结香。
此等情形,也有可能在野生香中发生,比如被野兽伤害或者被雷劈。
沉香树结香,就是在其受伤之后,与真菌结合而结出的"油木混合体"。
伤口刚刚形成时,这棵树实在还没开始结香。
噢!人为砍伤树木,只是为结香提供"受伤"的前提。
一种能力诞生了,沉香树依靠自己结香的能力。
沉香树的创生,一种砍击。死亡的芬芳,凌空飞舞,散落大地,直抵本真。
向死而生:一个被伤害的过程,结香的过程,沉沦的过程。
沉落了,囚禁了,掩埋了,就会再生。
枝叶纷披,太阳下香气漫溢的死亡,大地与天空间"乡愁的复调"。

之六、人间沉香

一段沉香,一段往事。从《游仙窟》十娘的"熏香满室"到《聊斋志异》"招客为绿菊之宴,焚香弹琴",直至崔莺莺"自爱焚香销永夜,欲将心事诉苍天",哪一次不是由沉香勾起的意念、思虑与万古愁?人鬼之间,谁又能说线香断而尘缘未了,恰似蒲松龄形容的"紫带一条,遗荆棘中"?

虚幻,却拯救想象力于虚构状态。

软丝沉香!世界的丰富性与细腻、绵密,匹配内心的骄横与宽容。大有大的难处,卑贱者自有他的天地。"角沉黑润,黄沉黄润,蜡沉柔韧,革沉纹横",《本草纲目》将沉香的奥妙,一一列举。沉香如硬通货,于人世间迅速流转而不损一毫。码头上传诵着张南皮①的尺牍,洋行里尚有李中堂②咳嗽的回声。在潮湿的花月夜,洋枪队与赛金花结伴,"沉香"如船远航。

沉香,让人兴奋又散淡,出离愤懑,又沉浸其中。

点燃香煤!让埋在灰中的维新不至于熄灭。袁世凯在丝缕沉香中闻及危机:绶带与新军,轿车与轿子,有没有缓冲地带?章太炎天天在中庭叫骂,每一个余杭乡音都是云母质地的隔火片,在制度的香灰上搁置,正是"八蚕茧棉小分炷,兽焰微红隔云母"。孙大炮③在南方步步紧逼,势如兽焰。

哦,爱新觉罗家族最后的沉香,发出暗淡的红光。军机处熄火了。一个国民革命军旅长冲进被褥尚温的卧室,发现伫立角几的香炉中,那些香灰洁白如雪,旁边伴有精美的黑漆螺钿香盒。④

之七、豹子,或猫科动物

河中沉香,像一只黑猫化石。眼睛中线的荧光,在淤泥中透出出幽暗的火。你"眼嵌猫睛石"⑤,他沉浸于名利场。

数年后,这只黑猫将头探出水面。无所附丽,它小心翼翼地靠上河沿,"嗖"的一声沿着护坡溜走了。在树林里,在书屋中,黑猫假寐片刻,散布幽幽之香,皮毛柔软,脚步轻盈。

在月色中,翻上墙头的沉香,站在瓦当上,因快乐而身体剧烈抖动。一个画家在塔希提岛,抬头看到"露兜叶做的高耸屋顶,里面住着壁虎"。⑥

用鼻子细嗅,一只豹子踏入心里。

把酋长或街角的男人惊吓得不轻。

美丽女子,可以引发一场战争。沉香,爱情的辎重。

握有权力者,握不住女人绿松石坠饰上那一缕无名的沉香。

注释:

①张之洞,直隶南皮(今河北南皮县)人,人称张南皮。

②李鸿章,晚清名臣,洋务运动主要领导人之一,安徽省合肥人,世人多称"李中堂"。

③孙中山,号称"孙大炮"。

④作者手札:沉香屑,爱欲、暴力和生死的全部秘密。

⑤"眼嵌猫睛石",语出洪升《传奇长生殿》。

⑥高更:《诺阿诺阿》。

烛光晚餐（外十首）

• 谢克强 •

一炬如豆
结在你二十二岁的枝头
情思　便在浓淡相宜的夜
点亮你的生日

与你相对而坐
彼岸　已不再那么遥远
穿过梦的栏杆
烛光里　刀叉叮叮作响
发出暧昧的声音

其实　潜入酒吧
只不过是我的一个借口
不只是想与火锅约会
品尝生活的酸甜苦辣
更想尝尝你的嘴唇

你将汤匙递我手中
也许不过几秒钟
我几次约你共进晚餐
却从春花初绽　等到
大雪飘飞的深冬

这一刻　你如水的眸子
骤使烛光熠熠生辉
烛光摇曳散漫说笑的影子
隐隐步入红尘

散场之后

走在散场的人群中
骤然　你的脚步加快了速度
将我甩在身后
望着你一步一步孤独的背影
我伫立喧闹的寂寞里

像那夜共读一本书
刚在人生的电影院里
你我一起　见证了
一个男人牵一个女人的手
浪漫多情地把握着对方
又无私地把握自己

用别人的爱情充实自己
不仅仅是约你看电影的缘由
我也想牵扯着你的手
陪我走一段路
不想你将我热切的期冀
压缩成规则的语言
朝我挥了挥手

今夜　莫非爱比风轻
趟响风　你走向夜的深处
我走进梦里
也许你会远离我的生活　谁知
却成了我生命的皈依

偷窥

从这个角度看你
你瘦削的穿露背装的肩
竟有恰到好处的圆滑
以及一种冷艳的美

想从你的眉梢找一缕笑意
给我的贪婪一点亮色
不等我的睫毛轻轻覆盖你
那惠的风拂过我的睫毛
洞视你如梦的眼睛

长睫毛双眼皮的大眼睛
水灵灵会说话的大眼睛
仿佛你心灵的窗口
好想用我恣意的放肆
从你深邃的井底
打捞深不可测的心

欲要伸手搂住你冷美的肩
待我把目光投向你
只见你那秋水盈盈的眼波
漾起一层淡淡的涟漪
涟漪过后那比夜还深的眼睛
又是风平浪静

我还不是个感情脆弱的人
但我　但我无法不让自己脸红
本想再多情地望你一眼
谁知　目光溃不成军

拥抱

悄悄抬起手臂
你偷偷瞄了瞄手表
我知道你要走了　虽然
夜　还不那么深

为着许久的期待
或者源于一种勇气
我没有像往日那样
云一样轻轻挥手告别
而是大步走上前去
伸手抱住你

惊慌中　你微闭着眼睛
静静靠在我的胸前
双手轻轻环抱着你的腰
像雪拥抱雪莲那样
我拥抱着你

路灯远逝的光芒
拥簇着愈来愈浓的黑暗
将你我的躯体淹没
莫怪我的动作有些夸张
骤使情绪高涨心跳过速
一时找不着自己

之所以拥抱你　只是想
让你感觉我的心跳

记梦

谁的歌声　是谁的歌声
轻轻平息了这个浮躁的夜晚
又送我入梦

我睡了　嘴唇却在蠕动
那是我含着你的名字
这时　我再一次相信爱情
由于宏观世界的诱惑
我还不能立即入睡

不经意间　夜色夺走我的躯体
不想你也来到我的梦里
在丁香的忧郁洗濯过的月光下
你款款碎步走来

谁的眼睛点燃你的俏丽
连远在梦外栖息枝头的风
也为你绰约风姿激动
匆匆吹散我的梦

一支笔　放在枕边
记下梦里你俏丽的模样
也许那不是你　只是我的想象
但我宁愿为这想象
度日如年

又一次，等你

又是月上柳梢头
我忐忑不安地走进树林
这是你我初约的地方
又一次　我在等你

暮色　好静好凉
好静好凉的暮色色起记忆
那时　这里只有几棵树
当我从梦的外面赶来
你早站在树下等我

流水经年　如今这里
早已是一片葱郁的树林
是谁　在你我初约的地方
栽了这么多的树
数着一棵一棵长大的树
怎么也找不着你

是不是　所有的故事
没有结局才会令人难以忘记
也许　等待就如这林中的小径
蜿蜒曲折伸向远方时
水也迷茫　山也迷离

夜　不慌不忙地深了
这时风轻轻拂着树枝　似在说
岁月逝去了就不会再来
追求　有时也需放弃

红豆

是个桃红柳绿的春天
孤独的我骤被初绽的花唤醒
且幡然醒悟
这样的爱　对于孤独的我
恐怕只有一次

何物最相思呢

不知寻觅了多少日子
我才找到这一颗颗红豆

于是　我采撷一千颗红豆
倾心串一条项链给你
并把你写在梦的黄昏
又怕项链装饰了你的俏丽
却锁不住你的心

（信守的爱情
其实不就是一颗心
紧连着另一颗心）

锁不住就锁不住吧
纵是落花流水
我也曾用红豆遥寄相思
也还拥有一段回忆
没有经历又靠什么回忆呢

沉默

没见时　有好多话想对你说
可见到你又不知从何说起

不是源于语汇的贫乏
也不是口才笨拙
不知为何　乍一见到你
一颗牙齿紧挨另一颗牙齿
牙齿紧紧咬住的东西
竟使语言也失去了魅力
让时间沉默

你的眼何来一片迷茫
别误会　绝对不是逃避

无论眼睛凝视着眼睛
还是心撞击着心
此刻　在这无言的深处
有着你我心仪的秘密

有人说　沉默是缺乏自信
最沉稳的选择
我以为　能够用语言说出的
都已不再深刻
再说　爱的方式有千种万种
沉默　也是一种表达

不是么　最痛苦的伤无须流泪
最深的爱默默无言

纽扣

摸过你的头发、脸蛋
又吻过你的红唇
不可言状的灵感又鼓动我
打开青春禁锢的情节

骤然　你的手停了下来
停在第三颗纽扣处
看见你突然犹豫的手
以及你脸颊绯红的云霞
我没有伸过手去

露出一丝羞怯的惊慌后
你默默地低垂着头
我知道　那件薄薄的衣衫
却像一堵厚厚的墙
守护你的矜持

然而　一种美丽的诱惑
怎么也挥之不去
即是如此　你娇嗔的矜持
虽使我有点小小的遗憾
也让我懂得爱的秘密

结局　似乎有点出乎意外
却又在情理之中
因为　那最后一粒纽扣
只能由你自己解开

暂借

夜　如约而来
披着夜衫　你也如约而来

曾经　多少个夜晚
我一次次梦见低飞的夜色
吻着你光洁的额头
在那样的梦里　我只能
远远地想你

今夜　在我曾做梦的地方
你走进我旷阔的孤独
灯光　似乎有意地暧昧
让我清晰听见你急骤的心跳
在我的臂弯里

我欲掐灭激情的冲动
不想疯狂的激情竟燃烧起来
让我魂不守舍
更有你曼妙的躯体　诱我
久贮的欲望骤然勃起

我想从你长长的一生中
暂借短短一晚呵

爱上一个写诗的少女

你从你的诗里走出来
洋溢青春的活力与诗的清新
以及花骨朵一样的嫩
悄悄走进我的眼睛

瞧你飘拂的长发
像是一种象征的语言
而波动在你明眸的灵光
有一种难言的美

倒不是你漂亮的脸庞
骤然让我怦然心动
少女的美貌与仪态万方
大可撩动男人的春心

倒是我在你的诗里
和你一见钟情　再见倾心
那鲜活的意象和语言的张力
摇曳着我的心

如果你爱上我的纯朴
我会交出我的坦诚
直到有一天　在爱的天地里
长出一片迷人的风景

今生最大的愿望
和你走在平平仄仄的路上

辩证就是两只打架的虫子（外十一首）

· 李　浔 ·

独处惯了
也失去了比较
像我写下的错字
却没人知道错在哪里
为此我还会坦然地错下去。
是的，没有错衬托的"对"
也会坦然地对下去。
我站在中间
看没人知道的"错"
正与"对"纠缠在一起。
就像两只
扭打在一起的虫子。

无限可能的书生

无限可能的书生
冬阳又一次抚平了他眼中的警惕

逆反是一枚在空中翻滚的硬币
凶险与幸福都毫无来由

这岸或者对岸都想去的人
最终会像桥一样弓着背向对岸道歉

后脑有反骨的人，走过的路
都像他最硬的一条骨头

异教徒

他来自生长芒果的地方
没见过红松和极光
雪让他的脚印
深浅不一，偶尔有树叶
使来路有了声音
一直往北，无声的方向
让两片嘴唇
被沉默磨得灰白
在异地，没有同伴
没有对比，没有
意思的方向里
一个曾经的异教徒
已彻底失去了异
方向也成了说不出口的咳嗽

沦陷

你知道会有那么一天
河沦陷在海里
星星沦陷在咖啡杯里
鲜花沦陷在牛粪里
这不是传说。
像那只小虫一样认命吧
爬在树上，爬在房顶
看看东边的日出西边的夕阳
不要什么铁石心肠。

你知道会有那么一天
长路沦陷在雨里
野心沦陷在血里
想象沦陷在你身体里
这不需要阴谋。

相反的方向

相反的方向，山路
容不下了砍柴人，树有了通天的路
人容不下的事，比河更会远走他乡。
种瓜得豆，芝麻开花
相反的方向，树上停满了叫不动的鸟
从山下到山顶
长满了羊都啃不动的理想。
相反的方向，讨厌说话的人看见
靠人供养的时间也有黑白两面
用蓝墨水写过的往事，和韭菜一样
总会被割走了最动人的那一段。

吹鼓手的手艺

那支唢呐，在你的手指下
每一个笛孔都像是小鸟们等食的嘴
仿佛一切都在他手上了，包括这门婚事
和过往的悲伤。
你一直声东击西，没有旧想法
从东乡到西村的路
生和死，都在吹吹打打
有声或沉默，
我只知道，你不出声时
那支唢呐会被一个外乡人擦得又响又亮

恋爱

恋爱中的女人，都会面对一块石头
它沉默，顽固，粗糙，甚至对露水无动于衷
无知中的石头，都会爱上了盲目的手
它灵活，妖娆，细致，甚至接纳会被敲碎的结果
风总会如期而来，情如吹散的小鸟
师父，人间的声音为何落地生根
敲敲木鱼，恋爱就是软硬兼施的小事
一块石头，就这样让草晃得毫无目的

颜回

因为是孔子不停地夸赞他
我知道颜回是非常遥远的人。

他的名字有安全感
不像春天有那么多的缺点。

颜回一直在路上，我相信
太好的人，一定离终点都很远。

面对玩偶

请保持童心，当然
还要保持把无趣变成有趣的模样
面对玩偶
天可以蓝得可疑，人可俗得可爱
面对玩偶
耐心可能是木讷
天真也可以是塑料的

误伤

被命名为自由的入口处
你有着远方的顾虑
长久以来,天上的事
可望不可及
更无奈的是
身边的人
把你当成了他们唯一的远方。
还是着眼于眼前吧
屈服于花的摇晃
以浮夸的心情混迹于江湖
为此,不仅仅是花
有香椿树的地方
春都会秃。

想象的边缘

在丛林,鸟的声音反弹在我的身上
让我软弱,甚至会变成了它的奴隶
肥大的叶子像十分满足的妃子
她们挡住了来路或去路
像邀我一起进入有国王的游戏。
此刻,鸟声、蝴蝶、树、蚂蚁
都引导我陷入了非人类的王国。
在丛林,理想连草都不如
理智也像鞋沿上的脏泥,分外醒目。
在没人的丛林,王又在哪里?
此刻,一只蚂蚁举着半片树叶向我走来
它有王者归来的气势

水库

今冬明春
不能听的话是一座水库
不想说的话是一座水库
不能靠近的地方是一座水库。

兴修水利吧
这人间的泪
每一滴都是一座水库。

扫院子的人（外八首）

· 张　驰 ·

每天都有落叶,都掉鸟粪
也长杂草,起尘埃
偌大的一处院子
一辈子是扫不完的
有多少人在这里扫过
有多少人真心把一生留在这里
又有多少人只是混饭吃
一有好差事就扔掉手中的扫把
他全然没有想过
只知道每天尽责任,开门扫一次
关门扫一次
有时心事上来,半夜起床也扫

仿佛,心里落满灰尘
他五十上下,血气方刚
曾是一名军人
与他聊天格外开心
感觉自己
也是个扫院子的人

院内一扇窗

喧嚣的院子只有这里是宁静的
就像一个人
渴望看到外面的风景
哪怕一朵浮云,一点星光
隐约闪现
它就快乐,愿将自己的心扉敞开
日月流转,物换星移
许多房子借旗帜与霓虹之手
把自己装点得神采奕奕
它只占驻院内微小的一角
注视那些大大小小的美景
哪怕黑夜关上窗门
它也会掀开多余的窗帘
倾听院内细微的风雨

身为窗户
它把透明当成一种责任
不愿做一个多出来的口子
让明亮的眼睛将它视作
千疮百孔

院后有座山

五楼的视线是我现在的位置
不高,也不低

窗外,有座山峦早就横在我的诗中
我叫它卧牛山
它像一堵放大了万倍的屏风
把我的江山定格在向阳的坡上

给它命名时我还在东边三楼
只能看到牛尾的一部分
一条细小的瀑布终年不断
恰似卧牛排放的下水
如今,我又回到它雄壮的脊梁处
那高耸的背脊
让我觉得即便扛不住一场暴雨
也足以托起一片蓝天

山的脚下,几处农舍
掩映在百姓的日子里。像极了
画屏上题款的一个警句
提示我,看大千世界
并非都要翻山越岭

碎纸机

出于保密,我常把一叠废弃的字纸
送进碎纸机
有人从我的字里行间离开办公室
还有人穿过我的纸张
走进班房
仿佛我是一个文字的典狱长

是的,我负责把一个个坏了规矩的文字
抓到纸上,再在适当的时候
把它们绞碎
令我震颤的是,这些文字的命运
反复在我的纸张上重构

而每次绞碎的
只是我的心瓣

院内的一天

那天,从清晨到午夜
我像《永不消逝的电波》里的李侠
在方圆两千平方公里的土地上找人
近400个电话
重复同一个内容
也听到同一种忙音
有时,同一瞬间还要接听三路来电
回复三样事情
那天,我就是一个小小的针孔
任千百条丝线穿来穿去
直到针孔出血
那天,我也是一位真正的元帅
调动千军万马在指定时间
抵达指定地点
我可以大声喊叫,严厉呵斥
也有资格全神贯注,废寝忘餐
那天,大院的记事本肯定没有纪录
但在我的生命里
却清晰地铭刻着两行大字
一行是汉隶
一行是魏碑

院子里的事

风吹进来容易,再吹出去就难
雨水落进来容易
汇流成河也难
院内有山,都是假山
就像院子里的树都是人工选种

更多的花草,灌木,盆景
也任由人工修剪
始终保持某种唯美的姿态

进进出出的人都是熟人
说话办事很有分寸
他们也有促膝交谈的时候
甚至难免争争吵吵
不过,这些都是在晚上
或者关起门来
这里,胆大的鸟敢飞进来
圆滑的蛇也能爬进来
而陌生人必须登记,得到许可
因为,他们不是乞讨
就是喊冤

院内一场雪

那是一场迅猛而又恣意的雪赋
洁净的雪花从头天晚上一直尽情到
转天下午
整个大院放低身段
悄无声息地接受洗礼
每个进出的人都慎重地留下脚印
仿佛验明身份,作出承诺
印象中,这里有十多年没下过雪
都开春了,天气预报虽说有雪
人们也不太相信,倒是有一场
暴风雨的传闻在四处扩散

那天,有三个人被带出院子
他们留下的脚印
被雪缓缓地覆盖,尔后
又沉思般消融

晨光普照的院子

此刻,四周高大的树上挂满了鸟的鸣声
四处大门还没有打开
朝阳正路过树丛架起的天桥
像一面沉入水底的镜子,映出
炫白的波光
恰似地上清扫的堆堆积雪
我知道这是熬夜之后的幻觉
有时,注视广场上的国旗
也会产生幻觉
仿佛自己的一腔热血就染在上面

时值仲秋,我在静候一帮青年的到来
寻思着同他们谈些什么,忽然想起
十年前一位长者在这里等我的情景
那时也是丰收时节,大地一片庄重
流转的时光印证了他的话语
他说,别看院子里呈现当下的场景
如果打开院门
还会听见古老的吱呀声

通往院子的路

用喇叭说话的人越来越早
越来越多
留给人行的路愈来愈狭窄
出门就两条路,一条迎着车头走
有点像逆潮流而行
也很危险
一条跟着车尾走
看起来顺应了时代
可是汽车的尾气太重
想前行就得忍受

从居所到院子,看起来有两条路
其实还是一条路
就是这条环绕着的单行路
类似漩涡一样的路
将我从春天旋到秋天
从青年旋到中年

在上海寻找一块石头(外十一首)

· 吕胜江 ·

寻找一块石头,在上海这个地方
并不是一件容易的事情。近海、低洼
连云气都喜欢在这里聚集,像石头
这样崇高的事物,怎么会在此挺立。

但是这里的人们可以造一座山

譬如双子山,譬如周浦花海
溪流旁岩石低伏,像从水中爬出的怪兽
这就是园林营造。所谓营造就是一种假设

就像现在登上这座亭子,你可以想象
身处山间幽谷之中,也有风吹来

不过花香带着一股大都市的味道
终不似真正的山间那般清新自然。

此刻,我突然想念起郑州嵩山的绵延
这个念头所来之快,就像睡意瞬间袭来。

鹅掌楸

无风的时候,它很沉静
与世无争的模样极像已经修炼到
相当境界的人。对远近的芸芸花草
更是满怀慈悲,是值得引为同道之树

此刻,它即将脱去全部的黄叶
新的嫩叶已经迫不及待跟上来了
那种茸茸的亲切和婴儿的小手掌并无二致
难道在冬月之际,它就准备迎接春天了吗

从现在算起,花朵还有小半年才会绽放
金黄,脱俗。仿佛不如此不足以呈现
世界的无限丰富性。的确值得期待
但是,那个时节将有重重的深绿围上来

也许,有时候雍容特别需要
一种深沉的忧郁作为底色

对比与转换

云浮在天上,我躺在地上
我们都是无根的事物。完全没必要担心
发芽的事情,即使过去一万年
云还是一朵云,我还是一个我
我们都十分干燥,干燥得像一种
完全彻底的快乐。风和哭泣

还是很遥远、已经过去很久的事情
那时,风会像吹动的风车和蒲公英一样
把我们的思绪带到远方。那时我们会合二为一
云朵和人,轻盈和沉重瞬间得以转换融合
所以,雨可能是我们忧伤和哭泣时的统一体
庄稼树木和远山依然伫立,它们见证过
静止和融合不同的时刻,房屋和它们一样都是
　凝固的事物

大半个天空便闲置起来

在草坪上,与一只鸟相遇。
春天,哪里有什么草籽?
但是,它还是不停地叼啄。
就像考场上的一个小学生
虽然不知道步骤和答案
也必须不断涂写,不懈试探。

它每叼啄一下,就颔首一次
多么谦卑的生灵啊。
而一旁凝视的我,却显得潦草:
对每一阵和煦的春风
都是漫不经心;
一片空白的脑海,老半天
绾不住一丝半缕的思绪。

鸟儿在勤奋地梳理春天
而我却让天一直孤独地蓝着。
如果不是风来,那些云朵和我
便这样懒洋洋地对峙着

连一只鸟都没有功夫鸣叫
于是,大半个天空便闲置起来

绿叶甘蓝根本不是油菜花

我不会介意车流的川流不息
那是时间之河,谁能够阻止?
飞絮、尘土,该来的就只管来吧
谁见过蜘蛛网网住过一件事情?
稀疏的网格网不住一点稠密的思绪
很多奔跑的马只是跌入了陷阱。

我也不会介意是否会有阳光
因为有没有阳光,地球都在转动
只不过树木和草木会长得慢些。
那又有什么关系?如今,我有的是时间
可以等一坡坡的草慢慢生发
等一树树的花朵缓缓绽放。

自从我把办公场地搬到马路边
我就喜欢上了游手好闲
早晨,我像鸟儿一样煞有介事地
整理歌喉,练习歌唱,或者干脆
静默,在夕阳西下之后,
看风什么时候刮不动一棵树
看夜幕怎样一点点覆盖苍茫。

只是绿叶甘蓝是一种观赏植物
可能永远也无法假装成油菜花。

我常年放心不下的两件事情

一棵树,去年和今年都在
不停地长高(明年也会继续)。
真是死心眼,就不知道歇歇?
这和我的邻居老郭十分相似
出门就往北(村南好像就没种他家的庄稼)。
而且风总是往南刮,不知道
往南阻力小些?这两件事
渐渐成了我的心病。我必须不停地观察:
树的长势(真担心有一天它长出视野
　毕竟天也怕撑破);
并且要拦住往南飞的鸟(再怎么说
　村南也种着俺们家的谷子)。
就这样,我一年到头,常年累月
操心着这两件事情,如此这般
重重的心事,不断压缩着我的海拔
也压缩着我的思绪。它们的密度越来越大
坚硬而锋利,越来越像一颗钉子
把叫作思念的这种东西
牢牢楔在了故乡这个地方。

一把铁锹应该插在什么地方

一把铁锹应该插在什么地方?
这需要视情况而定。
如果你刚翻完一块地
那么,它应该插在地头。
如果你刚挖好一段渠
那么,它一定会插在堤上。
不管你在做什么,把它插下之前
你肯定会找一片瓦片
刮净它上面的黏土,因为
所有的人希望他的工具保持锋利。

可能我是一个例外:
自从进城之后,我的那把铁锹
一直插在故乡的田埂上。
完全被遗忘,也没有人使用
后来,它就朽死在时间深处。
如今,我赤手空拳

在需要向灵魂深处挖掘的时候
根本没有一件趁手的工具。
我思想的园地里一片荒芜。

离开一个村庄

我离开一个村庄,并没有增加她的宽敞
投入一座城市,也没有让她更加拥挤
这种情况怎不让人让对渐变规律顿生轻视
总感到发生质变是很久很久以后的事
那一刻或与自己彻底无关
直到一根白发终于变成无数根
直到从一片落叶走到一叶不剩的深秋
而此时才感到:我对那个歌哭于斯村庄的思念
从未稍减,因为多年来一直魂绕梦牵
好像根本就没离开过,哲学意义上未达到质变
至于眼前这座城市,虽然居住多年
总感到她属于别人,融入如此之难
好像质变之事一辈子也不可能实现

我们村坡上的植物

山地长青松灌木,湖滨必有芦苇,
每个地方生长自己独特的植物。
我们村的坡岗上多荆棘茅草洋槐。
茅草猎猎,每个春天和秋天坡上
都布满白色的旌旗,但是也仅此而已,
这让人觉得每一场风都不过是虚张声势。

而最寂寞的还是洋槐,春天绽放之后
蓊郁和萧瑟便挤占了之后的日子。
它们瘦骨嶙峋的枝干像极了
村民们辛苦的一生。站着站着
不知道什么时候就颓然倒下了。

后来坡岗全被推平,只有荆棘顽强
一直紧紧伴随着村民们随后的岁月。
它们和干旱季节坚硬土块组成的坎坷
精心占据着通往村外的大部分道路。
如此说来,荆棘只是换了个地方
在一代又一代村民的时光里继续生长。

实在之物全部脱水为虚拟之物

那间房子,门就敞开着
对回忆和从时间深处刮来的风敞开着
如果你从眼下逆向进入,可能会遇到我
即使我暂时不在那里,你也一定会
和我留下的气味和爱好会面
它们一直一览无余地呈现在那里
而且好像从没离开过,它们可以说就是我的复
　制器
在一切器物上面更留有我的指纹
从它们的趋向和新旧,你完全可以判断
我与感情纠结较量的初步结果
只是那些椅子,请你还是不要就坐或者扶靠
它们都是一些虚拟之物,在等待太久之后
其实在性已经飞升,就像蝉蜕之于蝉
所以,这道门或许你已经无法进入
因为在你离开之后,它已被遗忘腐蚀净尽
而它可能只是我思念之中的想象之物

题王爱萍学长白雕飞行图

那些上升或下降的
都是日常生活的幻觉。
而在某一特定时刻
什么才是真实的存在?

被我的肺腑吸收、吞吐的
古往今来、四面八方的气流
正在我的身后，一寸一寸地凝固
一道可触摸的时间之墙形成了。
天空和大地一个时期的颜色
因此被描摹，被创造。
关于辽阔和飞行的意义
因此已经显得足够。

真实

关于真实，我知之甚少
这不单单是连日浓雾紧锁
（像一个心事重重、一怀愁绪的人）
也不仅仅是很多的云朵停滞
（它们没有脚，行走需要借助风）

更重要的是，我往往缺少探求的欲望
在三维空间里，我至今弄不明白
笔直的时间怎么就被弯曲了
可能是弯曲的半径太大了吧
我的肉眼根本看不到一点点的曲率
所以很多真实可能已被遮蔽
而我却认为时间一直很丝滑
均匀向前流动着。这就好似
我对雨的感知，一路上风平浪静
你怎么说此刻模糊了玻璃
你应该说我某个时间点错过了真实
但我还是搞不清，哪种情况更接近真实
不过，想到白天也能仰望星宿，我释然
虽然其光线不可见，但是我知道
它们全部都闪着、亮着

在中国黄酒博物馆告白（外四首）

• 塔山野佬 •

我走近你
一种久违的
情爱气息
如巨潮涌来
我虽与贵家族的
古越龙山　塔牌
称兄道弟
与女儿红　状元红
谈过情说过爱
也只是走过　路过　亲热过
一直在动摇中历练

而能走进你
也是命定的机缘
一个好你的人
可以通透你的前世今生　上下左右
以及晃在眼前梦中的丽魅幻影
你告诉你这些
青铜　铁锡　金银　陶瓷的装备
我不怕春的温柔
夏的热烈　秋的完熟与冬的肃杀
我愁的是

今夜　该如何与你缱绻

海的角落

冬日的诗缘
来到这海的角落
几个岛礁堆着
围成一个
半封闭的湾

三个缺口
船只　安静地进出
在相邻的礁石上
三个航标灯塔
也安静地守着

像我
与身旁的诗友
各自凝神　相互守着

我在青莱遇到了童年

到青莱
就像到了老家
农家四合院
水井　菜地
洗衣的石桌
还有那喂猪的石槽

我看见自己跟着父亲
在菜地施肥浇水
母亲在石桌上洗衣
我用吊桶帮她打提井水
空隙　拣菜地的枯菜

放到石槽　逗猪

粉墙黛瓦　石板道地
行走在板石路上
雨季上学的滴嗒声　满耳
几个伙伴
争先恐后地跑着
在青莱　我遇到了童年

遇到黑夜，点亮自己的灯

很简单的常识
我却在知天命之后
深刻脑海

也许人生走来
顺利在我之外
以前走夜路
有路灯,还有其他人
为我掌灯

碰到熟人不认识了

奔六的人
应该什么话听了
都能平静了吧　至少表面

能够忍受声音的干扰
视觉　不合心意的
也会消受了吧

曾经也算在小地方
能够在台上亮相的人
接受一些熟人的鼓掌

现在接纳时间的淘汰　　　　　　　　碰到熟人不认识了
常态是独处　偶尔有机会　　　　　　不认识不可怕
给台上的人鼓掌　　　　　　　　　　最怕　不知何故有了敌意

这村庄没有人来过(外四首)

• 远　人 •

这村庄没有人来过　　　　　　　　它们伸出非常宽的翅膀
它坐落在河流绕过的山谷　　　　　空气给了它们浮力
山谷里从来没有人烟

　　　　　　　　　　　　　　　　它们认准某个事物
住在那里的树林　　　　　　　　　伸直的翅膀一动不动
不断繁衍绿色的后代　　　　　　　然后飞快地扑入草丛
林间有条小路，蜿蜒得十分尽情

　　　　　　　　　　　　　　　　看不到草丛藏住了什么
树上的居民全部叫鸟，它们喜欢鸣叫　里面或许有死去的骨头
喜欢让密叶挡住自己的身体　　　　和一堆堆腐烂的肉
当它们睡去，星光就沿山脊开始散步

　　　　　　　　　　　　　　　　乌鸦被它们吸引
我也没到过这个村庄　　　　　　　没有人过去察看
它是我搬运神秘的词语　　　　　　那里和这里，都是葱郁的草地
一夜夜搭建，我永远不会使它竣工

　　　　　　　　　　　　　　　　草地的另外一边
乌鸦　　　　　　　　　　　　　是深蓝色的湖水
　　　　　　　　　　　　　　　　它倒映天空和上帝的眼睛

在赛里木湖边
葱郁的草地上　　　　　　　　　　是的，就是那双眼睛
有很多乌鸦在飞　　　　　　　　　吸引着我，它要我
　　　　　　　　　　　　　　　　观察生与死的一切
从细小的身体两侧

巽寮湾海滩

这是一片海滩
这是一个夜晚
这是从远处涌来的浪花
它们喧阗,互相鼓舞

这是一个父亲
这是他的妻子、儿子
这是你,望着漆黑的深处
暂时忽略了我

我也望着远处
望着低低的海
望着月亮
它最尖的部位钩着一朵黑云

我们现在站在这里
那些追赶我们的、拦截我们的
那些想致我们于死地的
躺成一个铺开的圆周

生活消失了
它成为另一种生活
短暂、迷人,它让我放弃一些思想
放弃对生活的无数请求

你说你想留在这里
我也想摆脱约束和严酷
我想拔出我身体里的每一枚钉子
能扔多远就扔多远

然后,我们继续散步
我继续牵着你的手

海水退下去,让出广阔的沙滩
我知道我们已不可能得到更多

乘C896动车经过草原

在草原尽头,青海湖湖水闪过
我其实没看到湖水
只是天空垂得太低
夕阳投下的黄金猛然闪动
青海湖暴露了自己

紧接着闪过的,是毡房和牛羊
天空开始暗淡,但草原上的一切
我都能看得清楚,因为草原从不复杂
它拥有的就是草地、牛羊、毡房
以及毡房里的男人和女人

但是很快,毡房看不到了
牛羊看不到了,草原在晚上九点钟
终于变得荒凉,天空里只有云
它们有的闪亮,有的乌黑
它们不断下坠,拉近与草原的距离

我眼看草原刚刚铺满黄昏
一转眼天就黑了
一转眼就看不到刚才看到的一切
只有动车的声音始终不停
为草原增加一种刺耳的孤独

永恒

没有任何事物永恒
但有一些名字,比如但丁、歌德
比如李白、苏轼,他们生前不能确定

自己能闯入永恒,被地球的
每一个夜晚阅读

孤独是前提和必然
走过的每条路,都像蛇一样
游走在骨骼的缝隙,那些毒牙
咬出伤口和创痛

使身体的肉,淋漓地翻开

一代一代,总是有人
在没有终点的夜晚静坐
当星辰垂落肩头,他觉得是一个
看不见的人伸手抚摸
流水在他脚下,永无声息地流淌

夏季风吹动的自我

• 思不群 •

序诗

初夏是一条河,从春天游过来
绿色的波纹扩散进无边空茫。
而风打开空袋,把山林的幽静
灌进日光白色的喧闹里。
缓步而行的人,衣衫突然胀起,
青笋般的身体,一层层脱落。
凌霄花从墙头回转身,
向着夏日吹响橙色的喇叭。

I

晚风追赶暮色,进入夜晚,在平门塘河
寻找影子,像追着奔跑的小狗。

我也在跑着,尽管没有一根骨头吸引,
没有人拿起椎骨,像拿起
一根棒子,敲出我身体里空洞的哑问。

已经没有什么在前面,给予我们

跑动的理由。世界像风一样稀薄,

过多的携带之物磨着肋骨,在虚空中
变轻。而灵魂从脚跟爬上耻骨,
拿起弓箭,射向更远的幽暗。

放出去的狗已经不见踪影,
即使再拆下一根骨头,也无从吸引

它再次现身。是否需要放出第二只?
我们追跑,同时也背叛,自我责问,
当我们停下,定睛望向前方的山林,

一阵夜风突然折回来,纠住我们的衣领,
猛地,把它拍打到麻木的脸上。

平门塘河,黑暗中的一根长长直尺,
被一支狂想曲踏碎。护胸银镜晃动
碎玻璃,没入体内,深度切割。

II
樱桃熟了,在林叶间传递着
红橙黄绿的传说,和翻飞的鸟鸣。

密密匝匝的枝叶,层层向上,羽翅振动,
啄食白色的光点,饱满的红果。
在树下歌唱的杜丽娘,越过了一道墙

又一道墙。她比红果更早成熟。
夏风一阵阵,用彤云点燃瞬间存在的院落。

在高高的枝头,日光注入,红果变黑,
坠入草丛,我们就是在那里听见
院墙外的歌声,把我们从内部催熟,

迫不及待地从枝头跳下来,
或是张望着,期盼一只巨鸟把我们叼走,

尝尽身体里的甜味。鸟儿可曾在我们心中
啄食过什么?我们肚腹中保存许久的
红黄之物,仍有待在内室中氧化。

只有五月,用一阵回旋风打散
密闭枝叶的堡垒,如一只空中鹰

忽然掉转头来,摘走一颗圆形的自我,
如同摘走一粒成熟的种子。并把
裂开的悲喜,打上微霞的晚天。

III
风跟随着跑进宽阔的城市,挤进
树的群舞中间。白杨树叶闪闪发亮,

举起河水在枝头流淌,痛苦也在
枝头闪亮。春天的成长结束了,
而情欲撑开树皮,把夜色摔倒在地。

永远是这样,夜色地平线上,远处
明亮辉煌,而近处晦暗不明。一只

年代久远的老虎,蹲伏在草丛中,
等待剥皮之人,也是用纸包住火的人。
夏风吹我们身上的纸页,哗哗作响。

地平线在变换,到处都是在孤独中
溺亡的人,但拯救者却迟迟没有出现。

一个影子举着火在水里行走,
却无从熄灭。他不是一盏灯,他不是,
就像我并非这片树林的中心,但却注定

成为这个宇宙夜晚的中心。夜夜鸟惊啼
夜跑的人,突然躺倒在地

以此将夜空、楼群树影全部打翻
在地,让树中的情欲像黑色的蚂蚁
停下蚀心的咬啮,潜入大地的幽暗。

IV
而那站在海滩上的人,他收获了
什么?海水不断涌来,把无数个自我

送到眼前,又消失不见。海水的云阵,
托起沉默的茫茫黄昏,
又以千万种变形拖过辽阔的水面。

而他将变为什么,在海水的万无
和沙滩的万有之间?

突然,大青山从他背后耸出,一大块
凝固的深绿水体,被唤入存在。
波涛起伏的队列,传习着虚无的念颂,

而礁石沉默着,稳固他胸中的岩石。
这是为无量之水准备的磨刀石,

只为了吸引海水亮出它们的刀子。
从高处,他看见锋利的海岸线
把有和无整齐地切割成两部分。

在他家的厨房里也有一块磨刀石,
在午夜突然醒来时,总是听见一把刀

来回磨着的声音。当他站在水中,
天空迅速压低,海水低声燃烧,
黄昏已为新的一日准备好崭新的虚无。

V

一片大洋中的海水,和手里的杯中之水
哪一个更能晃动五月的清晨?

只有持久吹动的夏季风是相同的。
它吹动肉身和一树花,令城市缓慢移动,
让一切进入恒久的变化。当我从阳台上

仰望穹顶,星空沉默,而肉身呼喊。
大地倾斜旋转,牵引着我们的目光。

我身体里的磁场也在旋转,荡漾,
不断校正着方向,令我常常不由自主地
想要停驻,同时又迈开了双脚。

我就在这里,在这一刻,我是这一个。
万千朝阳中,会有一束光分配来

唤醒我。在用眼睑展开的扇面上
必有星星出没,发来遥远的信号。
而在体内日夜奔突的思之粒子

模拟着大宇宙的生存,在寂静中运转,
运转又寂静,就像这夏季风

起于树杪,又归于树杪。就像
我所占有的这一个黄昏,它与绚烂作别,
慢慢步入浓厚又广大无边的暗夜。

尾声

我们必将在自身之中抵达终点,
正如我们从那里出发。
夏天带来湿热和眩晕,而在
眩晕的中心,吹拂着不息的自我之风。
让我们把脚嵌在夏天的脚印里,
看哪,我们画下圆环,
又毁掉,在无量曲线之坟场中心,
寂静。

故乡的秋（外四首）

• 肖　今 •

只要站上这片土地
我所藏的颜色不再平躺
它们默契而自由地组合
花青携土红皴出东白山的坡与道
嫩黄伴随深蓝卷入石壁湖
曙红和着金色染成万亩粮仓

我用浓墨画下百年的奕芳堂
用淡色勾勒时间的窗棂
许多留白是给来来往往的人们
好让他们随时记录或涂鸦
还有隐藏我那不愿透露的惆怅

穿过陈宅
这是一条回家的路
也是一条回不去的路
一次次的别离
家乡成了故乡
少年换上一身风霜
不擅长告别的我
学习调色和书写
慢慢收集
落叶和阳光

在东蔡，可以怀旧

如果往日再现
一条书写着繁华的街道
就会穿过东蔡的心脏
扯布声，剁肉声，吆喝声
夹杂着人来人往的脚步声
晨暮不绝
磨出光泽的石子路
像春笋一样从水泥地钻出来
重新蜿蜒在东蔡人的脚下
老街中央的三层楼仿佛还在眼前
里面办公的是石壁乡的首脑们
比如来自下吴村的钟乡长
人们是有记忆的
对于那只大雁给过人们温暖
留下一些声名是应该的
就像官山脚下古人的瓷、玉、银器
千百年来依然如新
东蔡的历史车轮又可以倒回
到明清、盛唐，甚至六朝

守在诸东边界的枫树头村

如果东白山是一种依靠
那么诸暨边界就是一种处境
它让枫树头村变得复杂而多元

枫树头村腰缠诸东线
自古这里的人们把两地乡音揉成一团
又做成石桥架在必经之路
往返之间形成了烟火气、商业气

路长了，凉亭便长了出来
凉亭没有姓氏，也难分属地
它用全村人的善命名
它是每个过路人的一把伞
谁也不愿意看它在岁月中倒塌

当然更不会让同饮一湖水的乌岩消散
永思堂给了蔡氏灵魂栖居
那些散落在别处的宗人会得到一缕乡愁
如同蔡元培之像毫无争论地回到初始之地
所有的认同是与生俱有的

心同冰雪是村庄的秉性
乾隆大帝早已从一位村妇那里望见了
无论多少年过去
都不会改变这山的青这水的秀
它们富裕的心底是碧绿的石壁水库

绿化，本来是一个乡

我是绿化人，我总是这样自我介绍
我读的是自己村里的绿化小学
三十多年前绿化撤了乡
但我依然说我是绿化人
年长的一听就知道是哪里

后来被淡忘的绿化又成了村庄的名字
擂鼓山，陈川
这原本就属于绿化乡的村庄
叫绿化村，是顺理成章的
我们还是邻村
我们还是要经过它才能回家

绿化有过乡政府、广播站、供销社、粮食站
小学、初中、高中、电影院、卫生站……
绿化曾出现过一批批城里人、知识分子
绿化也飞出去了一些凤凰
如今它像末代皇室
不断被遗忘又不断被翻新

它一头靠近东白山一头连向石壁湖
它一边拉着我们下吴村一边牵着枫树头
它有历史的波粼也将有时间的光泽

栎桥

那山还是山，水还是水
那七百多年前的故人已成黄鹤
留下翰墨诗香
留下清气和孝道
被时间镌刻在村庄的扉页

它的乳名消失在历史的长河中
如今它有响亮的名字
栎桥，栎桥，栎桥
两千多双手共举着它
开出文明的花

它是王冕的故里
它有先人的气质
它祖祖辈辈发展的路径
赫然描绘在文化礼堂的白墙上
二十四节气如同指令
勤劳的人们踩着点在土地里创作
家族相册凝聚着温馨
见证了时光的变迁、情感的坚定

改了名字的村庄在继承与创新中
走出了自己的模样
前人的清气，无须人夸的颜色

在三百多亩接天莲叶、映日荷花中
流溢出漫天长卷
那个放牛的神童仿佛又在作画

平和的西藏（外十一首）

· 立 人 ·

一大朵一大朵雪花
在大昭寺上空
犹豫了一下，然后轻轻地
飘下来
怕砸着路上每一位磕拜的人

散落在羌塘草原上的牛羊
解读着那曲的春天
双目失明的老巴布像一部童话
坐在家门口
等待卡若拉冰川融化

游客们拖着行李箱
从贡嘎机场和林芝站的阳光里
纷纷出来
他们的鞋子上，依稀有
世俗的尘土

鹰，还是一千年前的样子
在雪山和仰望者的瞳仁里盘旋
五颜六色的人
只要从八廓街回来
今生的火焰，会变成平静的水

日喀则所见

一大片黄金
从尼色日南山坡上冉冉升起
走近一看
原来是梦中的扎什伦布寺

318国道停住了脚步
这里是终点
于轮回里进入了另一种开始
走散的牛羊，会不会明天回来

手风琴一样的大巴在移动
我躬身捧起了两条彩色的飘带
一条叫年楚河
另一条是雅鲁藏布江

俯瞰尘世
密密麻麻的蚂蚁在温饱间奔走
佛告诉我，它们是生灵
和我们一样

长老出现了。须眉皆白
手摇转经筒

藏袍,在钟声里渐渐褪色
他黝黑的脚趾在山脚下延伸

在色季拉山口仰望苍穹

苍鹰飞过后,白云
无声消散
我的瞳仁里出现了三十年前
挥动的手帕

出现了经幡。《阿姐歌》
广袤的阿里草甸上迁徙的藏羚羊
以及我老家
汾湖波浪上展翅的帆

出现了童年的风筝。棉花糖
语文老师生动的脸
漂浮的救生圈
失踪后重新回来的流浪狗

出现了男低音的帕隆藏布江
渐渐拉近的八廓街。悄然
远去的大巴车
茫茫尘世间,人群模糊的背影

海拔4730米在脚下突然
消失。神曲响了
南迦巴瓦从容走来
命运之上,大风鼓起了我的翅膀

远离尘嚣

在林芝,车窗外旋转的世界
闪烁着宁静与神秘

雪山脚下的桃花
因我的到来,一路绽放

天国跑下来的羊群
上千年了,还在邦杰塘草原上
移动阳光
舢板出现了,细看是徜徉的牦牛

白云把尼洋河古老的琴弦
擦拭得很亮很亮
桃花之上,是启动的秋天——
这趟金黄色的列车,究竟要去何方

我是一个疲惫的旅人
穿过纷纷攘攘的红尘,远道而来
我要去世外的巴松措湖
打坐,静静地看一回日出

仓央嘉措

你在天上行走
玛吉阿米躲在一枚雪花里
哭泣

通往大昭寺的路上
尘土飞扬
磕拜的阿爸,成了云朵

布达拉宫已飘到天涯
雅鲁藏布江
拐了个弯,跑到了你胸中

浪花燃烧。雪野若白纸
在不忍分离的苦涩的拥抱里

渐渐融化

所有的转经筒在
轮回里转动
你们的泪眼里，没有灰尘

格桑花

一见到对岸的仓央嘉措
你就绽放了
我忽然明白，你的泪
为什么刻进了
珠穆朗玛照耀下宁静的石头

你身在红尘
难道真的比一座宫殿
还重？难道
三百多年前的风，吹走的
只是雪域的尘埃

拉萨的阳光下
我们相遇了
你向我举起了一盏小小的
八片花瓣的灯
像纳木措湖一个愿望

仓央嘉措的背影
远去了
转经筒还在不停地转
格桑花，你怎么爬到卓玛脸上
变成高原红了

寻找卓玛

在藏族的民歌里
我找到了卓玛

在阿妈的襁褓里
我找到了卓玛

在鲁朗的马背上
我找到了卓玛

在羊湖的泪水里
我找到了卓玛

在三步一磕的朝圣里
我找到了卓玛

在南迦巴瓦的云朵上
我找到了卓玛

桃花开时

嘎拉的桃花开了
喜马拉雅山纷纷飘落的雪片
眨眼间变为
漫天乱飞的蝴蝶

嘎拉的桃花开了
江南热热闹闹的春天怎么
一下子搬到
尼洋河畔的嘎拉了呢

嘎拉的桃花开了
五颜六色的旅游车也来了

这些人好傻啊
走那么远的路来看桃花

嘎拉的桃花开了
卓玛家的门怎么锁上了呀
哦,她去大昭寺的路上
要磕完十万个长头,才回家

西藏的云告诉我

这么多的雪山在下面
缓缓移动

这么多阳光。鹰的翅膀
星星点点的村庄

这么多遗落的酥油灯
牦牛群。带子一样蜿蜒的路

这么多路上出现的蚂蚁
始终朝一个方向挪动

这么多生灵三步一拜。额头
磕出血,也要去祖拉康

我寻寻觅觅的卓玛姑娘
也在这里面

风,已吹了一千余年
无法把这群灰色的蚂蚁吹走

朝圣者

这些贴着高原路面,缓缓
飘动的云朵

这些在鹰的瞳仁里
顽强起伏的波浪

这些在连绵不绝的雪山下
移动了千年的经文

这些从天上的羊卓雍措湖
洒落的渺小音符

这些牦牛一样
一代代默默承受命运的生灵

这些被大昭寺的酥油灯
照亮一生的朝圣者——

他们的额头和手是脏的
眼睛是纯净的

扎西德勒

一声问候
使我的旅途变得愈发明亮
围上哈达,我拥有了
喜马拉雅圣洁的雪

在西藏每一个地方
扎西和卓玛
说得最暖的一句话是
——扎西德勒

酥油茶。青稞酒。锅庄舞
八廓街在转

日喀则的天空
在牦牛背上明快地移动

我把手伸进蓝色的
纳木措湖
我要用离太阳最近的圣水
洗掉尘世的杂念

当色季拉山垭口的
天籁之音,被
苍鹰带走
我突然发觉——自己在飞

我开始飞翔

在雪域高原,我感觉
自己在飞

我看到我的影子
在一张漫无边际的白纸上
移动。那么渺小

我瘦弱的影子掠过
纳木措湖。村落
旋转的雅鲁藏布大峡谷

掠过一丛丛山峦。白云
书脊。掠过无数年代
模糊的面孔。掠过

树叶般纷纷掉落的日子
哦,统统卸下吧
——那么多的往事的尘土

在靠近天堂最干净的地方
我学会了飞

最大的声响(外四首)

· 王爱红 ·

正午炸山的炮比奶奶的挂钟还要准时
它是那个年代最大的声响
请原谅——我的嗓门太高
说不好悄悄话。因为
它一直在我耳畔不停地响
不停地响……

现在,我说话的声音更大了
难免会招惹几只八大山人的鸟

上了岁数的人是在回忆中过日子
回到童年去看看吧
我可不是骗人的
我确信已经骗人了

故乡一马平川
压根就没有什么山
用不着翻白眼
老去的那些岁月

莫非用了乾坤大挪移
把那些重峦叠嶂的山呀
都一股脑地挪到城里来了

鳞次栉比的高楼大厦都是山
都是一具钢的琴上的音符
面对直上云霄的诗情
我又听到炸山炮的声响了
在准备朗诵又没有诗歌的情况下
我蜷起手指习惯性地敲了一下扩音器
然后，又敲了一下……

关于白音敖包的诗

白是洁净的，可以
称赞一个人的美
天上的白云无疑是白色的
我们把白昼叫作白天
像雪或者霜，但不包括墙……
一白遮百丑
这种称为白的颜色
我们都记着呢
这样的诗，不止一首
大暑天，我写下这个字
写下白音敖包
心上便流出一道凉爽的清泉

不是由于林立的高楼大厦
阻挡了南来的阳光
我才这样深情地仰望北方
不是在繁华的都市居住得太久
我才热切地期盼回归自然的怀抱
令人无限向往的白音敖包
无限风光的白音敖包呀

您像是一个伟丈夫
就站在身旁
我们不远的地方

明明是美丽的大草原
我却把您看作是一座高山
白音敖包是富饶的山的意思
多么富有诗意呀
我看见山上郁郁葱葱
满是珍贵的天然沙地云杉林
鲜花云集，鹿走禽飞
好一派世外之景
洁白的蒙古包如朵朵白云
飘洒在山上，其间
还点缀着各式各样的飞鸟珍禽
大鸨、灰鹤、天鹅、蓑羽鹤……
好似泰戈尔的《飞鸟集》
白音敖包对一位诗人来说
完全可以称得上是一本优秀的诗集
但更是一本关于人与自然
关于森林草原景观
关于国家级自然保护区的
……大百科全书

白音敖包，白音敖包
您是我的心爱，我的思恋……
我听到了您的歌
您亲切地召唤

临《自叙帖》有感

写来写去
就是说我多厉害
我多厉害

有多少人称赞我
谁堪与我相比

草书第一
就在今日
就在今日
此时
我又有了大的感悟
大的飞跃

如果说怀素是诗歌中的李白
李白就是中国书法中的怀素
这就是诗
是书写
笔画之间血脉相连
气息贯通

乍逾不惑
他已经出家三十多年了
啊,那是俗龄
有什么可以叙述的呢
用一座喜马拉雅
毫不客气地鼓励自己

这个年纪
我还不会写字
诗也荒废了
所幸来到北京已满365天
值得大书特书的事情
一年前似有一件
我在逛书摊的时候
看到自己写的一本诗集
我想买下来

请卖主便宜点
遭到拒绝
他说,这诗写得很好

埃米勒·维尔哈伦

致敬
这位大胡子的
比利时诗人

他戴着一顶黑色的礼帽
鼻梁上挂着一副
与眼睛一样大
与车轮一样浑圆的
金丝眼镜

一驾十九世纪的马车
穿行在诗行之间
情不自禁地掀起些许
沁人心脾的墨香

正是黄昏时候
我在挥毫
在微醺与冥想之中
练习中国书法

对维尔哈伦先生的大作
我知之甚少
他最好的意境
无疑是给他的忘年交
斯蒂芬·茨威格
慷慨地引见了
现代雕塑之父罗丹

茨威格叙述说
正是这位大雕塑家让他悟到了
成功的秘诀

斯蒂芬·茨威格

一艘巨型客轮
正从纽约开往布宜诺斯艾利斯

1940年,茨威格
已经59岁了
《象棋的故事》之后
似乎没有故事了
这个棋局还没有完
斯蒂芬与茨威格
好像两个人
在对弈

棋盘上错落有致地摆放着
一些大棋,他们是
王或者后,是
老师或者朋友,是
罗丹——佩戴着荆冠
是晚年的罗曼·罗兰
他尊享诺奖的荣誉
已经二十五年了。而
托马斯·曼也从中受益
超过了十年。这是
不同的两个象。西格蒙德
弗洛伊德还没有走远
茨威格的魔力大致是来自于这位
一切皆是性的精神分析学大师
他才是横行全世界的装甲车

如果说意识流的詹姆斯·乔伊斯是马
诗人里尔克和画家达利是炮
那么,我宁愿把维尔哈伦看作
保驾护航的士,唯有
高尔基留下的那只大烟斗
不知道用作什么棋子,剩下的
都一起做勇往直前的卒吧
熟悉的,陌生的
都在这里,都
在这里。我
从茨威格的一步棋中
还看到毛姆的影子
斯蒂芬与茨威格同时将军
两个人均无法,在
同一时间内应将

船缓缓往前航行
如果停泊在阿根廷
豪尔赫·路易斯·博尔赫斯
作为晚辈,肯定会
为他备下了木炭烤制的牛肉
而在里约热内卢靠岸
不知青年若热·亚马多
是否请先生喝过咖啡
就是叫巴西黄金的那种

南美的上品当然有些苦涩
茨威格先生还是毫无保留地
奉上了,不仅是小说家、诗人
还包括历史学家的旷世之才

他在这里下了船
在这里埋下灼人的谜
他与他还很年轻的妻子

年仅三十三岁的夏绿蒂
定格为一声叹息
有人认为,这是
一种特殊的武器,是
对法西斯的抗议

春天,天使般降临(外十一首)

· 何必艺 ·

黎明的鸟鸣啁啾,叫醒
春风,一种嫩绿
开始恋上光秃秃的枝头
杏花,天使般地降临
伸出温暖手掌
握住了春天
——在人间,你心花怒放

行道树

即使最后一朵雪花
没有任何留恋离去

即使春寒料峭
倒春寒走了又来

即使被掐首去尾,用稻草绳
捆了一圈又一圈,再挂上营养点滴

即使脚下的黄泥土不够夯实
四周被水泥地或大理石条禁锢

我从山上来,光秃秃站立风中
在车水马龙的道路旁,挣扎——扎根

村里最后一头牛

最后,我无法决定是自然老死
还是迎上锋利的刀刃
奉上一身还算有任性的糙皮

我只能回忆年轻时
犁铧驶过的田野
浅浅地翻开春天的衣裳
一群孩子跟在身后争着翻找和拾捡
大地孕育的泥鳅和黄鳝
装满竹篓的,还有童年的幸事

四周谷物退去,水泥建筑在生长
犁铧锈迹斑斑
扛着枷桓的老人,无力或不忍扬鞭
我已皮包骨并凸显硕大的骨架
步履蹒跚
旷野有断断续续的吆喝声
老牛的哞哞声,犁开城市的胸膛

把生命埋进泥土

我俯卧在大地上

垂下干瘪的双乳

头颅埋进泥土
像深冬的一棵梅花老树根

深空的雪花
自由自在

折下我的枝枝丫丫吧
不要在乎骨与肉,血与灵分离

让饱满的粮食和清晨的呼吸
与雪花一同贮藏

然后,让枯萎的
衰竭的
腐烂的
来不及消亡的
在春天里孕育,重新长出翅膀

接近海

聆听心灵深处的声音
在最接近海的地方

把故事的贝壳
一颗一颗串起
生命的号角是那艘
扬起满帆的出海渔船

飒飒风响
海螺的号子
一层又一层缠绕
水手的船桨

贴近海的呼吸
是沙哑的喉咙里无声的呢喃
归港抛锚
满载的船舱有无法躲藏的忧伤

冻雨

寻找根的时候
伊人的外衣
不知丢在哪里

在高空,0℃以下
显现的依然是液态的水滴状

坠入大地,彼此紧紧相拥
瞬间冻结成固态的冰的形状
(怎样去思考这个问题,
你直接忽略雪花的真实存在?)

佳人的翘首
在一段一段被切割的时间里
竖起一座一座丰碑
六角晶体的未央花不曾爱恋
雨,最后的死亡
才解释一次一次的潸然泪下

如果竹子花开

这个时候,窗外的青竹已经
忘记,这是风吹过的天空白

我轻飘飘地进来,又走出
你就站立在那里,似乎看着

似乎又在想念
某个过去的未来,某个现在的过去

从一个看不见白的地方
传来你的声音
我当作没看见你一样地走了
你也当然就没有看见我走了

把所有的故事,和窗外
那棵无根的青竹一同放下
放下,放到了尘埃
让它在玻璃瓶里生根成长,不需要雨水

如果是迫不及待
等不及含苞的花蕊
窗台的玻璃花瓶一定明白
根茎和水一直没有分开,而是自身易碎

于是青山和溪流似乎忘记
如果竹子花开,那生命
不论是在这天空白
还是在你一直描绘的赤色的梦里
便戛然而止

找寻

你说留意口中所说的
梦的一端将心带向天堂
另一端
带向黑暗无边的深渊

梦见火红的玫瑰
穿越黑暗与夜的深处
抵达你的天堂

抵达你的梦

站在这一端,有冰凉和凄清
我该怎么开启这封存千年的故事
把它重重地砸向
你的天堂,你的梦

一杯凉透的苦丁茶
来不及品尝就消失了影子
在什么地方寻找
寻找你展开翅膀后的痕迹

将心带向天堂或者深渊
是玫瑰,还是苦丁茶
来不及思考和判断
就站在了冰凉和凄清的另一端

孤单

他一定要养个动物
以补偿童年的孤单

最后被允许养巴西龟
因为,养猫过敏
养狗太懒
养鱼,客厅太小容不下
鱼缸的世界

卖龟人说这是雌雄一对
配了一个四方的小玻璃缸
端端正正
无需水草、砂石和躲避屋
只要蓄上水漫过龟背,偶尔投喂食物
简简单单

讲究一点的话
让自来水在太阳下晒晒散去氯
干干净净

一只巴西龟没几天夭折了
留在人间的那只
行动迟缓得更加木讷
他说它是在思念

再买一只跟它差不多大小的配对
不久还是去了
他问乌龟有它的宿命,它的天堂吗
———还是让这只孤单吧

收获

稻浪在父亲的手中翻滚
稻浪与镰刀的亲密接触
倒下,金黄金黄一片

谷粒爬上父亲褶皱纵横的老脸
谷粒与汗水的纠缠
搅乱,父亲与土地的恋情

起风了
在风中起舞
谷子在母亲的筛盆上翩翩起舞
轻佻的空虚的随意
请随风逃逸吧
成熟的丰韵的沉淀
请在大地上堆积

收获与生命联系紧密
请深情挽留,这谷物的爱人

和质朴的希望结合,自此
诞生了血
诞生了骨
诞生了爱

失约

我摩挲着口袋的硬币
今夜应该能满足你的要求
已等了一刻钟
在雨中举着枯萎的伞
遮不住冬天的冷嘲

再等五分钟吧
你再不来,我就独自走了
这明目张胆的西北风,肯定
没把我的暗自决定告诉你
我站得很直,冷峻坚毅

我曾盘算过
你出发到等候点,和
我从工作一结束冲到等候点
应该是不早一步不慢一步
我们恰好遇上

你终究是没来赴这场约
终究是不在乎深夜子时的城市街头
我焦急又哀怨的眼神
终究是我雕塑般的身子已然错过了
末班车已面无表情地隐入城市的夜幕

用一生来守候

公主吻遍了所有的青蛙

才找到自己的王子

我必须在你醒来之前
做好所有准备,叫醒太阳
让它露出笑脸
赶走一条水蛇,叠好
宽宽厚厚的荷叶,然后
沏一杯清茶,等待你醒来

静静地等待中
我倾听了蜻蜓的诉说
她飞过了池塘的堤岸,看见
春天在路上丢下了鲜花
夏天爬进了知了的歌声
秋天在跟落叶告别
冬天躲在大雪的被窝中假装睡眠

谁不小心搅动了这安静的空气
惊醒了梦的细节
风风雨雨袭来
还掺夹着鸟儿的啼鸣

我站在醒来的池塘中
垂下双手,支撑
片片撕裂的天空,守候
节节割断的梦想

你睁开眼帘,看见
太阳的笑脸
一杯清茶冒着热气的姿势,还有
一只青蛙变成王子的过程

绿梅（外八首）

• 陈钇言 •

星子淬成的小翡翠
镶嵌春的裙裾
你裁一匹月色赠予我
不与红梅争宠
青瓷开片般弥漫了书桌

这一树锦秀
似在你窗前打开屏羽
久违的幽香凝眸
有一丝北方的冰魄
倚于混沌天地

蘸笔轻描绿梅玉骨
蕊芯噙着琉璃之焰
最美的一朵
是你不小心遗落的佩玉
被我轻轻拾起

八音盒

你的天空与城
在木质、水晶中抒情

夜空的弦拨动你的梦

匠人手中的簧片
构建华美蓝图
千百回空灵地唱和

一支悬于发条的乐章
咬合齿轮之圆
描画千年的烟雨

转动时光童话
你手触及不到的乐音
在静寂中回响

午后围炉

小竹桌呈琥珀色
在阳光里慢煮清茶
一两记钟声让人静下来
生肖石像,许愿池
都在解读生命的密码

无火炭隐匿了温度
悄悄的,我们都在长大
岁月沉淀下来的不止是风尘
还有觉醒和不变的热爱

每一颗花生都在祈福
小桔子甜美地笑着
风调雨顺,平安幸福
茶香漫过指尖
也漫上你眉眼之忧

吃着冰糖葫芦荡秋千

悠长的钟声注入寺院香火
每一个檐角,每一面墙
都接纳了你的善意

篮球启蒙

天空这个大篮筐啊
月亮就是你投进去的球
满天星子为你鼓掌
有一颗落在你的眼中

家的墙壁幕布啊
就是你的篮球场
孩子,你轻盈地弹跳
命中!哗啦啦
锅碗瓢盆都为你喝彩

你稚嫩地说篮球不是蓝色的
但它顽皮可爱圆润如你
大海的摇篮承载你快乐地摇荡

拍啊拍,倏地长大
抓啊抓,手越来越有力量
投啊投,有了目标
所有的转身都带着风和阳光

饥饿力

夜的灯光照进胃
书中的一个句子
在那里干干净净的
它有回肠之力,咕咕噜噜

自己呼唤自己

穿越童年,书包被同学
放进小青蛙
秋天的芦苇公园
几声白鹭轻鸣点水

此刻我是存在的
头发生长,绿萝葳蕤
眼镜片聚集了宇宙中
无数美好散漫的碰撞
似外星人的问候

又有一个新的句子
加入血液循环
丢掉沙石、车轮噪声和
圣诞节的雪

凌晨的目光还很迷蒙
但这清醒的躯体啊
疼痛已慢慢离去

针灸

扎进你日积月累的寒凉
北方的雪莹照过
你漫长的青春

触到那块午后突发的伤
探究长久的委屈和疼痛
试图打开肌肉中的硬结

一位敏慧女子轻捻银针
在身体上轻轻打转,需深呼吸
才能缓解皮肉之苦

探到穴位,去向经络深处
酸胀……气血流动……
接受一次身体的破冰探查

与自己和解,与小鱼小虾和解
每一处疼痛潮汐般涌动
推出身体里久积的阴霾

这是一道数学题吧
1+1+1+1+1+1……
小银针像旗帜在艾草的熏蒸中

明亮地林立,时间与温度
一层层减去沉疴
心灵在此刻获得新生

丢失了手套

当我发现手套没了
手有点冷
大概率是忘在出租车了

这一天有人丢失了伞
有人丢失了牙齿或心脏
有人丢失了另一半

此刻是上一刻的空气
流动着草木凋蔽的凉
我忘了珍藏最美的一片叶子

那双手套,十指相扣
毛绒绒的抓过最纯洁的雪
修女般教我守护灵魂

越来越蓝

那么多蓝色的小牙齿
咬着我的小胳膊
蓝色的海水浸入我的血液

那么多蓝色的小瓜子
喂饱了我的视觉神经
童年的香味唇齿生津

那么多蓝色的眼泪珠让我
看见一条蓝色的星河
是谁遗落的掌上明珠

绿松石手串,你陪伴我十几年
它们有黑或金色的点缀
迷幻的灵魂,越来越蓝

在我深情的滋养与呼唤中
姐妹,你日夜修炼
投向春天第一抹新绿

一头老耕牛

春天的草埋在鸟鸣中
"牛儿,牛儿"主人使劲唤着
它们盘卧河岸边,咀嚼日子
停下来望着两个陌生人
"牛儿,牛儿"主人使劲唤着
它们躬耕田园,向泥土深处
种下希望的种子
蹒跚献出最后的舞步
"牛儿,牛儿"主人使劲唤着
光滑的皮毛阳光在打滑
滚落往昔强健的音符
一把干草是它们的宿命吗
我想看它的眼睛
是否怀有对大地的爱

夜晚的湖水(外十四首)

· 阿 雅 ·

是寂静的狂澜,是一山的树木
卸下的风
是风,在水面上发着细小的光
如果你恰巧在,你也会成为整个夜晚
或者夜晚里
间断发光的一部分
世界在湖水中亮起灯盏
静坐的人们在湖边举杯,你湿漉漉的

被微醺的水雾一点点淹没
成为水天交接的线条
语言的边界

有一刻,你和夜晚和湖水和语言
重新被发现
被发现曾被安慰,曾被
替代

画云的人

内心荒芜,她在纸上画故乡
画故乡的云,仿佛那是
她敲开老家的门,母亲在客厅里
一遍遍地问:你是谁呀

她是谁呢,她也这样问
她是质疑生活的那个人
越来越沉默;也是回不到故乡的
那个人,故乡已薄如纸张

时光撑不住思念的轮廓
她的内心越来越荒芜
云在纸上漂泊,像无数挥动的
手臂,在拥抱中告别

遥远的风再次吹过
沉默的河流再次围上来
故乡,再次从纸上
走近她,
母亲再次在客厅里站起来
一遍遍地问:你是谁呀

大提琴

只一片草原是不够的
只一个故乡是不够的
要有远去的爱人和拂去泥土的老酒

是秘密,捧出带有缺口的陶罐
是低语,从哭声中出走
在寒冷中燃出火焰的低语

是杜普蕾、豪瑟掀动的江河
是敞开的脚丫,自由的国度
是寻找和孤独跃过风的歌唱

我要推开窗户,记下光影
给离家的走散的人们
也给失眠的夜晚,空旷的世界

回乡偶书之一场雪

一场雪,是故乡给我的拥抱
从我离开的前一夜开始
窸窸窣窣地倾诉,像在完成一场告别
那些略苦略甜的曾经
一个人的寂静

我是在雪里长大的
雪里有儿时的鸟鸣、有初吻
紧紧拉着婚纱的手
有酒、文字里的大火、雨水
哭过的长夜,以及忽远忽近的河流
……
我的一生都留在一场雪里

雪,继续
她不继地把风一样的过往,以及
风的凉递给我
　一场雪,让我停在玻璃窗前,雾蒙蒙的另一个
　　瞬间
一点点变白,一点点融化
最后消失殆尽

春风不改
——给贺知章的一首诗

多么好,能看清春风背后的推手
多么好,有选择自由的底气
有人击鼓泼墨,宣纸上开始生长竹子、梅花、一
　丛丛兰
有人举杯高歌,金龟换酒,醉了的不止风和月下
　的柳条
还有赶考的书生,一城女郎们的芳心

春风不改,一座长安城,您不停地
走在上朝的路上
春风不改,镜湖水的波光仍是您笔下的
文字
拂过群山的倒影,更远的河流
也拂过早起晚归的人们,开花的石头和雨水
继续,所有的寂静正从春风里醒来

忽然的雨

天黑了,我们在墙壁的内外
活着
活着,听风四起,水一波波
撞向墙壁的深处

隐秘的事物在荒凉处渗透
像呐喊,以及多年前的夜

一位邻居离开了,一位教授从高处
一跃而下……
她们带走的河流浮在空中
时间有了加速和倒退的味道

天黑了,一条条河流继续
怀念开始寻找,理智拒绝悲伤
在巨大的黑暗里
有忽然的雨,在静默的城市里
安静地落下

有时

有时我会突然陷入沉默
在秘密的花园里,把光线捂住
把微澜置于手心,看伤口撕裂、愈合
看那些旧的时光在死灰里
生出细小的火焰

有时我会突然发声,抬头或者俯首
给静默的自己打开缺口
顺便在遗忘的结局里扔一块石头
看雨水肆意,鸟儿乱飞,岁月
忽老

读书,在文字里遇见
仿佛拥有过,一直挂满星光的偏旁
满身大雪的河流、良人
那么多的不甘,如此甜美的
想念

举杯,没有什么可以庆祝
欢乐太少,而痛忽至且无休无止
请允许我告白,用我失败的一生
远处的小镇
说出卑微的高度,沉默的颜色
以及春天的祝福

芒种

风吹麦浪风也吹我
两手空空的我,长满青草的我

远处是故乡田野的常客:高粱,玉米,大豆
麦浪属于细致的生活
在种与收之间,在过去和未来之间
摇摆

我喜欢青葱甚于金黄
我知道时间也有自己的深渊

姿势各不相同,在浩荡的奔赴里
暴力是一种美学,它有缓慢的语言和留白
用席卷来遗忘,用爱
告别爱

小寒

每一滴雨水里都住着醒来的瓦罐
瓦罐里有少女的手臂,有河流
伸向北方,新雪
像一幅幅散章,刻在石板路的落叶上

梅花开了,梅花也在搬雪
我是被打湿的一部分,在路口
有3秒的停顿

小寒适宜小爱,适宜慢跑,倾听
硬壳里的哭泣
适宜铺开纸,让那些易于消逝的事物
有着小小的反光

要活出春天的姿势,挺胸抬头
在寒冷里活着
向文字的声讨举杯,向死举杯
一遍遍给枝条添水,并抱紧
陡坡上空荡荡的
回声

在黄姚古镇穿行

怀揣露水,与祠堂楹联对话
捡拾落花,置于戏台的案上
在黄姚古镇穿行
群山绿水与体内的风雨
相契,千年时光触手可及又飘摇不定

每一个角落都写满了故事
每一条河流都抚慰着来路
每一个临水的窗口都在打开一个段落
每一个段落,都是一次旅行

在黄姚古镇,我的恍惚
陷于青石,也陷于水声
这寂静深处的光,仿佛没有悲喜
只把时间的蓝一层层打开

月光下的古井

像经文被翻动,或流星滑落
回声从未停止提醒
月光下的古井幽深而神秘

水声从远处传来,月光碎落
而后重组,那些碎片
是谁的命运一再昭示?

花样年华里的爱恨
棋局内外的,野心
深埋或者打开,都是安静的事

月光浩荡,井水惊涛
沉默在深呼吸,以防一不小心
被路过的故事悄悄带走

春天是一个动词

在漫山的细语里,你可见到了
那小小的,白白的牙齿和嘴唇?

在三月,风吹皱了江水
吹奏着桃花、李花、梨花……
风也停在我头顶的黑与白上
喜悦的、忧伤的气息
成为那些牙齿和嘴唇的美食

春天的山野,浩浩荡荡的沙沙声
都是醒来的流水,她们翻身,睁开眼睛
她们伸腰,把自己打开、装满
再一点点开成花,开碎

她们和光线一起,把游人从画卷里泼进、拔出
轻轻应和,扑面的歌谣和溪水

是的,她们还带走了太多的一生
那漫山的寂静
春天是一个动词,而你和我
是动词之间那个小小小小的
一个停顿

小满

雨水在此刻有欢快的美
期待很近,深渊还远
谁的小心思在发芽如草木
抖着小腰肢、小肩膀说出
"生与死只是一页白纸的两面"
忽然陷入的安静是风
是哲学落进摇摆的枝丫上
也是河流如淡酒,除了拥抱
我还找不到更大胆的阅读

满目梨花白

一身流水,满目梨花
一瓣、一树、一山
除了把自己也开成梨花,抚慰来路
我还能为春天准备些什么?

每天上班,那些迎面的车流
似乎都碎掉了我身体的一部分
这快速、无力挽留的翻转
似乎也碎掉并加剧了梨花的盛开

那些醒着的盛开,都是生活和爱情的勇士
孤独的旅者
她们柔软,明亮,向死而生
她们一转身,雨后的枝条,又柔软了一寸

风继续吹,满目梨花雨,簌簌而下的
寂静,是这春日热烈的一部分
一如,我们的一生,都是离开的一部分
是梨花固执的凉和白,以及
书页间用力翻动的

沙沙声

微风吹过古戏台

一些画面开始倾斜
一些爱和恨开始身不由已
微风吹过古戏台
吹落美人花朵,吹起青衣水袖
也慌乱,也懒散

掀起眉头的瞬间

压低的惊叫混迹于失手打破的瓷器中
空旷的,蓝色的瓷器
伤口散落在戏台上
风过,发出呜呜声响

风在寻找,悲喜频繁互换
哭后的眼睛里,大把好词转身
依然是人潮,俗事
一片叶子被风翻动
从戏里走出来,回到古镇的午后

阿米亥的诗

• 刘国鹏 译 •

阿什克伦海岸

在这里,阿什克伦海岸,我们抵达了
记忆的尽头
像河流抵达大海。
近处的过去沉入远处的过去
远处的过去从深处升起
漫过近处(的过去)。
和平,和平,远远近近的和平。

在这些破碎的偶像和柱子中间,
我不知道参孙是如何推倒圣殿的
他站在那里,双目尽瞎:"让我与非利士人
同归于尽!"

他是像在最后的爱中那般抱紧了柱子?
还是用双臂推开它们
在他的死亡中独处。

莫要接纳

莫要接纳这些雨,他们姗姗来迟。
莫如流连。让你的伤痛
称为沙漠里的海市蜃楼。言说道听途说
不要望向西方。拒绝

投降。今年,试着再度
一个人度过漫漫夏日,

啃干面包,忍住
泪水。不要从经验中

吸取教训。以我的青春为例,
夜里我很晚才回家,已被写入
往年的雨里。而今已

了无分别。把你的经历看作我的经历。
一切将一如从前:亚伯拉罕将再度
成为亚伯兰。撒拉将成为撒莱。①

小露丝

有时,我还记得你,小露丝,
我们分别在遥远的童年和他们
烧死你的集中营。
要是你还活着,如今该有六十五岁了,
一位即将迈入暮年的女子。二十岁那年,
 你被烧死
自从我们分离,我无从知晓你短暂的一生
发生的一切。你取得的成就,他们把什么
 样的徽章
戴在你肩上,你的袖筒,你
勇敢的灵魂里,什么耀眼的星章
被别在你的肩上,什么装饰了你的勇气,何种
爱的奖牌挂在你的脖子上,
什么和平临到你,指向你。
你尚未使用的年华发生了什么?

它们是否已美丽成捆,
它们是否被拌进我的生活?你是否把我
存到你的爱情银行,就像瑞士银行
户主过世,资产仍得
保留?
我可以将这一切留给你从未谋面的
我的孩子们吗?

你把你的生活给了我,就像一个清醒的
葡萄酒经销商。
你在死亡中清醒,在黑暗中清晰
而我,在生活中沉醉,在健忘中沉沦。
偶尔,我会难以置信地接连
想起你。在不适合于记忆
仅适合过渡的地方,通过而不得停留。
就像在机场,当落地的旅客
疲惫地站在旋转的传送带周围
上面载着他们的手提箱和行李,
他们一找到行李就兴奋地大喊大叫
就像随着复活进入他们外面的生活;
有一件行李,转回来,又消失
又转回来,非常缓慢地,在空荡荡的大厅,

一次又一次地传送。
这就是你平静的形象穿过我的方式
这就是我纪念你的方式,直到
传送带静止不动。它们曾静止不动。阿门。

康涅狄格之秋

叶子从树上落下
言辞在人群中繁殖。
小红果预备
待在雪底,保持鲜红。

孩子们的疯闹
已被驯化。
墙上,赢家和输家的各色照片,
你无从将他们分辨。
泳者富有节奏的划水
已重返计时器。
荒芜的海滨,折叠的沙滩椅
彼此链接,夏季的奴隶。
古铜色的救生员将在自家房子里变得苍白
像和平时代愤怒的先知。
我切换精神状态
像(切换)汽车齿轮,
从动物到植物
然后到石头

在峡谷

在峡谷,有无数岁月
凿就的大片水域
而今微风吹过
清凉了我的额头,
我想起你。从丘山中,我听到
人和机器拆毁、建筑的声音。

有些爱不能被
移到别处。
它们必须死在自己的地方、自己的时间
像一件家具笨拙的部件
和置身其中的宅子
被一同摧毁。

而这峡谷是一道希望,这希望
不必先行死去即可重新开始,
无须忘怀别恋即可爱恋,

宛如微风
掠过峡谷,而今
却不必成为它的宿命。

叶明莫什的风车②

这风车从未磨出过面粉。
它磨出了神圣的空气和比亚利克③
热切的飞鸟,它磨出了
话语,磨出了时光,磨出了
雨,甚至炮弹
但从未磨出过面粉。

而今,它发现了我们,
日复一日地研磨我们的生命
将我们磨成和平的面粉
将我们磨成和平的面包
喂给年轻的一代。

残酷的记忆

这些天,我想着你发间的风,
先于你们降临的我尘世的岁月,
在你们之前开始的永恒;

我想着那没有杀死我的子弹,
却杀死了我的朋友们——
他们可比我好得多,因为
他们没有继续活下去;

我想着夏日里你赤身裸体地
站在炉火前,
或俯身书本,为了更好地阅读

在白昼最后的光里。

是的,我们拥有的多过生命。
如今我们必须平衡一切
以沉沉的梦境,并把
残酷的记忆
放在今日曾经的过往之上。

凉鞋

凉鞋是一双整鞋的骨架,
骨架,和它唯一的真精神。
凉鞋是我双脚驰骋的缰绳
和一只疲惫的脚,祈祷时
经匣上的系带。

无论我走到哪里,凉鞋都是我方寸间漫步的
私有土地,我祖国的大使,
我真正的国家,大地上的
小生灵麋集的天空
而它们毁灭的一天终究会到来。

凉鞋是鞋的青春
和漫步在旷野的记忆。

我不知道它们什么时候会失去我
或者什么时候我会失去它们,但它们终会
失去,天各一方:
一个在离我家不远的
岩石和灌木丛中,另一个
陷入近海的沙丘
像落日,
遥对落日。

天堂是上帝的天堂

天堂是上帝的天堂
他把大地给了人类。而
黄金和大理石造就的,又是谁的祈祷所?
有多少男子亲吻门柱经卷?
他们承受来自一场爱的亲吻,像来自一位
　　女性?
有多少女子投身于神圣的墓地
被从身后抱住、因快乐晕厥?

年轻时就与耶路撒冷共舞的
老导游该会变成什么样子。
而今他倦了,而她还依然起舞
他被弃掷于大门之侧
裤扣掉了,口子敞着
只有苍蝇能发现他身上的甜

天堂是上帝的天堂,他把
大地给了人类,不过,这是谁家的桌子
又是谁的手放在桌子上?

我的身份证丢了

我的身份证丢了。
我不得不再次写出我的
全部身世,给各个办公室,复印一份给上帝
一份给魔鬼。
我记得照片是三十三年前
在内盖夫干焦的风口拍摄的。
那时,我的眼睛是先知,而身体却对
它的经历或归属茫无所知。

你常说,"就是这个地方,
就发生在这儿",但它并非那个地方,
你只是想当然地活在谬误中,
谬误的永恒比
真理的永恒更庞大。

随着岁月的流逝,我的生活不断被各种名字填塞
像被遗弃的墓地
或一堂空荡荡的历史课
或外地城市的电话簿。

死亡就是,当有人在身后不住地喊你
喊你
你却不再去转身观瞧
(是)谁。

我就读过的学校

路过从小就读的学校
心想:此地,我晓之桑榆
昧于东隅。一生中,对未知事物的爱恋,
全都扑了空。我满腹经纶,
洞悉知识之树的繁花,
叶子的状貌,根系的功能,害虫和寄生虫。
我是善与恶植物学的专家,
现如今还在钻研,我会持久钻研,直至生命的终了。
我站在学校附近向里张望。那就是我们
端坐、学习过的教室。教室的窗户总是开向
未来,但我们天真地以为,那单单是窗外
看去的风景。
校园逼仄,巨石铺路。
我回想起摇摇晃晃的台阶旁
我们俩内心短暂的骚动,骚动

是伟大初恋的开始。
现如今它比我们活得还久,好似存放在某个博物馆里,
一如耶路撒冷城内周遭的一切。

我时光中的临时之诗

希伯来语和阿拉伯语自东向西书写,
拉丁语自西向东。
语言像猫:
你不能逆着它们的毛抚摸。
云彩来自海洋,热风来自沙漠,
树木在风中折腰
石头由四面之风吹来
又吹进四面之风。它们扔石头,
扔这片土地,把一片扔向另一片。
但土地总是落回土地。
他们扔土地,想要摆脱它。
但是,它的石头,它的土壤,你没法摆脱它。
他们扔石头,冲我扔石头,
在1936年、1938年、1948年、1988年。
闪族人扔闪族人石头,反犹分子扔反犹分
　　子石头,
恶人扔,义人扔,
罪人扔,诱惑者扔,
地质学家扔,神学家扔,
考古学家扔,江洋大盗扔,
肾脏扔石头,苦涩的膀胱扔石头,
脑袋石,前额石,石头心。
石头塑成尖叫的嘴巴
石头和你的双眼般配
像一副眼镜。
过去向未来扔石头,
它们全都落入当下。

哭泣的石头和大笑的砾石,
甚至《圣经》里的上帝也扔石头,
甚至乌陵和土明④也被扔
打进正义的胸牌里⑤。
希律王扔石头,扔成了一座圣殿。

哦,石头的诗歌忧伤
哦,诗歌被扔在石头上
哦,被投石头的诗
这片土地上,
可有一块石头是没有被投掷过的
没有被用于建造,被倾覆
从未裸露过,从未被发现
从未从墙上传来尖叫声,从未被建造者丢弃
从未封住墓穴的顶端,从未被垫在情侣的
　　身下
从未成为基石?

请不要再丢石头,
你正在移动大地,
神圣、完整、空旷的大地,
你正在将它移入大海
大海却不想要它
大海说,不要进入我体内。

请投掷小一点的石块,
投掷蜗牛的化石,投掷砾石
来自米格塔尔·采德克⑥采石场的正义和不
　　正义
投掷松脆的石头和亲切的土块,
投掷石灰石,投掷泥巴
投掷海滩上的沙子,
投掷沙漠里的尘土,投掷锈迹,
投掷土壤,投掷风,

投掷空气,投掷虚无
直到你的手筋疲力尽
战争也筋疲力尽
甚至和平也会筋疲力尽,总有一天会筋疲力尽的。

犹太人的旅程:变化乃上帝,死亡即先知

"我的心在东方,却居于极西之地"
那是犹太人的旅程,那是犹太人在东西间的心灵竞赛,
自我与心灵之间,往与来之间,往而不来,来而不往,
逃亡者和无罪的流浪者之间。一场无尽的旅途,
就像犹太人弗洛伊德的经历,在身与心,在心与心之间徘徊,死就死在两者之间。
哦,这是一个怎样的世界,心在一处,身体却在另一处(简直就像把心从一个身体上扯下,然后移植到另一个身体)。
我想到那些以自己从未去过,以后也压根儿去不了的地方
给自己起名的人。或者说,一位艺术家照着照片画
一个人的脸,因为那个人已经不在了。或者有关犹太人的迁徙,
他们不像鸟儿那样追随春夏秋冬,
生与死,而是听从内心的渴望。这也是他们
何以如此这般个死法,何以他们称自己的神为Makom,"居所"。
现在他们回到了自己的居所,主(却)开始在不同的
地方流浪,他的名字不再是某个"居所",
而是"多个居所","多个居所的主"。
就连死者的复活也是一段漫长的旅程。
有没有留下些什么?衣柜顶上的行李箱,就留下这个。

注释:

①Sarah(撒拉)和Sarai(撒莱)系希伯来语当中同一个名字的不同拼写形式,Sarai为原形。《圣经》中,"Sarah"(撒拉)为亚伯拉罕的妻子,以撒的母亲。在《旧约·创世纪》中,上帝告诉亚伯兰和撒莱,他们将成为以色列应许之地(Promised Land)的创造者,他们将被人们认作"Sarah"(撒拉)和"Abraham"(亚伯拉罕)。需要指出的是,"Sarah"虽然时而被翻译成"公主""女主人",但其字面上的意思为"万物之公主",而"Sarah"(撒拉)之前的名字"Sarai(撒莱)"则仅指"公主"。——译者注(以下均为译者注)

②叶明莫什(Yemin Moshe),耶路撒冷的一个老街区,字面意思为"摩西的右手"。

③Bialik,为生活在波兰、捷克一带的阿什肯纳齐犹太人姓氏,这里可能指现代希伯来语诗歌的奠基者和先驱哈伊姆·比亚利克(Hayim Nahman Bialik,1873—1934年)。

④乌陵与土明(Urim and Thummim),在希伯来语中的原意分别为"光"和"完全",引申为"启示和真理",是古代希伯莱人遇到问题或困难时,用以显明上帝旨意的一种预言媒介。《圣经·出埃及记》28:29-30提到:"亚伦进圣所的时候,要将决断胸牌,就是刻着以色列儿子名字的,带在胸前,在耶和华面前常作纪念。又要将乌陵和土明放在决断的胸牌里。亚伦进到耶和华面前的时候,要带在胸前,在耶和华面前常将以色列人的决断牌带在胸前。"

⑤"正义的胸牌"(the breastplate of justice）系诗人对"决断胸牌"（the breastplate of judgment，一译"公正的胸牌"、"判断的胸牌"等）的化用，见《圣经·出埃及记》28：14 - 31。

⑥米格塔尔·采德克（Migdal Tsedek），以色列罗什艾因（Rosh HaAyin）附近的一座国家公园，字面意思为"正义之塔"（Tower of Justice）。公园内有一座奥斯曼帝国时期留下来的白色建筑物，标志着公元66—70年犹太人抗击罗马军队的据点。这栋建筑下面是拜占庭和十字军所留下的历史遗迹。

作者简介 ｜ 耶胡达·阿米亥（Yehuda Amichai，1924—2000），举世公认的以色列当代最伟大的诗人和20世纪最为重要的国际诗人之一，生前以母语希伯来语相继出版了《眼下，以及别的日子》(1955)、《两个希望之遥》(1958)、《1948—1962年诗选》(1963)、《而今在喧嚣中：1963—1968年诗选》(1968)、《不是为了记忆》(1971)、《这一切后面隐藏着某种伟大的幸福》(1976)、《时间》(1978)、《伟大的安详：纷纭的问与答》(1980)、《恩典时刻》(1983)、《你从人而来，也将归于人》(1985)、《拳头也曾是张开的手和手指》(1989)、《开，闭，开》(1998)等十余部诗集。

译者简介 ｜ 刘国鹏，中国社会科学院世界宗教研究所研究员，博士；译有诗集《覆舟的愉悦：翁加雷蒂诗选》《的里雅斯特与一位女性》《回声之巢：帕索里尼诗选》《乌贼骨：蒙塔莱诗集》《在应许与遗忘之间：阿米亥诗精选》等。

埃德蒙·雅贝斯的诗

• 刘楠祺 译 •

途中之歌

曾有三个小姑娘
咧嘴不停地
笑,而小男生们
开始吹口哨。
树上有只鸟
水中有条鱼:
他们给没人爱的
那块瞎眼石头
服了气的石头
画上大大的记号。

曾有三个小姑娘
撇嘴不停地
哭,而小男生们
开始喘不过气。
路上有块石头
树上有只苹果:
她们给天上飞的鸟
给海底
沉睡的鱼
画上大大的记号。

为我忠实的墨水而歌

你若是绿色的,便会是树的泪水。
你若是蓝色的,便会是风的石基。

可你就是我,于是我们一同建起座座朴拙的城堡。每个城堡里都有一位不幸的公主被我解救。每张纸页都有一个爱人,她正是我之永爱。

你若是白色的,便会沉溺于明眸。
你若是红色的,便会是火的恋人。
黑色,你供我驱策,我们共创骇世奇迹。

为永恒之歌而作的短歌

古堡惟藉行吟诗人之手才能久立。古提琴上,手弹奏着我忠实的歌。别怕,神秘的公主,这是白昼。一株红玫瑰守护你醒来:那是太阳。有人说,它虽遥远,却令花园万紫千红。

为一个爱的传奇而作的短歌

英俊的骑手驻足泉边,从溺水公主的唇上啜饮。好仙女们,跑开吧!背叛的石头屏息敛气。不用去爱更多的水,只要一张凌乱的床,而床下,两只拖鞋。

为一位赤裸的恋人而歌

这是一个蓝色的女人
披着秀发。

这是一个红色的女人

倚着香肩。

这是一个赤裸的女人。
你把你的名字给了她。

我那勇敢的被囚的
痛苦,站起来。

我路遇的一个女人。
你把你的脸给了她。

我在找你,她回答。

这是一个透明的
女人
斜倚
灯盏。

这是一个舒展的
女人
蓝天在她身上
做梦。

这是一个沉睡的
女人
你在她身上
独行。

这是一个新生的
女人
大地为她
旋转。

这是一个陌生的

女人
双手被果实
啃噬。

为你而歌

我不会停止
歌唱钟与钟的无言邂逅,
张张香榻的扶手,
相似群鸟的成群骤降,
永恒之镜的震颤不息。

我不会停止
歌唱唇上红色的创伤,
倔强的肩,令人惊异的腋窝,
夜晚幽会中永远守时的乳房。

我不会停止
歌唱你以灰为妆的脸,
灯盏熄灭的晨曦中最后的海难,
你闪避搂抱的脖颈,
你绝不背叛的脚步。

我不会停止
歌唱你款款的腰肢,
你浸在云中的脚踝,
如许漂泊的思绪,
如许神妙的轻烟。

我不会停止
歌唱被枝叶和护眼钢罩所伤的
孤寂树根上
流淌的你的秀发。

我不会停止
歌唱街道、公园、大海，
因为我懂你，
因为我爱你并懂你。

我不会停止
学习欢笑，
在宫殿深处
画画儿并欢笑；
因为我怕你，
因为我爱你又怕你。

我不会停止
沿着天空
锻造铁锁、
挂锁和带箍，
因为我守护你，
因为我爱你并守护你。

我不会停止
切割你的双手、
你的胳膊和你的手腕，
为了让诀别
永不能浮上水面。

为一个月光之夜而歌

你挪动街道。
城市成了迷宫。
我总是来到你的街头。

你换了名字。
岁月是我的梯子。
可你的窗子那么高。

你从我的视线里迷失。
你门前，有个窃贼
拨弄着锁孔。

你划定我梦境的边界。
你从大地逃离，
从冬天，从泪水中逃离。

月亮蛇之歌

那咝咝响的
比哨音更富活力。

那滑行的
比花茎更其柔韧。

今夜像一只手
手指会熊熊燃烧，

手心是个屋顶
你正惴惴游荡。

那流逝的
比风更令人伤怀。

大地无视大地
那气喘吁吁的奔跑者

在天边轰然倒下。

为黄昏雨落而歌

一个男人在等待

爱。

阵阵远方的钟声
敲响。

没有希望
那男人仍在等待。

每扇关牢的门扉
闭紧自己的秘密。

一个男人泪落
为他爱的那人……

为失去的一天而歌

白天落下
像一声熟透的哭喊。
我不喜欢哭喊。

白天落下
像一枚熟透的太阳。
我不喜欢黑夜。

这一天燃烧在
我的忧伤中。

白天落下
像一只老去的鸟。
我不喜欢大地。

白天落下
像一个古老的梦。
我不喜欢大海。

那在目光里
死去的这一天。

白天落在
半道上。
没人将它拾起。

为一位不幸的女友而歌

今晨,鸟儿们醒得比树早。一个幽灵嘶嘶飘过。树倾听,伸展枝条。于是在每一思绪中都有鸟落,像落在白昼上的贪嘴蜜蜂。鸟儿、幽灵和沉重的水;随后有一条鱼在占卜。我们十个人在树下剥着杏仁。路上到处是死者。有个女人,是个同谋,袖子挽到胳膊肘,在埋葬爱情。

为绝望的大海而歌

当一条用星星喂养的鱼离开它的故乡;当一只迷恋云彩的蟹在沙滩外寻觅自己的脸;大海就会碎成浪花,风为修补它而精疲力竭。当一条鱼想离去时,当一只蟹想存在时,我的歌就会被唱起……

陌生女人之歌

她倚树
而立。
她周身赤裸。
她是树的性。

她在等那个男人
而世界将要从

他们的爱中诞生。

她神色苍白。
她即是爱情。
而男人吹进她耳中
一串他兄弟们的名字。

她死了
而男人还在述说。

陌生男人之歌

我在寻找
一个我不认识的男人,
从我开始找寻他,
他便再也绝不是我自己。
他是否有我的眼睛,我的手
和所有那些像是
时光之残骸的思绪?
上千场海难的季节,
海已不再是海,
而是冰冷的水墓园。
但,更远,谁知道更远?
一个小女孩倒退着唱歌
并统治树林的夜晚,
那羊群中的牧羊女。
从盐粒上绞掉干渴吧,
没有饮料可以解渴。
像我一样无处存身的
一整个世界,连同它的石头
皆伤心欲绝。

平和的岁月之歌

星期一,一根针,
等候着线。

星期二,一张嘴,
笑对露水。

星期三,你的手
向光明立誓。

可星期四,你的双乳
还有一天寿数。

星期五,再无语:
我们期待未来。

星期六,是个奇迹,
身披慵懒。

星期天,你的爱抚
忘记了老去。

悲情年景之歌

一月,红色的雪
禁绝了未来。

所有秧鸡,二月,
所有秧鸡密谋。

三月,死者的声音
让邋遢鬼惊骇。

所有秧鸡,四月,
所有秧鸡花一般绽放。

五月,大地玩起
变脸的游戏。

所有秧鸡,六月,
所有秧鸡失血。

七月,希望断气
像条癞皮狗。

正是在八月,从前
我们欢庆群山。

所有秧鸡,九月,
所有秧鸡低嚎。

十月,一个绝望者
给大地留下记号。

太阳,十一月,太阳
稍稍回暖大地。

十二月的一夜
我因等你,死去。

单调的大地之歌
——献给雷蒙·莫里诺

大地的双手
缺少惊喜。

给这双手一个男人
盖房和睡觉。

给这双手一个女人
兴旺和堕落。

给这双手一棵树。
给这双手一片海。

一个明亮的清晨,
失望的双手淹没了大地。

我的歌之色彩

我唱起一支歌,
枝丫知晓
石头已忘。
人会惊诧于它吗?
红的曾经是血,
绿的过去是水,
老乞丐,请对我哼唱
我的歌之歌词。

为一位死去的王后而歌

名录中美丽的王后
令宝石城堡开花
佩刀穿水的爵爷
一直爱慕着她。

一分钟,一个微笑,
一滴永恒之泪。

死去的美丽王后
毁灭了青铜城堡
褐脸爵爷在那儿悲叹
他的哀伤钉在了墙上。

一分钟，一声叹息，
一滴永恒之泪。

为一位死去的女丐而歌

岩洞深处，
有个女人发现了她的笑，
但是没有面饼。
她没有足够的笑
买来面饼。
没有足够的笑
偷来面饼。
也没有足够的笑
让她逃跑。

岩洞深处，
女孩们笑声回荡。
可要扶起一个倒地的女人
还不够响亮。
要唤醒一个安身无地的女友
还不够响亮。
要复活一个死去的女人
还不够响亮。

天堂的双象之歌

从前啊，从前，
有两头不眠不休的象。

它们不时忽闪的大眼
让世界和岁月恐惶。

人们决定要关起大象。
却没人赶得动它们。

从前啊，从前，
有两头纹丝不动的象。

它们总盯着同一个点，
每次，似乎，更远。

没有鞭子能让它们分心，
对伤口它们也不觉得疼痛。

从前啊，从前，
有两头不会死去的象。

它们徒劳地向上射击它们，
可它们不管不顾，仍坚守上方。

人们想在夜里烧死它们，
可火一碰到它们，就熄。

于是又想淹死它们，
可在它们面前，大海下跪。

从前啊，从前，
有两头无人命名的象。

它们活着上千条秘密的生命，
可里面没啥能打断它们的目光。

它们的长鼻子总是垂着，

在思考中嗅闻大地。

从前啊，从前，
有两头人所不爱的象。

为燕子归来而歌

若我抓住你的双臂
将它一切为四
你就会有同样多的手臂
就像你是四位

国王
和四位
王后
四种欢愉
和四种
艰辛

若我抓住你的嘴
将它一切为四
你就会有同样多的嘴
就像你是四泓

湖泊
和四轮
明月
四座花园
和四颗
李子。

若我抓住你的心
将它一切为四
你就会有同样多的心
就像你打破四只

蜂巢
和四支
环舞
四只水罐
和四个
世界。

为一位秘密的恋人而歌

叶子里有个
巧笑的女人，
小得可以做成
房上的瓦片。
她的串串笑声
粉红得
能覆盖所有房顶。
痛苦中我能把她
钉得像一片天空，
献给血，献给风，
献给树影
或树的翅膀。
可爱情让我惊诧，
在我的深仇大恨之夜
把一只死鸟捧在怀中。
寻到何处我才能忘却自我？
大地的中心
有个女人，
被奥秘啃得体无完肤，
让人觉得她像一只烂果。
男人们践踏她，
只为夺走她的梦；
她唇边流出的温热汁液

被大地一口喝净。
我会让一只烂果
在它夭折般哭喊的
蒙难季节远航么？
音乐的边缘
有个女人，
像雏菊泛着金色的光晕
与月光交融。
醒来时——我心仍清朗么？——
千只手指为寻开心
已将花瓣薅净。
而我期待着她的讯息，
像期待生命中最美好的日子。
可什么都没来。没人知道我醉心于
在沮丧的鸟儿栖息的
湖中凝望自己。
黑夜怎样追随
我秘密豢养的恶？
它把我像个囚徒般出卖，
双拳被失望捆缚？
从此我泪流不断。
夜吞噬那些衰败的孤独者。
布满石砾的夜路上
有个女人
她从不愿说出自己的名字，
却倚在我的肩头
谈论未来。
我不知道她的模样。
只记得从她唇上
飞出那么多在风中
蠕动的古怪虫子
像干瘪的谷粒。
有个在我肩头
笑着的女人，

而我像一棵被鸟儿
占据的树。
我再不知何去何从。
花季就此耗尽。

作者简介 | 埃德蒙·雅贝斯（Edmond Jabès, 1912—1991），1912年4月16日生于开罗。1957年，苏伊士运河危机爆发，他因其犹太血统而被迫离开埃及，流亡巴黎。1967年，他选择加入法国国籍。1959年，埃德蒙·雅贝斯出版诗集《我构筑我的家园》，收录了他1943—1957年间的诗作。他曾说，"那是我唯一的诗体书"。但后来他又创作了《叙事》(1979年)、《记忆和手》(1974—1980)与《召唤》(1985—1988)。1990年，他将《我构筑我的家园》以及此后的几部诗集辑为诗全集《门槛·沙》与读者见面。埃德蒙·雅贝斯在法国和国外更为人所知的，是他创作了一系列风格独特且难以归类的作品——"问题之书系列"，共十五卷，已译成多种文字出版。这些作品分别是：《问题之书》(七卷)、《相似之书》(三卷)、《界限之书》(四卷)和《腋下夹着一本袖珍书的异乡人》(一卷)。埃德蒙·雅贝斯1970年获法国文学批评奖，1982年获法国犹太文化基金会艺术、文学和科学奖，1987年获法国国家诗歌大奖，1983年、1987年分别获意大利帕里索尼奖和西塔泰拉奖。埃德蒙·雅贝斯于1991年1月2日在巴黎逝世。

译者简介 | 刘楠祺，1955年生于北京。1982年毕业于北京大学西语系法语专业。翻译有波德莱尔《恶之花》和《巴黎的忧郁》，耶麦《春花的葬礼》，埃德蒙·雅贝斯《问题之书》《相似之书》《界限之书》等。《问题之书》荣获2020春风悦读榜金翻译家奖，第13届傅雷翻译奖入围作品。《界限之书》荣获第14届傅雷翻译奖入围作品。2022年9月，荣获第三届金青藤国际诗歌翻译奖。

归来仍少年（组诗）

• 金问渔 •

连环画

老沪杭线上
绿皮火车仍日夜穿梭

这些年
一截截铁轨
沦陷在了市中心

火车们诚惶诚恐越过繁华
它们的表情
湮没于城市的浓荫

车窗外
不时闪过废弃的筒子楼

被窃去门扉的空洞
嵌着碎玻璃的窗框
缺损的走廊栏杆
咔嚓咔嚓，一路过去
像翻阅一本陈旧的连环画

那些窗口做作业的少年
定已沿着铁轨走向远方
描绘充满悬念的结尾

赌气

儿时，父母用一支棒冰
换走了他发炎的扁桃体
年轻时，他自己作主
用左肾换了iPhone5

三十之后，拖着比同龄人
更易疲惫的身体
他明白了赌气的代价

公交、地铁、流水线
一日日循环闭合

不像雨滴
从天空到大地
还有奔流入海的机会

过时的手机
他始终用着
这伤痕累累的物体
就是他身体的一部分

书毒

练气、筑基、结丹……
这几年像少年般
沉迷于修仙小说与动漫

人过天命
得到的,得不到的
多已明了

无须心灵鸡汤
不羡人间偶像
追随主角游历、劫难、得道
待到大团圆的结局
合上做饭
一菜一汤
咀嚼因果
思虑着那东邪北丐
属练气几重

那么多皇帝死于丹毒
平头百姓中点书毒
算得了什么

迷城

没有发动机的轰鸣
来来往往的电动车都像在偷跑
这么多蹑手蹑脚的灵魂
让城市有些阴冷与鬼祟

一长排被砍头的行道树
失去了少年的狡黠
树后,统一面孔的店招
把街道的肌肉拉得僵硬

千篇一律的高楼
是这座小城的五官
江南的春风

越吹越呆板

如果有一天
你偶然闯入
请立刻转身
或者,把我带走

少年雨

谁家少年,如小鸟初放
急切切扑向满身冻伤的大地

一些化作了夭桃
一些变成了海棠

还有几滴,轻巧嘴巴
一口一口
咬我的耳朵

我知道,浅草寺的草
也长高了几寸

燃烧

"叮",黑暗里的一束光

跳跃不定的夜色
合围着小小温暖

一个戒了烟的男人
不停把玩"朗声"手机

人体残缺的影子
转折于地板与墙壁

合上、打开，打开、合上
愈来愈小的火苗
一截一截烧短命运的长度

桔树

她开花、结果
挂满了孩子仍风姿绰约

最初
是叶下掖不住的裙摆
嫩绿的米粒见风则长
变成一个个拳头
掰开，肉嘟嘟小指头
甘甜爆汁的勾人精

她青春、精致
四季不变的容颜
只是在秋天
半推半就藏了一群小坏蛋

砍

底楼的业主又在砍树
每年冬天
他不停地砍
砍今年新长的枝杈
也砍陈年旧绿

他砍蜡梅的花蕾
砍报春的鸟鸣
纷纷坠落的
还有邻居曾经的笑颜

他把阳光砍进了屋里
却感觉一年比一年寒冷

烂柯山记

烂柯山太矮了
只比人间高一点

何处而来的仙人
在此留下悬念

一棋数十秋
人间的岁月
碎了一地

我们去的那天
雨不断下着
用几张门票
打开似有似无的结界

巨梁下面
是一副挪不动的死棋

山下的樱花一直开着
我们的雨伞
却不知何时
折了骨架

临工市场

妹妹，我又看见了冻疮
幼时挂在你耳垂，爬上你
面颊的冻疮

妹妹,下雪了
总想起你和同学们
在课间蹦蹦跳跳
晃动着无数红彤彤的烂苹果

妹妹,那些长大的男孩女孩
后来穿上了尼龙衫
穿上了羊毛衫羊绒衫
下雪的冬天
不再冷了

妹妹,我又看见了冻疮
一群在寒风中等工的人
龟裂红肿的手拿着冻僵的馒头
其中有个女人
如果你还在
也是这样的年纪

硬雪

水,彬彬有礼
却有着拒人千里的冷傲

不像雪
任人拿捏
滚雪球,堆雪人
用点心模具
做成月饼、包子
做成鸟,欲飞不能
做成鱼,岸上喘息

也有硬骨头的雪
一捏,就碎了
或者变成水

脑海里的声音（组诗）

• 王学海 •

岁月的风

我醒在,你
早憩的梦里
静默的气息和
半睡的血

和化成猫,踩着
失去的瓦片
和远走的她,梦
把心事推上了刀刃
一阵大风
转起了整片的风车

却不能
让电流,传导到
她的心窝

无法驱逐的,你说
是记忆
但岁月的风,会不时
吹弯
它的枝干

青春的浪

银杏树的经验
复制着不同表面,又
同一种追寻
光晕呢喃,尘埃
飞舞,一位海难的
生还者,站成大树的
躯干,脑袋成桨
再次划过咆哮的海
古铜的夜色里
目光的亮暗,已
无从知晓
只有勇猛,一心
化作
青春的浪

人生的高度

一个冬季,需要多少血
才能让雪
纯净

一个秋季,需要多少汗

才能让庄稼
滋润

大地托起了天空
水托起了大地
空气,像妈妈的呼唤
她捧着
手中的一本书
让我们的
人生,有了
高度

你将我投入火焰

你将我投入火焰
自己喝着冰镇水,我
发烫的心
将你无言的白纸
默默焚烧

一个晚上就是
一个年头,就这样
走过十年
爱的青葱,已
露出白发
而爱
依旧是,会
燃的火焰

在公交车上

岁月的负重
压弯眼光
越来越贴近

地面,空气
很轻,但我们不能
像小鸟那样
飞起来
当然,思想的翅膀
会越飞越高

那天,在公交车上
虽然,你还戴着口罩
那熟悉的眼
火热的一瞟,我的心
就被燃烧
它像古老的文化
又神秘的复活

轮子,载着我微小的
身躯,游走在
浩大的城市,河流般的
马路上
知道胆怯的
我,一直躲着你
但实话说,我也是在
听凭内心的引导
生活,撑着我
如路中警台
上的交警

被汹涌而来的
车辆,盘旋
不断地
转身
我,无法使你
安稳,于是
一对翅膀,就飞向了
山岙

记忆的列车

记忆抵抗着时间,眼光
跌跌冲冲,甩出理想
在空间的河流
漂浮,也
滋润,浩荡人生
我喜爱生活,犹若
喜爱戏剧
在乡间小道,在
城市角落
让世俗的风,把
心穿透
在渡越人间语言
之舟上,唱戏
并,继续
生活

钱塘江的潮汐树(外七首)

· 金建新 ·

不知你是否追悔莫及
不知你为何肆意妄为
沙滩上的潮汐树惟妙惟肖
你彻底掀翻她情以何堪

最是那耐心的涓涓细流
从细枝末节到枝丫到树干
每一笔都细致入微
六百分钟*雕琢,绝不是轻描淡写

知道你一日二回并非自愿
自己毁坏的还得自己重绘
暑来寒往你恪守时辰
原来都是,天上明月在精心安排

忘不了水是生命之源
忘不了沙滩一直是江水在照看
这潮汐树谁家的孩子
孰不知,母亲就是钱塘江潮水

(*六百分钟,钱塘江上涌潮2小时退潮10小时)

致芦花

小船儿弯弯
悄悄地离开了河岸
弥天大谎般的晨雾
哪里冒出来

填满了崎岖的山谷
紧锁了宁静的河面
周遭白茫茫
你在笑话我 该往哪儿钻

那丛弯着腰的芦苇
那丛挂满泪珠的芦苇
你在默默为我送行
你愁肠千结 你情深似海

为了这一刻
你从嫩芽拔节
到如今满头白发
此情此景 已烙在心间

轻轻地祈祷
切切地期盼
风儿 风儿 吹过来
让艳阳高照 云开雾散

岸上的芦苇花
你一定会直起身子
我向你挥手作别
你回我灿烂笑颜

摇橹 撑篙
碧波荡漾,浪花飞溅

纯情洁白的芦苇花啊
久久地　在我心头徘徊

不忍看　摇曳的芦花

凝望秋风中的芦苇花
泪水模糊了双眼
夕阳下静静流淌的波光
又一次把我尘封的往事载来

也是一个芦花飞扬的季节
远方的表叔第一次来到水乡江南
独自钻进　秋色中芦苇荡
为了寻觅梦中的芦花仙子
神魂颠倒　误入深水
生命永远定格在　情窦初开的少年

我们在水边长大的孩子
都知道绿眉毛的水怪　长舌头的水鬼
我那慈眉善目的爷爷
为什么偏要讲芦花仙子的传说

不然　不然　掐指一算
我那英俊帅气的表叔
也过了花甲之年
你的青丝也会似芦花般花白

不忍看　满眼摇曳的芦花
怕是我的表叔　踏水归来

箬寮石人矶

从未经历过如此惊恐的凉爽
是那天来到曾磨刀霍霍的山岗

是啊！传说中的杀人矶
松涛怒吼　夹着世纪外的哀号
箬寮的大风　穿透了我的胸膛

阴森的悬崖边
我们怎地毛发倒立
树丛中的三个小石人
又在偷偷张望

是历史还是传说？
挥之不去的还是人心惶惶
愿这崇山峻岭中的"石人矶"
散尽一百多年前血雨腥风
巨人般　披上温暖和煦的阳光

在狮子峰上

再也无法登高半步
我们到达了大横山的峰顶
这是在雄狮的天灵盖上
周遭悬崖峭壁，顷刻胆战心惊

这头雄狮从何而来
又为何乖乖的在此静卧
暴雨雷电赶不走
更不在乎日晒雨淋

那个不堪回首的年代
为了采几块铺路建房的碎石
炸去了狮子的半个头
如今还满脸是血痛苦万分

都说风化而来的山土填路最好
导致整个山体多处被掏空

千疮百孔　已被茂密的草木覆盖
多亏了强壮雄狮的自愈功能

雄狮的头颅依然高昂
怎不让人肃然起敬
山坡上植被丰厚，枝繁叶茂
恰如大横山的脉脉温情

今天的上山道在雄狮脊背上迂回
让我们轻手抚摸它的鬃毛
辛苦了委屈了可爱的雄狮
感谢你的忠于职守，精神永恒

寒风中的空鸟巢

也曾是盎然春意的唤醒者
也曾是密林中首领般的存在
千百回盘旋　千百根枝条
在风雨中穿梭　含血的喙

也曾是日夜蹲守
也曾是嗷嗷待哺
夫妻同心　双翼下温暖如春
雏鸟呀呀　说要让翅膀装饰蓝天

自从秋风叼走第一片黄叶
眼前秃枝在寒风中苦苦打战
硕大的鸟巢，凝成冷与寂寥
莫名的悲凉掠过心间

再也无法遮遮掩掩
高枝上的大鸟巢空空如也
一年的使命已完成
猎猎风中　高处不胜寒

这巢中出生的孩子们
早已各奔前程
这无边落木萧萧下的日子里
能否携伴侣回家看看

我与大海融为一体

雪白的浪花劈头盖脸
那刻,我浸泡在海滨浴场的沙滩
深吸一口气把眼睛闭上
任凭海浪把我急急托起　又狠狠的吞咽

是谁在把我的肌肤舔逗
抚摸我的四肢　拍打我的脸颊
在大海温柔的怀抱里心花怒放
似一朵睡莲在波涛里盛开

身体似在渐渐地融化
悄悄地与大海融为了一体
思绪随波浪荡漾开去
无数的触角在大海里无限地伸展

我闻到了太平洋中心的硫黄味
夏威夷四季如春　火山也不肯休眠
每天的彩虹让心情飞翔
没有蛇鼠的环境与天堂媲美

我看到了非洲大陆的最南端
好望角的帆影正踏浪归来
印度洋与大西洋的万顷波涛
泾渭分明　影影绰绰　深蓝与浅蓝

我听到了挪威松恩峡湾的涛声,

海鸥伴唱　清凉世界白雪皑皑
太阳与月亮在遥远的天际
忘不了那安静而又明亮的深更半夜

我的神经末梢在五大洋遨游
结识新的伙伴　鲨鱼鲸鱼　海鸥海燕
多想自己身体里长出鳃帮
那么就能在大海的温床上躺上百年

一切都是最好的安排
——秋游神丽峡咏叹

一场雨淋湿了昨天的衣衫
换来今天的潇洒瀑布与溪流潺潺
枯雨季节多少人两眼空空
神仙峡它却为我们精打细算

进峡谷逆溪流拾级而上
溪沟中大小石头拥挤不堪
想走的走不了,也有的不想走
看似杂乱无章,恰恰是按部就班

围着顽石们喋喋不休
最是那傻傻的无忧无虑的清泉
一边唱歌一边跳舞
嬉笑着总想带他们一起离开

我知道石头们的心事
做梦也想着山外的世界
自从山顶滚落的那刻开始
盼星星盼月亮盼望着出去见见世面

每一物都有着自己的宿命
出山的路须要经历千难万险
只等咆哮的洪水或千载难逢的地震
借势借力,粉身碎骨,才能爬出深山

山峡中鸟语花香生机勃勃
潭底水草招摇,坡上层林尽染
大个头暂且留下,小石子随波逐流
一切都是最好的安排

湿润的风雨（组诗）

· 王　铮 ·

毫无尘埃的寰宇

苍穹忽然降落大雨,而我
首先接纳耀眼的东西
毫无雨水时,我却尘埃缱绻
然,这液滴与尘埃源于口腔与鞋底
尤其源于心扉的后现代屋宇
眼前,一阵雨便是银壶中二百三十毫升茶水
使食欲的灰尘复返蜜蜡的盘古

疑惑毫无日珥的光亮,映在面颊上没留印迹
疑惑毫无毒理的药草,握在手里毫无损害
即使在子夜降落的暴雨不会延续
但她与之已然溶解
清理尘埃的黎明
充裕使某人独自厮守
缠绵毫无尘埃的寰宇

湿润的风雨

湿润的风雨渐渐飘到余晖
谨严坚韧的亮光
像童年的你
第一次倾听海洋涛声的糅合
水平面波纹荡漾
造化的触角
扑捉几条翻越骇浪的鱼类
霎时心律强制扼在咽喉
羽翼将哆嗦的遨游携到苍穹
滚动的波澜把大洋沧海装进肺腑
月与日再是这般惆怅与彷徨

跌落的音符

硕果在人昏厥里跌落抖动
年化湮没的鸬鹚
途径上烟雨幽远且寂寥
追思印象中的历经
震撼与追逐与志忑
此刻土地土壤倏忽沉降了一尺五
瓦菲的音符
复返黯淡澹
和霜和雨和雾
删除细胞菌中的抒怀

使年轮定格
静谧突兀的印迹,其余的
这一片段樵柯烂尽的缺额
刹那裸露了黯黑的窟窿

逾越荒芜

咱们逾越荒芜,且
轻拂晚霞,也将喘息
凌驾于那个埠头
及至深秋洋溢容貌
撤离哆嗦的瞳仁
专注聆听
仅余下天柱摄取光晖的音信

此后,乐园即便沉降
恰在此刻被掏空的锁骨
是萤火虫是怜悯是同情

通宵

深宵在铁锅里熬
清贫的山村在共富里
磨砺了光亮
老爸通宵背经络背脉络
慈母通宵为我打毛衣
本人自己通宵写一首长诗

相拥光亮

公历六月上旬某晚
妹子竟居然开启心扉相拥蟾光
等候星光期待深挚惠临
来贯注田野

一阵浅白色的旋风让蟾光
宠幸的人类从而在大块土壤里镌刻烙印
黛黑和人类的姿态不相干,由于
人类连续陆续丧失旧友的悱恻悲伤.
从而使黎明捏揉折皱

那里与生俱来和宵夕绸缪的人类
头颅搁着银河度量海洋
腰杆下末梢筛落遍地晨曦
然,黯黑和恒星当中
为人类覆盖磨难的要地

水墨江南歌如潮（组诗）

· 卜晓莲 ·

祥符荡

金色的地毯
一泻千里
祥符荡镶嵌其中
将蓝色的天
金色的地
尽收水漾魔镜之怀
涟漪迭起

杭嘉湖平原上的珍珠
亭台栈道错落
树影婆娑
吉祥的音符
揉进智慧的画笔
西塘独有的秀
水墨隽永

做一叶小舟吧
做一叶祥符荡上的小舟
穿梭在星荷绿叶间

吮天地之精华
沐日月朝露与静气
赛神仙,是神仙
祥也

落樱

一片片粉色的精灵
悄悄地,齐刷刷
盛装站立枝头
伸长脖颈打量着脚下的行人
那一刻,五湖四海的脸在这里汇聚

和风拂面
落樱撩动裙摆翩然起舞
一群船娘的化身
用至高礼仪迎接八方来客
将最美笑容献给挚爱的热土

当西边彩霞拉上天幕
落樱与晚风卿卿我我谈起恋爱

月牙儿闭上羞涩的眼眸
雨廊尽处虫鸟合鸣
亭亭樱树，遥想来年

五福桥

从明代穿越而来
蛰伏在西塘美丽的田原
南湖的风温润滋养
幸福的种子在这里遍地开花

横卧在小巷之上
连接历史也连接你我
福禄寿善禧的火苗
从此将心中的希冀点旺

革命画舫红船旁
"五福"的名字照亮前方
一块块石板撑起的日月星辰里
欢声笑语在挺直的脊梁间跳跃回荡

曹家河

踟蹰在曹家河的村道上
大曹小曹的身影犹如佛光
大曹著书《莲浦编年诗》
小曹联姻盐官陈氏女
民间故事千千万
曹家河水润泽一方
余光掠过樟树林
木匠关旗敲着他的雕木锤
一凿一凿打磨岁月流年
暑热无语
汗滴在手掌亲吻老茧

见证奇迹

灶头画

灶头画在墙上
非遗传承重任在肩扛
灶头画在心中
乡愁记忆盘亘在胸狂
新砌的土灶
等待着泥水匠
用笔和颜料
描摹出秀丽的衣裳
鸳鸯荷塘里戏水
金鸡独立村头在报晓
仙人下凡鲤鱼欢跳
美好愿望画中藏
民间技艺薪火相传
如今新农村建设改用燃气灶
灶头画的故事
版本升级
书馆里流芳

斜桥头

摊开《璀璨李家》
斜桥头在书的中央
从许村到李家
在纸片翻飞中顷刻抵达

我来自斜桥
海宁中片一个同名的地方
斜桥头显得格外友好
仲夏的风吹过浅浅荷塘

共富工坊一马平川苗绿虾儿壮
骆阳花港锦簇蜿蜒向远方
扁舟野渡
机枢声里幸福扬

书中见往事
卷外积秀凝祥
今日李家村犹如旷野新禾
沐浴甘露乘胜勃发

吸烟的人（外六首）

· 樟　洋 ·

一棵瘦小的树
昨夜扶着一个人吸烟。
他俩曾经青葱的头发和树叶
被一阵风搜刮了去。
点燃一支烟,像把自己点燃
再小的火苗也要对着黑夜呐喊。
奔波的苦,拮据的苦
被误解的苦,还有被嘲讽的辣
一并吸进,回味,吐出来。
苦闷退潮,心飘了起来
熄灭了,就再把自己点燃。

簸箕张开大嘴
一口吞下燃尽的残骸。
小树偷藏的烟蒂
就像他心里隐秘的往事。

拜访老前辈返回途中

雾气和阴天让出道来
枯枝在后退,败叶在后退
污泥和杂草丛都在后退。

路标牵引着,飞骑成风筝
尽头是追寻的太阳。

书,也是个孩子
把车篮当成了跳床。

夜的另一面

褪去微醺的晚霞
夜,穿着一袭黑。
眼睛眨巴成星星
夜风暖暖地撩开裙摆
露出月亮的肤色。

她目光一冷出手了
钢刀砍在"巴"字上
巴望的"巴"
哑巴亏的"巴"。

温柔的一刀

选一张大男主的面孔,

吸引来叮叮当当的小猪仔。
阳光温暖的人设
裹着甜软酥浓的话语
一矮身,喂进投币口。

我是成功的爱心人士?
哦不,别误会,我是屠夫
宰人钱的那种。

逛画展

大檐帽下的眼睛被手机抓了去。
矿工把黑暗烫出几个洞。
风是时间的凿子
凿刻出藏族人脸上深深的沟壑。
高原红的脸蛋上
绽放出牦牛的眼神。
黑色纠缠着白色
白色回应着黑色。
艺术家们坐在照片里
目光投向天花板。

"咿咿——呀呀——"
从推车里飘了出来。

矿井的黑暗没有化开
黑白没有在一起
空调兀自吐出超量的冷气
冻住了艺术家的目光
夏末,藏族同胞穿着厚皮袄。

大檐帽回望了过来。

台风来临前

灰色徐徐压来
白云惊恐地跌落
成了白色的车队。
我像个牧羊人
赶着羊群归巢。

招牌红着脸
在风的教唆下
拼命挣脱规则的牵引。
想要变成"Mojito"里
一封封写给天空的情书。

他们穿梭在空气的呐喊中
像极了演唱会上的保安。
安顿好最后一封狂热的情书
屏幕上走了一颗心。

一朵彩色的台风散去
"贝碧嘉,被逼加班"

古镇

南关厢的榫能躲进乌镇的卯,
西塘的卯能紧抱佛堂古镇的榫。
马头墙肩并着肩
飞檐掀开同一片天空。
都有一条上了年纪的河流
蜿蜒伸向故事的最深处
往日的旧时光一样的亮度。
麻花拧巴成同一段绳子
捆扎起撞衫的土特产。

同一模具浇筑了外围的城市。
白月光成了白米饭
馊在了青花碗里。

大雁飞成一个人
马面裙遮住了高矮胖瘦
摆着脸盲的pose
逮着网红景点拍照发圈
吹起一阵"想你的风"。

一只孤雁悄悄飞走了。

雪花

小水滴直哆嗦
紧紧依偎在一起。
冰晶在冰点下发芽
追随着寒冷的心事疯长。
撑破冷透的心
一朵雪花绽放。

天冷了？
漫天雪花张开了花瓣。

寻找，光芒的高度(外六首)

· 秋　荻 ·

早稻如期熟了
稀拉的小穗，匍匐在母亲的愁容里
愁在倦怠的，还有火热阳光
清淡的月

光着膀子的父亲
挺了挺瘦腰，又
把秧抛成弧线，祈祷
下一簇丰收

草鞋依旧载着爷爷
走过荒凉，走过四季
在渴望的田头
不会歇脚

常咳嗽的大姐
手指与羊角辫一样粗糙
雨天过后，找油滑蛞蝓
说，当饭吃

摇摇晃晃的大哥
一碗稀糊舔了又舔
站在灶台边，望着田畈
不肯走开

奶奶不说话
洗碗时，她
总会把每个碗，看了又看
生怕剩下一颗
米粒

种子粮食和饭。六十年前的自然灾害
我们,在饥饿中瘦瘦地长

现在,手机可以
芝麻开门中,把米面
如数送达
而我,对每粒饭粒
还像珠宝那样
总在寻找,光芒的
高度

烟

小时候,烟有大前门、大头雄狮,也有
利群……
爷爷却轻声对烟摊主说:经济牌
那次,他把干秧根点了
当烟抽

天窗

小板凳大小的天窗
在幼年居住的老宅
照在和姐姐合睡的竹榻上

望着它,我默默
祈念:亮些,再亮些
母亲还在天窗下,缝衣纳鞋
远处,乡村无数点
小光亮闪烁

多年后,家里安装落地窗

母亲临走时
喃喃自语:"真亮"

又想起老宅
小天窗
亮着童年
亮着一家人的
成长

近远

近,很近
每次叮咛,在
冷天、雨天、雪天,您的告诫
很近,每次叮嘱
都化成幸福的泪

远,很远
您的速度几十万光年
不等叫一声"妈"
却再也看不见,您的身影
很远,远在宇宙的那一边

不等我手举起
那近近的叮咛
又在天际

记忆馆

你进入
就能捡起唐宋的碎片
畅饮历史的浓缩
一如洛溪之水

汩汩流淌

在少年的泥痕里
记忆吐出新芽
一片又一片的薄羽
飘在古朴乡野
云朵舒卷,钟情
白鹤的高歌

脚印踏出密度
情感深藏
缝纫机打出的补丁
加厚童年的街道
提着皮箱

返乡,东风
送来青春的乡音

木雕匠

勾勒在美的凹凸上诠释
一块乌木昂着头颅

青纱账中万物进化
无水的密度,继续升腾

那栩栩如生的
已回归本来,更渴望
成为众生纳福的
吉祥

拿刻刀的手,即便粗糙
只祈求人间风调雨顺

钟摆不定,木鱼声声

雷鸣在南

雷鸣在南
开启电闪的春
雨自东而至
水的冲力
在心田,荡起

黎明伸出手
力拨时钟的弦
那片云　移动
挟裹着冬的回忆

古镇:浡溪初夏

今天太阳不在,浡溪
依旧横着接连竖着,流淌
古镇微匀的鼻息
时而,小雨落下来
便是熟人,抚门的
轻语

眸光,放出远眺
那些过去的、未来的、梦里的
又搅起了
情的狂澜,让
静卧的路
也醒在圈圈水纹

可惜,我和镇子

都只会偶游中
彼此心里
微澜对触

一下,过后
又归趋寂静

夜游葛仙村(外六首)

• 蒋月明 •

走入葛仙村
如同坐进故乡的风里
灯光幻化的水流
把往事卷入了黄昏

清澈的涧水顶住山洪
沧海变了桑田的游园内
身穿汉服的提灯人
长出怀古的心思
那水幕电影不以穷山恶水为背景
而生机盎然的灵宝街市,不再是
当年的穷赶集
烂漫星空下,我的赣家餐
早被月光泻满……

呵,一个比梦更绵长
更虚幻的人间

登葛仙山

登葛仙山可乘缆车
俯瞰沿途的风景
也可拄着拐杖徒步攀援

做大地的歌者

山顶烟雾缭绕,遮蔽了
洗脚坑、炼丹台、普同塔、息心岩
这"一山两教""道释共处"的圣地
宽容黑白、明暗、冷暖与忧喜
一切的一切尽归山色
不过,除了光还有爱与慈悲
留给了芸芸众生

学会仰望和虔诚
以一颗卑微的草木之心

槠溪老街

三进的"大夫第"风中伫立
仍有当年的庄严
鲁班巷落寞,但还深藏着
千年的词根和乡音
石敬堂,祁氏古宅,纪姓建筑,腊八酒坊
于迁移中显露败相
但巍然的影子我仍能一眼认出
它们水土不服

慢慢淡忘了昔日风火的事,和
格子窗投影的爱情
那些从别处运来的石板
有的在风化,有的
越来越显坚冷
在楮溪老街
仙岩塔沉默无言
清音阁,再无
"西厢""红楼"这些唯美桥段
缺少温度的街市,显已
复活不出再原初的生命迹象

岩铺街市

只有这样的山谷
才能留住古老
才能让飞走的春光与燕子
再次飞回筑巢

清幽的峡谷徐风轻曳
湍急的涧流玩味出花样水沫
赣家山村的土屋
错落在彼此的上方
蛇行的山路
蜿蜒进高远的天界

作坊街,百味街,灵兴街,鸣蝉巷
匍匐或缠绕山腰
以唐宋遗风的姿势招徕游客
醉仙街上,猫咖、烧烤和酒吧
文化元素的加持
拔萃出各自的生存之法

岩铺街市是幻觉

正上演《清明上河图》的人间繁华

三叠水

一场雨
养大了这一条小涧
水流顺山势奔腾而下
声如江西阿妹亢奋的山歌
我在拐弯的深潭处驻足
仰望它的来路
远眺它去往何处
请它不吝赐教
关于高贵与低徊
清流与激湍的
生存意义
三叠水妩媚羞赧
以迎宾的姿势
抱以清浅的微笑
波澜如阿妹起伏的胸脯
足够打动人心

余生若固如是

有薄雾升起
有句芒劲立

山村甚好,宜筑庐而居
我只要泥夯墙
招引蜜蜂与壁虎
瓦楞最好是灰色调
春燕会来筑巢
先引泉入室
再抖一篷袅袅烟云
我愿将余身托付此地

独享一片寂静

山那么高
呼吸那么自由
就在门前围一大庭院
院内莳花植兰
院外塮垄种桑麻
我要在闲适的农事里
"采菊东篱下",活出
"悠然见南山"的模样

我还想做一回谪仙人
泼墨挥毫
在厅堂的白墙之上
倾情书写——
"余生若固如是,
足矣!"

溪中的一群白鹅

阳光放暖,嘹亮的消息从远处传来
像云朵的美好砸在安静的溪滩。

在麻蓬村,褐色的土地需要白的搭配
否则,有谁能描摹美妙的曲项?

阿婆说:今年的雨还没下透。
哦,那是一团没化开的云直接落了地。

田畴的绿缓缓洇开
清流澈水也轻拨起琴弦。

小麻鸭拍翅悠哉,忽见一团白云压来
倏地,钻入溪中,不现。

语淡情浓（组诗）

· 汉 江 ·

恍惚的印象

阳光贴着湖面午睡
它模样祥和,我两眼蒙眬
突然,一条光跳起来
用刀子般的白和亮
撩开我的眼皮！定睛观看
景象依旧,只是湖面多了
一朵淡若无痕的笑靥

受到怎样的刺激或逼迫
一条鱼才会急遽跃出水面
它付出这么大的体力
只为在半空深吸一口气?
此刻我更想知道,这世上
哪把手术刀能如此快速
取出我隐忍已久的痛

中秋灯会

今晚所有的星星会失眠
月中嫦娥,会再次逆光私奔
我会找回雀跃和童贞
脉博连接每台彩车的电容器
让它稳定,让它能够经受
一座城市的心跳和欢呼
让每盏彩灯的每个针刺的眼
成为流光溢彩的通道

今晚我忽略黑暗已逃遁
感受人的身影如同树的光晕
——朦胧成形、和谐无边
灯会传承千年,看一眼
竟让我如此眷恋色彩和光明
让我错觉:元宵的月
是地上的灯,观灯的人
是天上的星

誓言随缘

面对你,语言的千军万马
已从我含苞的舌尖
悄然消退。还能吐露什么
哪怕一个最简单的单词
亲,或者爱——
都很难

爱到极致,就是柴米油盐
就是免洗、无碘、非转基因……
请允许我用一缕最家常的
炊烟,缠绕你温馨你
并让你认定:随我
就是随缘

期盼

每当春运启动、年关临近
多少留守儿童坐在长满疤痕的
门槛上,站在村口托举空巢的
大树下,含着一层迷雾般的泪水
有的还揣着一张奖状
期盼能看见父母的身影

年复一年,陪伴他们的
只有弯腰咳嗽的老人
多么让人心酸的"隔代亲"
支撑着一个个有断层的家庭
广播响起"常回家看看"的歌声
又在紧随寒风串门

期盼不会落空,亲情和面容
不会变得陌生吧?

药香弥漫的乡村

彩妆的瓶瓶罐罐,各式各样
各自栽种着草药——
矮胖的虎耳草,瘦高的异叶天南星
都在增加庭院围栏的高度
以及人的寿命长度
围栏之外,数百种药材
遍布乡村,让我没见到梅树
却闻到沁人心脾的清香
哦!我的体内不正缺少

几味纯正的药材?

油菜开始结籽,桑葚尚未萌生
漫不经心的小雨在我伞上
吟着明清的韵律。
突然,我想慢慢停下来
品茶、小酌、认真提笔写一封
久违的书信,全然忘却
快餐、快递以及快马加鞭的工作
在免疫抗毒的药香里
我一次次,慢慢深呼吸
想一天天,慢慢老去……

飞翔

多么不合时宜——
一只燕子,在暮春的园子里
啣泥,一次又一次
像要减轻大地的重负
小区楼群没有屋檐
它在哪儿筑巢?

那年暮春,她的摔伤
让我也成了燕子
——独自练习飞翔

衔米衔菜衔油盐,并一点一点
衔走她的痛

负重的飞翔伴随汗水
说不清楚——哪一滴是爱
哪一滴是累……

伤口

身上又添伤口
第几个,从没数过或想过
我只想寻找一个出口
——救赎自己

明月是天堂最敞亮的伤口
桂树袒裸的每片叶子
胜过创可贴的疗效
时而蛰伏时而突击的疼痛
怎能让我就范?

久病成医,气定神闲
我"准备在每个伤口种玫瑰
一旦余香散尽,就截留所有的刺
作肥料,改种百合"——
让所有伤口愈合

出工（外四首）

· 羊宁团 ·

烈日炎炎
出工
空调间里的指令
像一根烧火棍
顶在后背

脸上锃亮
下巴上凝成几颗水滴——

如几两碎银

飞翔

雾气入窗
剩下自身和墙内的
空白与简陋
鸟鸣清脆
从一棵树到另一棵树

所有的物体被大雾吞掉
飞翔还在

一颗想到飞翔的心还在

夜半蝉鸣

夜半的蝉
触摸人类各式的梦

尖叫一声，惊奇万分

风被惊醒
跌落地面
爱抚我的身子

像安慰一个梦醒的人

霞光照耀的瞬间

所有的往事都已沉入河底
我浮出水面，脱胎换骨

爱蓝天的蓝，爱暖风的暖
爱绿叶的绿，爱小草的小
爱自己如同爱这一切，充满新奇

是——
霞光无私抚慰夜色散去的大地时
也抚慰了在河边散步的我

灰

看见世上各种灰，有时会想起
人到最后的样子

成千上万暗淡的微小颗粒

没有原身在时间中沉浮的一点痕迹

向神报到：必须轻，必须空

那个样子有些悲悯
那个样子，足以宽慰
站着的沉重之躯

美的向往

美颜：让你的脸晶莹剔透
让我莫名想起
春天阳光下，窗台上的水仙花
即便这是虚假
我也不愿时光返回

在尘世，众多极其厌恶的虚假
如水滴聚集成河
拍打原本规整的堤岸
我是一堆泥土，浸湿、沉没、挣扎

我很丑，而心深处依然蕴蓄对美的向往

奔赴

向狗尾巴草低下头
它在风里摇来摇去
——无所不能的风

这是一片都是泥坑的荒地
向狗尾巴草低下头
就会找到一条路——

加入：低头走的行列
星空是一种怀念
有跌入悬崖的消息
——木讷，继续奔赴

论新诗成长期的诗体探求

• 骆寒超 •

诗体涉及到语言与节奏体式的问题,是二者结合的称谓,所以凡谈及诗歌语言总得推向节奏体式建设,而要谈节奏体式建设,则须从特定的诗歌语言中寻求和确立这场建设的策略方针。

新诗的全称是白话新体诗,其语言以白话为基础。白话指的是人与人在日常交流中使用的语言,即一种规范化的口语(谁都知道各地区的口语,各具语言表述系统,和一个民族一个国家统一的语言表述规范并不完全一致)。这种日常交流语言若要用来写诗,成为诗歌语言,条件是它须有一定的传统诗性文化蕴含。古典诗歌是用文言写的,文言作为"诗家语"有这种诗性文化的蕴含;新诗用白话写,白话则缺乏这种蕴含,因此在新诗草创时期,参与草创者中就有人对"白话"写新诗是否合适有过怀疑甚至发出过抱怨。傅斯年在《怎样做白话文》一文中就抱怨"使用白话"做诗感到苦痛,因为白话"异常质直,异常干枯","是浑身赤条条的,没有美术的培养","少有余味"[①]。俞平伯在《社会上对于新诗的各种心理观》一文中干脆说"我总时时感到用现今白话做诗的苦痛",因此他认为"中国现行白话,不是做诗的绝对适宜的工具"[②]。这些都反映着即使在草创期也已经有人想要对用作新诗语言的白话进行改造。这场"改造"在新诗进入成长阶段后倒确实启动了。其办法是"白话"掺"沙子",使新诗语言"合金化";即让纯粹的白话溶入进其他用语成分。于是,这期间就出现了几种白话。朱自清《论白话》一文虽写了1930年代初,说的实是文学革命后不久对白话作分类的事。他提出了几种白话:一种是"白话升了格,叫做'国语'",也就是近似于"蓝青官话的白话"。这种国语化白话"比文言近于现实中国大部分人的口语,可是并非真正的口语,换句话说这是不大活的"。由于"它有比较划一的体裁",因此也"不能够像蓝青官话那样随随便便"。再一种是"欧化"的白话,特点是"在中文里参进西文的语法",所以它"只是白话文",不能上口说。又一种是"创造社"式的白话,它有三个特点:"一、极力求合于文法;二、极力采用成语,增进语汇;三、试用复杂的构造",同时认为"他们的虽也还是白话文,可是比前一期的欧化文离口语要近些了"。第四种是"北平话"化的口语,它系"用的干脆的北平话",还"将国语的语助字全改作北平话语助字",能上口,说起来等于真正的口语了。[③]这些经改造后具有"合金化"意味的白话,分类是具有科学的合理性的,只不过稍嫌繁复了一点。在朱自清的启发下,再结合长期新诗白话用语的实际,我们经再综合把新诗用语分为三类:口语化白话,国语化白话和杂凑式白话。这里的口语化白话,也就是朱自清所说的北平话白话,更具体点还可说成北平话口语化白话。总之,这种白话也就是以"北平话"为规范依据的口语,它是活的,适宜于琅琅上口地诉说。这里的国语化白话，内含比朱自清所说国语化白话要广泛一点，基本上可以把创造社式的白话包括在内，力求合于语法和传统修辞，来对词汇、语句作复杂而又合于规范的构造，所以它有口语化性能，但要弱一点，更近于书面语。至于杂凑式白话，其实是以白话为基础的三合一语言，即白话与欧化语言、文言词语的融合。这种白话的特点系基本用语还是白话，但掺入了有一定诗性文化蕴含的文言词语和少量西方转译过来的词语；基本句子构造还是属于白话的句式，但受欧化句法的控制，也适当地采用传统"诗家语"那种反语法修辞规范的策略。经这一番言说可以明确成长期新诗的语言是草创期所确立而又在此基础上经过改造的这三类白话。那么这三类白话与新诗节奏体式的确立又有何种关系呢？

在前面我们就说过：谈诗歌语言须推向节奏体式建设，而节奏体式建设，则必须从特定的诗歌语言中寻求和确立建设的策略方针。所以，对新诗成长期的节奏体式建设作探求，其逻辑起点也该是这三类改造过了的白话。

新诗草创期，诗人们对旧诗传统的态度一律是破坏，而创建新诗的态度则是力求自由。唯其如此，才弄得旧诗诗体连同一切诗体构成的传统原则也全遭到了破坏。新诗自身呢？则沉醉在自由解放的境界中而不思去作艺术规范建设。这种破坏的痛快与自由的率性特别明显地反映在对新诗诗体的态度上：全采用自由体。值得指出：说这种用自由诗体来写新诗是出于新诗人追求率性自由，那只是一个方面的原因，甚至是表面上的原因，更内在的原因是由于采用了白话。草创期新诗使用的白话还未经改造，完全是原始状态的说话记录，因此在新诗写作中的言语活动必然显现为当下性，在场感，谈不上另有何种节奏体式的设计，其自由诗体式也具有当下性、在场感的特点。所以这时候自由诗体是建在这么一个基础上的：有什么话，就写什么话；话该怎么说，诗就怎么写。草创期诗体的这种状况一方面固然反映着特定诗体由特定语言推衍出来这个观念，另一方面则也表明如下这点：只要新诗是用白话写的，自由诗体总也是会存在的——因为自有源头活水会来滋润它的生命。不过，连带而来的是：只要白话有所改造，以自由诗体为标志的新诗体式也必然会有所改变。

成长期的新诗，由于从1920年代的最初时期起，用作新诗用语的白话已在悄悄儿改造，发生着这样那样微妙的变化，所以也影响到作为新诗标志的自由诗体同样发生变化了。

大致说：在这成长阶段，由于新诗把草创期使用的白话改造成口语化白话、国语化白话和杂凑式白话，也就使这期间相应地出现了三种由自由诗体变异了的诗体。下面就分别作一回顾：

一、采用口语化白话的一路诗人，在体式探求上也始终走着用自由诗体写新诗的路。或者说，在新诗成长期能承续草创期的遗风，依旧采用自由诗体来写作的，是一批以口语化白话作为新诗用语的新诗人。如上所述，口语化白话是一种规范化口语，即以"北平话"（今天通称北京话或普通话）为依据的日常交流用语，它以当下性、在场感的日常信息交流特性，决定了如下三个特点：（一）适宜于在言说具体事件的语境中作相互交流，所以特具叙事性能；（二）它因了很显明的在场感而无须严守语法规范；（三）强调内在情思采用口语语调显示。正是这些特点的存在，也就决定了和新诗采用的口语化白话能充分应合的体式，当以近于自由诗体为宜,因为,叙事比起抒情的单纯性来其构成要复杂得多,而在诗中要表现复杂的构成,若用格律诗体,往往会捉襟见肘,十分局促,甚至只能略作印象式的点化,而只有采用自由诗体才能适应,更何况语调作为一种节奏表现,是必须打破外在而人为的格律模式的,也要求用自由诗体来相应合。

根据这样的见解,我们再来看成长期新诗坛。采用口语化白话和与之应合的自由诗体式来写诗的,是一批为人生的写实派诗人,而内中尤以文学研究会诗群的诗人这方面的表现最是突出。读这个诗群的作品,我们会有这样的印象:其文本用语全是些规范化口语,且极富于语调性能。由此也就决定了它们的节奏体式是自由诗体。这里不妨引朱自清的长诗《毁灭》开头的一个诗行群来看看:

踯躅在半路里,
　　垂头丧气的,
　　是我,是我!
五光吧,
十色吧,
罗列在咫尺之间:
这好看的呀!
那好听的呀!
闻着的是浓浓的香,
尝着的是腻腻的味;
况手所触的,
　　身所依的,
　　都是滑泽的,
　　都是松软的!
靡靡然!
怎奈何这靡靡然?——
　　被推着,
被挽着,
长只在俯俯仰仰间,
何曾做得一分半分儿主?
在了梦里,
在了病里;
只差清醒白醒的时候!

这个诗行群有几个特点:首先是用了大量的口语语句,如"清醒白醒""一分半分儿""这好看的呀""腻腻的味""在了梦里"等。其次是不守语法规范:有句子倒装的,如"踯躅在半路里,/垂头丧气的,/是我,是我!"这几行按语法规范就该是"垂头丧气的,/是我,是我!/踯躅在半路里";有成分残缺的,如"这好看的呀!/那好听的呀",完整的应写成"这是好看的人呀,这是好听的歌呀";有词序颠倒的,如"在了梦里,/在了病里"应是"在梦里了,在病里了",等;再次是能显示出语调的抑扬顿挫,如:"被推着,/被挽着,/长只在俯俯仰仰间,/何曾做得一分半分儿主?/在了梦里,/在了病里,/只差清醒白醒的时候!"若以一顿体诗行为极扬,四顿体以上诗行为极抑,则这七行诗形成了"扬—扬—抑—抑—扬—扬—抑"的语调节奏。所以从《毁灭》这开头的23行诗句可以见出朱自清爱采用口语和自由诗体写诗。他之所以要如此做,在于这23行诗是抒情主人公在外在世界的诱惑下对自己复杂而曲折的内心生活细致深入的叙述,若采用严谨的国语化白话和格律诗体来写是根本办不到的,非得用口语和自由诗体不可。徐玉诺比起朱自清来,写实追求更要具体、深入、细致,这是因为他的抒情对象往往更繁复,也就使他在抒叙时,更要依赖口语化白话和自由诗体了。如《海鸥》一诗,他的抒叙对象是海鸥在海上漂泊一生、无挂无牵逍遥自在的生存状态，并于此中寄寓了诗人对"宇宙间最自由不过的"精灵随遇而安的精神所怀有的赞美之情，诗这样写：

> 世界上自己能够减轻负担的，再没胜过海鸥的了。
> 她能把两翼合起来，头也缩进在一翅下，同一块木板似的漂浮在波浪上；可以一点也不经知觉——连自己的重量也没有。
> 每逢太阳出来的时候，总乘着风飞啊飞。
> 但是随处落下，仍是她的故乡——没有一点特殊的记忆，一样是起伏不停的浪。
> 在这不能记忆的海上，她吃，且飞，且鸣，且卧……从生一直到死……
> 愚笨的，没有尝过记忆的味道的海鸥呵！你是宇宙间最自由不过的了。

我们真不敢设想抒叙对象如此复杂的这首诗，若不用口语化白话和自由诗体来写会写成怎么一个样子？！看来非得采用口语化白话和自由诗体来写不可的，只有这样，才能既充分细致地把"海鸥"的生存状态栩栩如生地表达出来，而象征意蕴也才能得到真切而自然的提纯。所以新诗成长期的写实派诗人之所以采用口语化白话和自由诗体来写新诗，是他们抒叙的写实对象所决的。说白一点，是被逼出来的。

但成长期新诗在采用口语白话的追求中，也曾出现过一些走极端的例子。那就是：有的人把"口语"等同于方言土语，用方言土语化的白话来写新诗了，结果弄得不伦不类。突出的一例是徐志摩用"硖石土白"写的《一条金色的光痕》。且引开头几行：

> 得罪那(你们)，问声点看，
> 我要来求求徐家格位太太，有点事体……
> 认真则，格位就是太太，真是老太婆哩，
> 眼睛赤花，连太太都勿认得哩！

这是新诗中一个语言怪胎。用"硖石土白"——也就是用方言土语来写新诗，前提就错了，因为口语化白话的"口语"，指的是以"北平话"为依据的规范化口语，把口语等同于方言土语，是不规范的。当然诗人兴之所至，可以尝试写写，只不过他写的是方言诗、土语诗，而不是新诗，所以诗人可以写，新诗评论家却极不可随便捧场叫好。遗憾的是朱自清在《论白话》中说"有意做白话诗"的徐志摩在《一条金色的光痕》中"摹仿他家乡硖石的口吻，也是成功的"④，这个判断当然是错的，反映着朱自清混淆了方言土语与规范化口语，进而与口语化白话的界限，而这种混淆也正表明成长期的新诗坛，对新诗本体一些概念的内涵还没有明确规范。

二、采用国语化白话的一路诗人，在体式探求上则渐渐地走上了一条以格律体写新诗的路，或者说新诗成长期能力挽"诗体大解放"之狂澜，敢于从自发到自觉地去探求新格律诗体来写作的，是一批以国语化白话作为新诗用语的新诗人。如上所已述，所谓国语化白话的"国语"，指的是力求合于语法和传统修辞、并以此来对词汇语句作复杂而又规范的构造的那种白话。关键之点是规范，比口语要规范得多，却也因此没有口语那样的活泼和对语调的强调，而更近于书面语。它也有如下三个特点：(一)适宜于在较抽象言说的语境中作内心独白或广场宣谕，特具一种抒情性能；(二)故它精炼，明晰，语句讲究逻辑推延性组合；(三)

强调国语的外在声调均衡和谐的显示。这些特点决定了能和作为新诗又一种用语——国语化白话达到应合的体式当以近于新格律诗体为宜，因为抒情比起叙事的复杂性来，其构成要单纯得多，而在诗中要表现单纯的构成，若用自由诗体，往往会散漫松垮，情绪释稀，甚至废话、赘语连篇，拖沓寡味，而只有采用宽式的新格律诗体才能以均衡和谐、往复回环的声韵之美与之适应。

根据以上见解可以认为：新诗坛采用国语化白话及与之应合的新格律诗体来写诗的，该是一批自我表现的浪漫派诗人，而内中尤以新月诗派的诗人在这方面的表现最是突出。不过，事物总是有一个发展过程的，更何况在"诗体大解放"叫得热火朝天、自由体诗滔滔者新诗坛皆是的情势下，新格律诗体的实践与从实践中提纯出一套理论主张来，并为新诗坛所能接受，可不是一下子就能办到的，所以我们还须对其事态逐渐演进的过程先作一回顾。

新诗成长期所接受的现实就是旧诗体彻底的驱逐，新诗体一统天下；率性自由，极不讲规范。这使得时间一长，社会上不满之声也就出现。这不满是包括了写新诗者自身在内的。应在新诗成长期刚开始，一些比较看重以国语化白话写诗、写诗又侧重于纯情抒发的浪漫派诗人，对新诗的语言体式进行规范化探求了。在这方面郭沫若和田汉也许是做得最早的。这两位创造社诗群中人，从一开始写新诗起，虽以白话为用语却总和口语化白话疏远，而倾向于国语化白话。疏远口语而亲近国语，也使得他们的白话比较重视语法规范，干净、利落、明晰。当然草创期他们也还是以这类白话写过自由体诗的。这是受新诗坛一时风气感染所致，当可以谅解。在进入新诗成长期以后，草创阶段的激情退潮，诗坛进入冷静观照新诗时期，他们也就采用与自己的国语化白话相适应的宽式新格律诗体来写新诗了。郭沫若1923年出版的《星空》中多数的诗，已具有宽式新格律的特色，而这以后出版的《瓶》《前茅》《恢复》也一样具有这特色。田汉在1922年的《少年中国》等4卷第1期、第2期上连续以《江户之春》总名发表的一批新诗，已自发地在以音组等时停逗的诗行节奏表现、以诗行间或对应诗行间音组均齐的诗节节奏表现为内核而形成一套节奏体式规范原则，成功地显示在《东都春雨曲》等诗中。1923年还有一位以国语化白话作新诗用语的新诗人自觉地走上了新格律诗的探求之路，这就是湖畔诗派的汪静之。继上一年出版了用极自由解放的形式写成的诗集《蕙的风》之后，汪静之开始对写新诗作自我反省，并采取田汉那样的体式规范原则来写新格律体诗了。这一年他就写了《无题曲》《哪有》等，以后陆陆续续这样写，于1927年出版了一本新格律体诗集《寂寞的园》。总之，这些人采用国语化白话进行新诗律化的探求，对新月诗派大张旗鼓地开展新诗的创格活动起了先导的作用。

新月诗派在闻一多出版《红烛》、朱湘出版《夏天》、徐志摩出版初版本《志摩的诗》时，其新诗诗体还是倾向于用口语化白话，写自由体诗的，徐志摩在这方面表现得分外突出。但渐渐的他们在强化性灵的抒写时奉行起了理性节制情感的信条，开始让新诗用语从口语化白话转向国语化白话，求语法规范，重语句的逻辑组合，以致使用的口语变得干净凝炼，精致清晰。这可是创格的基础，迫使这派诗人去作新格律诗体的探求。这一情势持续到1926年，这场新诗形式规范的探求，终于因徐志摩编

《晨报·诗镌》而有了一个平台，让该派同仁从创格的理论思考到创作实践都来登台亮相。在《诗刊弁言》中，徐志摩率先放言："我们的大话是：要把创格的新诗当一件认真的事情做。"紧接着是闻一多在同年5月13日的《晨报·诗镌》第7号上发表了《诗的格律》一文，为新格律诗体的创建提出了一套理论原则与实践方案，特别是提出了一个"音尺"（亦即音组）的概念，并为它作出极限的定量，然后把新诗的节奏表现建筑在音尺等时停逗的基础上，确立了诗行节奏的规范要求，并以节奏诗行为体式建设的基本单位，完成了一个"句的均齐与节的匀称"为具现标志的新格律诗的体式。这个音组节奏系统和由此推延出来的新格律体式的整一套方案，虽已有田汉、汪静之等通过创作实践在先，作了奠基性工作，但闻一多的功迹是尤其值得珍视的，那就是他通过创作实践（如写《死水》《也许》等可作样板的新格律体诗）和理论提纯（写成《诗的格律》一文），把这项新诗创格体系化，把形式规范原则具现为可操作的方案。此文一出，影响极大，而新月诗派同仁也一齐配合，按此办法进行新格律的创作实践，并在闻一多的诗集《死水》、朱湘的诗集《草莽集》、徐志摩的诗集《翡冷翠的一夜》、陈梦家的诗集《梦家的诗》等中充分地显出了新诗创格的生命活力，而新诗格律化运动也终于冲破禁区而取得了历史性的反响。影响之所及，首先在采用国语化白话写诗的一批浪漫派诗人中，如独清的《威尼市》、黄药眠的《黄花岗上》等诗集中就可见出。然后还逸出了诗派的范围，在写实派的诗人——如鹤西在《小说月报》上发表的一些诗中，都也见出了新月诗派所提倡的新格律体诗的影响。大致说新月诗派的这些新格律体诗有两类：一类是在绝地调和音节的前提下，以"句的均齐与节的匀称"显示的新格律诗体式，那就是刀切过般方方正正的"豆腐干"拼合体，典型的文本是闻一多的《死水》；另一类也是在绝对地调和音节的前提下，以对应诗行的均齐与对应诗节的匀称显示的新格律体，那就是有规律的参差体，典型的文本是朱湘的《采莲曲》。在新诗成长期《死水》型的"豆腐干"式新格律体诗大为流行，特别是新月诗派内部尤其盛行。不过《采莲曲》型的参差有序式新格律体也颇有吸引力，在逸出诗派范围的其他诗人中更是流行。如王独清的《威尼市（三）》：

我们在乘着一只小舟，
却都默默地相对低头，
这小舟是摇得这般的紧急，
使我心中起了伤别的忧愁。
忧愁，忧愁，忧愁，
我知道你呀，你是不能挽留！

这河水是泛澜着深绿，
几片落花在水里轻浮，
我们都正和这些落花一样，
或东或西或南或北地飘流。
飘流，飘流，飘流，
我知道你呀，你是不能拘留！

这是两个诗节间对应诗行均齐和两个诗节间关系匀称的一种新格律体式，具有复沓回环的节奏表现性能，的确比"豆腐干"式新格律体式要具有灵动的节奏感应效果。值得指出：这些新格律体诗的用语不是口语化的白话，也没有特意显示的语调，而是求语法规范的国语化白话简洁而有凝聚力的存在。

由此看来，新诗成长期在采用国语化白话和新格律诗体的探求上，是有相当大的成就的。

三、采用杂凑式白话的一路诗人，在体式探求上则走上了自由诗体与格律诗体都可适应的路。杂凑式白话如同上面已述，是指以国语化白话为基础，让口语、欧化语与文言与之合一的那种新诗大杂烩用语。胡适提倡白话取代文言来写新诗的那个"白话"，到新诗成长期竟演变成杂凑式白话，是新诗用语上极大的进步。这种用语能容纳更多姿的情思，发散更多彩的意蕴，是进步之一；它既能和自由诗节奏体式相应合，也能和新格律诗节奏体式相应合，是进步之二；它反映着杂凑式白话在叙事、抒情上都能适应，却又能在二者兼备的适应性中推延出自己所特具的功能：超越叙事与抒情而深化为隐喻，是进步之三。所以杂凑式白话既无国语化白话遵语法的严谨，又乏口语化白话奉语调的活泼，它自有属于自己的三个特点：（一）它有语法规范却无修辞规范，这种语言给人的印象是好像明晰，却又含浑，是明晰中寓有含浑；（二）它通过婉曲而显深邃，能诱发人激活分析性的联想；（三）它既重语调，又重声调，能在语调中显声调和声调中显语调并在互动关系中展现一种新颖的节奏。这些特点的存在，也就决定了能和新诗又一种用语——杂凑式白话达到充分应合的体式，当以"节奏自由诗体"为宜。因为，类型化的隐喻比起写实的繁复叙事来，要单纯一点，而感兴化的隐喻比起浪漫的直接抒情则要复杂一点，所以只有把特具情致的文字、特具语调的口语和特具分析性联想性能的欧化语融成一体的杂凑式白话拿来使用，才能使隐喻功能得以充分发挥；而也只有采用节奏自由诗体，才能与这种杂凑式白话相应合。

根据以上见解，我们可以说新诗坛采用杂凑式白话和与之应合的节奏自由诗体来写诗的，该是一批重灵的觉醒、致力于从看得见的事物中去对隐藏其中的更深邃、更广远的宇宙生态作透视的象征派诗人，而内中尤以李金发在这方面的表现最是突出。当然，我们先得从新诗成长期间象征主义诗群对杂凑式白话与节奏自由诗体的探求过程谈起。而对此首先要提到的是陆志韦。

陆志韦其实从新诗草创期的1920年1月起就开始写作新诗了，那一年他就写下了11首，1922年7月出版《不值钱的花果》，1923年7月出版《渡河》。有学者根据这两本诗集评说："陆志韦的诗与当时的幼稚的新诗不同，给我们以更大的想象空间和跨度，更注意智性与意象的结合。从这个角度，比较更接近于象征派诗的特征。"⑤由此可见：成长期的新诗坛若确有个象征主义诗群，那末他可看成是早期成员了。陆志韦主张新诗采用的白话得由口语、欧化语和文言词语杂凑而成。他这样提的目的是借这类白话"有规定的时序"的"音之强弱"作"一往一来"以形成新诗的节奏，这是一种舍平仄而采抑扬的节奏。在他看来，能确立这样的节奏，全在于杂凑式白话具有口语抑扬顿挫的语调（他曾说："语调的轻重与停顿所形成的节奏，却是不可缺少的。"⑥），文言的单音词易于分出轻重音（他认为"白话诗凭着语调的轻重建设节奏"，而"汉语原本是单音词组成的，实字比较的重，虚字比较的轻"⑦），还有欧化语能给人以长长软软、曲曲折折的句腔——这样三种性能，所以他一方面竭力提倡新诗使用杂凑式白话，另方面又敢于提出新诗——特别是自由体的新诗须作外在节奏建设。对于后一方面，他并不把注意力放在体式整齐划一、和谐均衡上，偏重在探求长短句的自由体诗如何也有节奏规范。为此，他提出了一个"有节奏的自由诗"⑧的主张。作为一种诗体，这个"有节奏的自由诗"无疑是由杂凑式白话所推延出来的。且不说陆志韦在自己的创作实践中这种"有节奏的自由诗"写了多少，成功的又有多少，单说他能于新诗坛还在津津乐道"诗体大解放"时提出自由体诗也必须讲规范，并确立了一些规范的原则，这就够显远见卓识了。

象征主义诗群中人虽也有冯乃超、石民等写过一些新格律体诗，但极大多数人是写自由体诗的，而其中颇有几位采用杂凑式白话写新诗的，走上了"有节奏的自由诗"的探求之路。穆木天是其中的一个，他认为"诗的世界是潜在意识的世界"⑨，这是凭直觉写诗者的理论依据。穆木天自己在那期间就是追求凭直觉在写诗，而用以传达来自直觉情思的用语，则以不求语法规范，不讲修辞原则的口语化白话为主，在《谭诗》一文中他曾说："诗有诗的gram-maire，绝不能用散文的文法规则去拘泥他。"⑩这就是他主张口语化的依据。同时在该文中他又认为"诗的章句构成法得流动，活软"，意思就是要把句子构成长长的，软软的，这是他又在追求欧化、日化句法。在具体进行诗创作时，他还爱掺入一些文言词语以创造一片氛围。由此看来，他的新诗语言是杂凑式白话，即口语、欧化语与文言词语的合成体。如他的代表作《苍白的钟声》就显出这个用语的特色。不妨引其中的第二节看看：

　　古钟　飘散　在水波之皎皎
　　古钟　飘散　在灰绿的　白杨之梢
　　古钟　飘散　在风声之萧萧
　　——月影　逍遥　逍遥——
　　古钟　飘散　在白云之飘飘

全节共五行，除第四行，其余几行都是倒装句，藉以显示长长的，软软的欧化，日化句法特征。至于"月影逍遥逍遥"该是"（天上投下的）月影（在这大地上）逍遥　逍遥"，是句子的浓缩，省略了不少成分。尤其值得注意的是：句中词语不断用空白隔开，以便让人在言说钟声一波波荡开时显示语调，这可是具有口语表达味儿的。在这五行诗中他还用了"水波之皎皎""风声之萧萧""白云之飘飘"这些古典诗中常见的文言词语来作氛围烘染（这些词语具有来自于诗性文化传统的意象化感兴功能）。由此足见这首诗是用杂凑式白话写成的。值得进一步来谈的是：这样一个诗节，虽然诗行参差不齐，是自由体的诗，但它又有鲜明的节奏感，是"有节奏的自由诗"。那么其节奏来源何在呢？来源有三：（一）每行句中词语不断用空白隔开，能在诵读中显示钟声荡漾的语调节奏感；（二）诗行短长有机配合，短诗行朗读中声强而重，长诗行则弱而轻，能形成抑扬顿挫的节奏感应效果；（三）第一、三、五行是对句，有一种节奏复沓回环的感应，而在第一、三行之间的第二行插入一个特长诗行，显示以"抑"调节，第三、五行之间的第四行插一个特短诗行，显示出"扬"调节，这是于沓回环中显示抑扬顿挫，复沓中显示旋进。所以，这样一节参差不齐的自由体诗也就有了节奏感，成为"有节奏的自由诗"了。显而易见，这是杂凑式白话推出来的。

作为象征主义诗群中最重要的诗人，李金发在新诗成长期出版过三本诗集，《微雨》（1925）、《为幸福而歌》（1926）、《食客与凶年》

（1927），全是用自由诗体写的。但有学者认为这些长短句具有内在的音乐美，此语不假。促成李金发能把他的诗写得像他的法国老师魏尔伦那样，"不必求他字句底意思但听其音调能够感受到情绪"⑪，根本点是他采用杂凑式白话来写成"有节奏的自由诗"。不妨拿他《弃妇》中的第一节来看看：

> 长发披遍我两眼之前，
> 遂隔断了一切羞恶之疾视，
> 与鲜血之急流，枯骨之沉睡。
> 黑夜与蚊虫联步徐来，
> 越此短墙之角，
> 狂呼在我清白之耳后，
> 如荒野狂风怒号：
> 战栗了无数游牧。

当年的诗评家大都说李金发"母舌不灵"⑫，白话语句随便插入文言词语不通畅，不时带上点"之乎者也"，弄得不伦不类，还把口语和欧化语绞在一起，让浅白的词语纳入欧化句法中也颇显怪味儿。还有，它是以国语化白话为基础的，却颇爱用"鲜血之急流""越此短墙之角""荒野狂风怒号：战栗了无数游牧"等文言语句，有的初看似口语，如"黑夜与蚊虫联步齐来""狂呼在我清白之耳后"，但细加品味，让"黑夜与蚊虫"来"联步"，让"耳后"以"清白"来修饰，不能不说有着西方语言表述的机智与分析味儿，颇有点怪怪的。这些让我们感到李金发使用的是口语、文言词语、欧化语融成一体的杂凑式白话，同时也让我们发现他正是使用了这类杂凑式白话，才使这一个参差不齐的诗节能显出"有节奏的自由诗"的特色。如果说第一行"长发披遍我两眼之前"以四顿体的沉滞感语调统领了或者笼罩了三节的情调气氛，那么第二、三行则因了以"羞恶之疾视""鲜血之急流""沉睡之枯骨"这三个同型号文言词语的叠合所形成的感兴意象的叠合，而产生了重急的强势张力。到第四、五、六行，是三个虽互为关联却又独立的句子，两个四顿体中间夹一个三顿体，从语调上看，有一种想从情绪的激动中冲出心境的沉滞郁勃，却又有难以实现的无奈。最后两行实际上是一个因果复合句："荒野狂风怒号：/战栗了无数游牧。"如果让这个复合句整个儿作为文本中一行，那就因沉滞感过重而显得心境过分的压抑。为了显示抒情主人公"弃妇"从压抑的心境中挣扎出来而把它分成两行，两个诗行都是绝对调和音节的三顿体，语调上显现为一定的重读性强化，连在一起也就有抑而扬的节奏感。所以这个诗节充分地体现了"有节奏的自由诗"的特色。当然，像李金发这样的"有节奏的自由诗"很难说是有外在措施可依据及具体规律可概括出来的，他没有这份有意为之的自觉。我们的分析也只能是直觉为据的臆测。刘延陵在《法国诗之象征主义与自由诗》一文中谈及魏尔伦的象征主义自由诗时曾说："自由诗不是不重音节，乃是反对定型的音节，要各人依自家性情、风格、情调与一时一时的情绪而发与之相应的音节。"李金发也正是这样做的。也正是基于这一点，所以对他"母舌不灵"⑬的非议也是不必要的，因为这也正是他"依自家性情、风格、情调与一时一时的情绪"而发与之相应的诗歌用语吧！

根据以上多方面的回顾，我们可以说新诗的成长期在对诗体作新的探求上是有相当成绩的，甚至让人感到有出人意料的成熟。

注释：

①《中国新文学大系·建设理论集》，上海良友图书印刷公司1935年版，第223—224页。

②《中国新文学大系·建设理论集》，第353页。

③《朱自清选集》第1卷，河北教育出版社1989年版，第354—355页。

④《朱自清选集》第1卷，第355页。

⑤孙玉石：《中国现代主义诗潮史论》，北京大学出版社1999年版，第22页。

⑥转引自赵思运著《诗人陆志韦研究及其诗作考证》，东南大学出版社2012年版，第47页。

⑦转引自赵思运著《诗人陆志韦研究及其诗作考证》，第47页。

⑧陆志韦在《我的诗的躯壳》一文中提出"有节奏的自由诗"的主张，可参考赵思运著《诗人陆志韦研究及其诗作考证》第160页。

⑨杨匡汉、刘福志编：《中国现代诗论》上编，花城出版社1985年版，第98页。

⑩杨匡汉、刘福志编：《中国现代诗论》上编，第101页。

⑪刘延陵：《法国诗之象征主义与自由诗》，《诗》月刊第1卷第4号（1922年7月出版），第13页。

⑫朱自清：《中国新文学大系·诗集·导言》，上海良友图书印刷公司1935年版，第8页。

⑬《诗》月刊第1卷第4号，第19页。

昌耀鲜为人知的两首"散文诗佚作"

• 姜红伟 •

说起大诗人昌耀的创作成就,相信大多数读者都能如数家珍地列出他那些堪称经典名篇的诗歌作品,比如,《大山的囚徒》《雪。土伯特女人和她的男人及三个孩子之歌》,比如《慈航》《划呀,划呀,父亲们!——献给新时期的船夫》,比如《良宵》《斯人》,比如《一百头雄牛》《哈拉库图》等。

然而,若提到昌耀复出诗坛之后公开发表的第一篇作品,恐怕则是鲜为人知的。

如今,对于昌耀复出诗坛之后公开发表的第一篇作品,很多昌耀的研究者极少提及,极少论述,即使是研究昌耀诗歌的权威人士,在表述昌耀复出诗坛之后公开发表的第一篇作品时,也是定义不准,语焉不详,表述不清,令读者无法了解其作品的真正体裁和思想内容,更难以理清发表的来龙去脉,从而给读者留下了悬疑的问题,给昌耀诗学研究界留下了悬疑的课题。

作为一名昌耀诗歌的研究者,我觉得有必要对昌耀复出诗坛之后公开发表的第一篇作品进行钩沉,进行复原,进行解析,从而让喜欢昌耀诗歌的读者全面了解这篇无论是对于昌耀本人来说,还是对昌耀诗歌研究界来说都具有十分重要意义的作品。

昌耀复出诗坛之后公开发表的第一篇作品刊登在《青海湖》文学月刊1979年第5期,篇名叫《海的诗情及其他》,是一组散文诗,由《海的诗情》《鲜花与无声的音乐》《草原的歌者》三首组成。

第一首散文诗是《海的诗情》,写于1978年5月20日,改于7月20日。

《海的诗情》一诗,是昌耀将诗歌与散文水乳交融的创作结晶。在字里,在行间,闪现着博大精深的主题思想,大气磅礴的气势节奏,独具匠心的谋篇布局,激情洋溢的韵律,鲜明深远的立意,象征的手法,壮观的意境,精彩的诗句,鲜活的语言,充分展现了昌耀与众不同的诗歌创作才华。这首散文诗不但深情地歌颂了祖国的伟大和祖国的新变化,而且真切地表达了作者对祖国的苦恋和热爱,对祖国的信仰和忠诚,对祖国的崇拜和虔敬,堪称是一首思想性,艺术性完美结合,诗意绵长,诗情浓烈,充满了正能量,表现了主弦律的优秀散文诗篇。

第二首散文诗是《鲜花与无声的音乐》,写于1978年6月14日。

这首散文诗与《海的诗情》是两种风格完全不同的散文诗。如果说《海的诗情》是一曲轰鸣的交响乐的话,那么,这首《鲜花与无声的音乐》就是一支柔美的小夜曲。此诗虽然角度较小,主题却比较宏大。诗句虽然轻柔,寓意却比较深厚。通过描述一家五口人对草原上盛开的马兰花的喜欢,含蓄地表达了对伟大的党的热爱,对英明领袖的拥戴,对可爱祖国的眷恋,对崭新时代的希望,对美好生活的向往。

第三首散文诗是《草原的歌者》,写于1978年6月23日。

这首散文诗娴熟地运用象征的手法、对比

的手法和先抑后扬的手法，借用在蓝天展翅高飞的雄鹰和在草原奔驰嘶鸣的骏马这两个鲜活的意象，展示了作者志存高远的思想境界，体现了作者昂扬奋进的精神状态，表达了昌耀热爱祖国、热爱时代的高尚情操，堪称是一首优秀的主流作品。

通读昌耀这三篇优秀的散文诗，尽管，每一篇散文诗的手法不同，风格不同，谋篇不同，但是，深入研读，我们就会发现，这三篇散文诗的语言精彩程度是相同的，深远思想内容是相同的，表达的主题是相同的，抒发的感情是相同的，贯穿在这三篇散文诗字里行间、一脉相承的，那就是热爱党、热爱祖国、热爱时代的思想、情怀、境界。因此，可以这样说，昌耀的《海的诗情及其他》是中国当代散文诗领域里一组思想性与艺术性完美融合的优秀散文诗。即使在时隔四十余年之后重读，通篇依然闪烁着与众不同、卓尔不群，独属于昌耀自己的灿烂耀眼的光芒。

据考证，《海的诗情及其他》不但是昌耀复出诗坛后公开发表的第一组作品，而且还是昌耀整个诗歌生涯中的第一组散文诗。这两个"第一"对于昌耀来说具有极为重要的意义，其价值更是重大的。尤其是昌耀在其诗歌生涯的最后阶段创作发表了大量散文诗作品，追根溯源，其创作源头，应该正是这组《海的诗情及其他》。由此可见，《海的诗情及其他》对昌耀后期的诗歌创作产生了多么至关重要的影响，在昌耀的诗歌创作生涯中占有多么举足轻重的地位。

尤其值得一提的是，其中的《鲜花与无声的音乐》和《草原的歌者》这两首散文诗不知是何缘故，居然被《昌耀诗文总集》遗漏收入，成为了"集外佚诗"，以至于众多喜欢昌耀诗歌的读者至今无法读到这两首不应该被遗忘、不应该被遗漏的"集外佚诗"。

下面，将这两首"集外佚诗"抄录如下，献给昌耀诗歌的读者，更献给离开我们已经整整二十周年的昌耀先生：

《鲜花与无声的音乐》

玻璃罐里，兰英英的一束马兰花正摆在我那红漆长方木桌上，偎依在毛主席和华主席促膝谈心的一幅油画跟前。……

马兰，在草原上要算开得最早、最旺盛、也是最为清香的一类花草了。她们虽然没有牡丹那般的名贵，不如芙蓉那般的富丽，却也那么朴素、恬静，而又显得那么纯真。初夏季节，远远望去，她们就像一片兰色的薄雾，更如一弯弯柔和的湖泊，给草原格外抹上一层深远莫测的意境。

这束马兰，正是我那不足五岁的大小子从两里开外的草原洼地采撷来的。也不知是谁向他透露了那一"花的王国"，于是，他就独自向着那神秘的一隅寻去了，大胆地寻去了。他对鲜花毕竟有着天然的爱好，以致他全然没有考虑到自己的小腿，还从未走过这么长远的征途。

四处寻找儿子的母亲，忽然看见自己的孩子捧着满怀的鲜花扑到身边，她又惊又喜。她仿佛是对着珠穆朗玛峰下来的探险家，倾听着孩子滔滔不绝地描述自己的功勋。但是，她只疼爱地用手指抹去孩子额上的汗水，而将这束马兰——大自然的酬劳——默默接了过去。

她的心里已经有了一种美好的意念。

于是，她洗净了一只玻璃罐，用丝巾拭净，盛满从泉眼里汲来的玉液，将这束鲜可欲滴的马兰花喂养起来,径直捧到领袖的像前轻轻放下,一直簇拥在膝边注视着这一切的两个小儿女,忽然高兴得蹦跳起来,拍着小手:"好妈妈!妈妈好!"但,她只是微微一笑,随即将两手合在胸前。在她那向着领袖凝视的双眸里,顿时有了一种异乎寻常的感人光彩。——这一切,当然只是不易捕捉的一瞬。

这种光彩,我好似在哪里见过。是的,我在刚刚挣脱了枷锁的藏族女奴的眉宇间见过,——那是一抹凝聚的笑容;我也在往昔喇嘛庙的经堂里见过,在星罗棋布的酥油灯火的光焰中,那些饱经生活熬煎的牧女,在手执铜壶往神灯里高高倾注的一刻,眼中也常常迸发出来这样的几粒星火,那是对未来幸福的一种出神冥想。……我的妻子本来就是一个在日月山里赤脚长大的藏族妇女,她是知道以怎样的一种传统方式来表达自己的感激与响往之情的。

啊,就在那一瞬,我就这样听到了那心上的音乐,那无声的音乐。我是以我自己、我们家庭、我们国家和民族那饱经沧桑的感官,那劳动阶级最为灵敏的情感的触角,听到了那心上的音乐、那无声的音乐,那人间最为纯朴、最为善良、最为热烈而诚挚的音乐。不,这不是世外的仙曲,不是天国的圣乐。这每一个音符,都来自深厚的泥土,出自人间的烟火,浸透了生活的酸甜苦辣。这一枚枚音符,组合成一节节乐章,袅袅飞升,柔如花间掠过的一丝轻风,飘堂过户,汇入苍穹中那千家万户、万户千家对党和祖国的壮伟合唱中去。是的,这乃是心扉的叩击、血流的奔涌、深情的吐诉;这乃是人间最不易得的真音啊!

从此,我和自己的妻儿相约,在露水初吐的晨间,采来一束束草原的芳草鲜花,更替插在我们那只花瓶——我们的"心之瓶"中。

真的,我们已有几度寒暑没有过这样的心情舒畅了。当我们每日清晨初踏这大好河山,自由地呼吸那明净而清新的空气,弯身触动那一株一株的琼花玉叶时,就仿佛觉着是一颗一颗的心灵在我们指尖轻快而热烈地跳动。是的,我们祖国八亿人民八亿颗心,莫不是八亿只琴键在无声的奏鸣,谱写着那非听觉所能感受得出的美妙音乐——那无声的音乐么?

《草原的歌者》

我这样想:在辽阔的草原之上,恐怕没有比云雀更为欢乐的歌者了吧?

云雀——动听的名字。可是,她们还有两个别名儿,一为"百灵",一为"钻天子"。瞧她们那轻盈的体态、敏健的动作,这名儿不是独具特色的么?瞧——,半空里,那小小的体躯,翅膀往身后猛一收紧,头往上略一抬,就犹如脱弦的飞箭直插苍天,悠忽间消逝不见了。而当你一回首,她却早如潜水的游鱼一般,已轻轻沉落到了草棵之下,一点声息儿也不留。

春天,才是云雀最为活跃的季节,天尚未明,她们已是千百成群,聚会云空,呈歌献舞。即使明星稀之夜,也常常听到她们清音宛转,随风流布,不可寻觅。恍惚中,或许还以为是哪一位仙姑的銮驾打这儿经过呢。她们总是那么精力充沛、情趣盎然，一刻儿也不稍息，似乎决心要捉住每瞬春光及时行乐似的。然而春天一去，她们也就寂然无声了。

——她们只是迎春的歌者。

于是，初夏来临。在云雨如烟的草原雨季之中，湿漉漉的，我常常听到那隐伏一壁的几声杜鹃的啼唤。她们似乎是羞怯的、沉静的，不喜抛头露面。她们的歌声听来也就那么持重而含蓄、圆润而温柔、匀称而有节度。她们的歌声是被人珍爱的，留在心里，给人以一种深沉的思索、不尽的余韵，给人以希望、寄托和对美好未来的无限响往之情。难怪她们也另外有两个别名儿，一为"布谷"，一为"长高鸟"。因此，她们的歌声也就和"五谷丰登""草原兴旺"很自然地连接在一起了。她们的歌声似有一种"理念"的蕴涵、意境深长的韵味。

——她们是"预言"的歌者。

……可是，还有什么歌者能赛过那雄鹰和骏马的长鸣？还有什么歌者能这样牵人情肠、感人肺腑？

我来到草原业已二十个春秋了。朝朝暮暮、风晨月夕，我总也听不够那飞鹰的鸣啾、那奔马的长嘶。听吧，那昂扬激奋的一声破天而出，险拔峻峭，莫不令人有山高水寒、瑟瑟秋意之感，心，怎不为之佩服！

啊，这才是草原最忠实、最勇武、最深沉的歌者了。

我很难抒尽我的感受。这些年来，但当我受挫懊丧之际，每一听到他们那气魄廓大的长唤，我会立时振奋，愁云顿消，心境开阔而高远，充满乐观；我就好似听到了那成千上万革命志士的号呼、风云的怒吼、大江的涛拍；我就好似见到了人民解放战争的那滚滚硝烟、血染的战旗；我就好似听到了往日首长和战友对我谆谆的嘱托和殷切的期望。于是，我心潮澎湃而壮怀激烈，顾一尽逐个人的私心杂念，坚定地溶身于无产阶级的革命洪流之中去。

而每逢祖国的节日或革命的盛会，我的心律随着欢腾的鼓点跳动，似有千只乐曲、万行诗句，而苦于找不到最为准确、生动的形式表达时，我侧耳听到了他们那豪放、苍劲的奏鸣，立时，就在我滚烫的胸膛引起强烈的反响，似乎我一欲倾吐的情怀，却已尽汇其中，表达得尽善尽美了。我觉得满足而充实，更踌躇满志。

没有浮华，不尚雕饰。我们的雄鹰和骏马，有着迅而有力的体型、猛而无畏的气慨、刚而稳健的号呼，是真正的"人格的统一"，是真正的"形神的一致"。这度过了苦难的岁月，又迎来了历史的第二次黎明的歌者，必将以他们短而顿促的战斗节奏、质而无华的音乐旋律，吐出他们对祖国的情爱、对时代的欢呼，而且，他们将会以更其勇武的英姿，迎着风云叱咤。

我爱这样的歌者。

我爱这样的战友。

2020年3月7日上午9点44分写于家中

诗日记·家庭生活(十六首)

· 陆　健 ·

一首诗的产生何等不易？

为此,不再写文章,随笔
书法日课统统免除
为了让灵感在脑袋里
能兜更大的圈子

况且年近七旬,八点之后总想打盹

我早上五点半起床
不是为了诗。小儿子六点半
去上学。"上学"这个词欠妥

应该说去读书。熬粥
煎熬的"熬"。煎鸡蛋
如此"煎熬"就成了准备餐饭

可见没有煎熬人活不下去

我刚想记下这枚警句
连忙搅搅锅,以免粥煳了
是搅局的那个"搅"。搅局
是要手段的。这也是妙想

没等记在小纸片上
发现花生油没了
需要把塑料桶的菜籽油倒进
瓶子里。这势必要讲究技术

比写诗高几倍的技术

开始比较顺利。接着手有些抖
油滴洒落地板上,散开油渍

朋友曾用画笔,把油渍
抄写成一幅黄黄的梅花

冬天已经很久,我却无法
把这梅花移植进我的诗里

　　　　　　2024年12月21日10点38分。

今天我小儿子十八岁

今天冬至。天欲雪
我心里像有一只红泥小火炉
那般温暖

仿佛时间也在庆贺一次
新的开始。我的祝福满屏
为我遇见的每一个人

我儿子的童年幸福无忧
如一根踩在蛋糕上的蜡烛
此刻玻璃光反映在他的睫毛上
格外明亮

明日起他将用他的脚

丈量世界,丈量自己的人生
坦途或者南墙,都必须迎上去

他的神情严肃起来
站起了他一米八五的身高
朝大家鞠个躬,然后平等地
和父母,和叔叔阿姨们一一握手
　　　　　　　2024年12月21日夜。

小灰要去露台
我打开门放它进来

它接近露台飘窗的兰草
嗅嗅,在草尖上扯了几下,咀嚼

露台是我抽烟的地方
小灰享受过兰草,回到门口

露台很冷。它盯着门内

我就不给它开门,等它
抬头看我,礼貌地喵一声
向我发出求助

我开门。它迈着
六亲不认的步子,走了出去
　　　　　　　2024年12月22日10时。

冬季屋内干燥。买几条金鱼
给儿子卧室增加湿度

小灰忽然甩了甩爪子
听见我的动静逃之夭夭

发现我的手机上
印着它的一个带水的爪痕

噢,这是报复我
刚才没及时给它开门啊

楼下,儿子专心致志用早餐
他妈妈说又报了补习班

我反对,昨晚约定不再强制
他做什么只是建议做什么吗?

别为其他成年人作决定
普京能替拜登作决定吗?

儿子抬起眼皮不高兴
我昨天白长到十八岁了
　　　　　　　2024年12月22日12时44分。

鱼缸在儿子床头桌边

初为六条。死了三条
看来空间过小
把里面的水每天倒掉七分之一
添入适量白开水,凉的
增加氧气含量
隔天喂食一次,平均每头鱼
八至十粒。否则容易胀死
或者——饱暖思淫欲
庄子云:治大国如烹小鲜
他把鱼煎了。假如鱼有罪
也嫌量刑过重。我以
饲之养之呵护之——为道德
我是不是比庄子仁善些?

起码请他老人家费心换个比喻
2024年12月23日13时。

好看的猫。一黑一白
小白灰灰的。和小黑一起
她就被叫做小白了

她们纠缠旋转的时候
便像运动不已的太极图

小白日日撒娇,以此为能事
咬女主人裤脚
不是特定的猫粮她不吃

小黑呆萌,叫声低弱
从前爱往床上小便。改了
她求爱抚,拱我的袖口

太太回家,瞅见一黑一白
一蹲一坐在门口等着
像两尊低等级的神

儿子写作业,她们一个
要扒电脑一个伸长脖颈
等着另一个挨打

她们是家中的移动的装饰品

她们在鱼缸前湿过爪子
现在只敢对金鱼,隔五六公分
煞有介事、耀武扬威地比划几下
2024年12月24日10时35分。

我心忧伤

我垂下头,对着自己的鞋子
对着走过的路

像遇到一只鸟被无端射杀
一个人被自己借出去的车子
撞残

那样的忧伤。我何尝
不是那个人,那只鸟?

像我的小儿子陆圣得
因为产院床位问题
不得不提前来到糟糕的世上
那样的忧伤

像我儿子陆卓,如今叫比尔
大洋两岸万里相隔
如同相互遗弃那样的忧伤
2024年12月25日08时50分。

早餐后,太太要我
帮助刮痧。我拿好架势
接过砭石做的刮痧板
进入工作状态
拽低衣领,露出她的肩膀

用劲啊!刮出泅泅血色才行
瞧你那六神无主的样子
把你平时对我的怨气运力在手
用劲。再往下一点

我半站半坐的姿势实在难受

做事全神贯注。神散了
精神萎靡。你的诗也散架

我又用经络拍。要使劲拍
拍下去停顿一下,稳一下

把骨头缝里的像小鬼一样的
湿气赶出来。"神出鬼没"
就是小鬼被赶跑,没了

我的手累得抽筋了
帮我刮完痧去锻炼身体
锻炼我就不去了。这一抽筋
就算锻炼过了
     2024年12月26日14时。

再贵些的酒咱喝得起
二锅头仍属首选

小儿子快上大学了。太太
多买件衣服她开心我更开心

牛栏山牌,两千毫升桶装56度
27元。我午餐一两半晚餐一两半
新做的饭菜、剩饭菜入口皆顺畅

太太估算,三年买酒一万块不止
超市老板计算,假如红星牌
绿瓶装的,你要多花两万多

我用太太的算法对付老板
证明我是个忠实顾客
我用老板的算法回复太太

表明我勤俭持家,传统光荣

我简直太聪明、太棒了
不禁给自己点了个赞

我简直看见了自己的笑脸
     2024年12月26日21时25分。

所有数学家都计算得出来
陆圣得八点半晚自习结束
九点二十从黄渠地铁站出来

用不着数学家,小学生都会
统计学的顶级难题是
陆圣得到家吃不吃饭
吃多少。干脆不吃
尝了两口转变兴趣
竟大快朵颐起来

太太:孩子马上高考
就让他随意些。以后
他离得远了你就失业了
失落了。儿子你爸挺辛苦

我笑笑。我身边的这位
两边讨喜的可爱的纵横家
应该奖励一朵小红花
     2024年12月27日22时28分。

小儿子十八岁过了
嗓门已经接近我的嗓门
老爸你写这么多诗干吗
既不投给大刊物又

不拿去评奖？是啊
我不能再写了,再写
这本书就成名著了

凝结我的精粹的细碎银两
我该把才华留给自己一点
哦人死了带不走的
带不走钱财,带走一点思想
估计会得到原谅
     2024年12月29日06时34分。

太太问:胡思乱想什么呢？
胡思不存在,乱也非书生本色
我想问题哩

你瞧中东闹心的,朱拉尼
夺了叙利亚政权,大马士革的
民众等着天上掉馅饼
以色列一波轰毁其军事设施
占了戈兰高地。内塔尼亚胡
脸色比沙漠滋润了很多
哈马斯呼声微弱

"这关你啥事？""怎么不关？"

伊朗算盘珠拨得啪啪响
可算盘架子散了。亏赢难测
啊八千万人的大国啊
库尔德要独立。埃尔多安
那把比青龙偃月刀还长的刀
磨得霍霍的。沙特犹豫
是否与金砖组织割袍断义
胡塞真主党火箭弹还剩几发？

哎,简直像咱隔壁的老汉
头发没几根,梳理不成
一条油光闪亮的大辫子

"随其自然吧！操不了那心"

石油经济单一,做旅游
高科技,滴灌农牧产品
拖鞋军变成皮鞋绅士

"自我选择。咱们有自主择业的"

还是选择去往英法国的
他们的那些同胞聪明
穿梭于高楼闹市
每日门口摆放着文明福利
人多了？势众。挤满大街
喊着让原住民滚出去

如果英、法、美国人统统滚出家园
他们被装在很多大船上
漂泊无归,海浪滔天,星空迷蒙
他们该往哪个偏僻的岛礁靠岸呢？
     2024年12月29日09时57分。

她换了套衣服,又化妆
每天给我个新太太

她说起当初相识。这人
走路目不斜视,类乎目中无人

冷冰冰,讨论问题挑剔严苛
整个一个坏人做派
谁嫁给你,活在冰窖里

结婚后，我逐渐露出了好人的一面
　　　　　　　2024年12月31日07时03分。

儿子开班会，同学吵吵着
将来作科学家，光环闪亮
高官，领导得下属舒舒服服
大款，床上沙发上堆了钱

儿子说，听爸爸的
我长大作个普通人。全班大笑

放学，父母们拥挤在校门外
嗓音横七竖八，像喊口号
接科学家、高官、大款回家

我一眼望见细细高高的儿子
长大要当普通人的我儿子
我更要接，更想来接
　　　　　　　2024年12月31日08时1分。

再有两个多小时即新年
希望别太冷清，多少有点动静

我帮助过的他，没打电话来
我襄助过的她，没拨来电话
我赞助过的你，杳无讯息

有音乐萦回耳际
"惟见长江天际流。"流走

窗外的点点灯光，冰凉

这时儿子在对面房间来电
老爸，啥事不开心？

一种自惭形秽之感瞬时淹没了我
　　　　　　　2024年12月31日21时41分。

为写诗，两年多没练书法
元旦春节之间，似乎
重操旧业的好空档
似乎温习功课的好时段

纸张伸展，泡开笔，先练笔画
舔墨润燥适度，中锋稳稳直行
弧线打开或收紧
腕部、肘部运动
心手合一的要求却无法达到

小心翼翼，还是不行
好像宣纸后面站着个人
总怕把他的脸画花了

翻看邓石如字帖，学不像
翻开吴昌硕字典，更差得远

那么我自己呢？我曾经的自己
躲到了哪里？隔着八尺距离
瞄过去
我想找到自己藏在哪一道笔画里
　　　　　　　2025年01月02日13时50分。

以实为诗 以诗为史

——评陆健纪实诗,以《诗日记,或半日记》为例

·李 霞·

陆健的纪实诗尤其是纪实长诗创作,以真为诗,以人为诗,以事为诗,以趣为诗,以意为诗,以我为诗,以诗为史,在当今诗坛已形成独一无二的陆健现象。

纪实诗是一种以真实事件、历史背景或社会现实为创作素材的诗歌形式,强调对现实的观察、记录和反思。它既保留诗歌的抒情性与艺术性,又具有鲜明的社会性和透视性,常通过个体视角或群体命运折射时代特征。纪实诗歌也称非虚构诗歌,通常不依赖想象或虚构的情节,而是通过对真实生活的观察、反思和记录来创作。它可以是个人经历的叙述、社会现象的描绘,或对历史事件的回应。纪实诗的本质,是用诗的匕首剖开现实的铠甲,让沉默者的声音获得美学重量。它提醒我们:诗不仅是语言的炼金术,更应成为时代的见证者。

古今中外的文学可分两大类,即虚构文学和纪实文学。纪实文学从古代的志史传到当代的报告文学、纪实散文、纪实小说等,但纪实诗还没有过。叙事诗可能是虚构的,不能称为纪实诗。

"诗言志"是中国古代诗歌思想的代表。据闻一多考证,志,有记忆、记录、怀抱之意,且志与诗同。我们现在仍说史志、地方志,这里的志就是记录的意思。可见纪实与缘情为主的诗歌并不是风马牛不相及的。零度抒情或冷抒情或拒绝隐喻之后,诗歌的最大变化就是口语纪实,这也应该是20世纪90年代以来汉诗的革命性变化。现今的汉语先锋诗歌仍有大量纪实倾向的作品,于坚、韩东、王家新、海子、雷平阳、沈浩波等等是杰出代表。

陆健1978年比海子早一年考入大学,1982年抒情诗《海的向往》获《飞天》首届大学生诗苑奖。1985年纪实味浓厚的诗作《三个士兵和他们的胡子》获《星星》诗歌奖。1988年至1991年,陆健在写中国现当代文化名人系列《名城与门》时,诗歌的纪实意识已非常明显而自觉了,接着又写了外国历史名人系列《日内瓦的太阳》,及长诗《北京阿坚》。迄今陆健已出版诗集近30部,几乎一半是纪实性的长诗集。其中组诗《二十世纪的故事》获1999年《人民文学》年度奖,《一位美轮美奂的小诗人之歌》2014年获首届中国(佛山)长诗奖,《病妻》2019年获《诗参考》中国30年优秀长诗奖。纪实诗歌,成为一个诗人自觉的写作方式,除陆健外,还没有发现第二个诗人这样做。打量世纪之交汉诗景观,纪实诗歌已成为一种诗歌写作现象,已成为一种新的诗歌体式,也不能不成为一种新的诗学关注对象。

回首中国诗歌史,有两个诗人的命运,对我们认识陆健诗歌的价值有重要的参照意义。一是唐代的诗人杜甫,生前困顿潦倒,诗名不显,死后作品逐渐被发掘并推崇为诗圣,成为中国乃至世界文学史上的巨匠,就是因为杜甫的作品深刻反映记录了社会现实,成为史诗风范。另一位是当代诗人海子,生前孤独寂寥几

乎没有发表过作品,死后却名满天下被誉为20世纪中国最伟大的诗人,且影响越来越大,就是因为海子不仅创作了大量叫人叹为观止的短诗,还留下了近十部神妙无比的长诗。这充分说明,优秀的纪实性的史诗与大制作的长诗,都具有重要的文学史价值和意义。

从2024年12月14日,到2025年1月3日,陆健用21天时间完成的《诗日记,或半日记》长诗(2025年01月04日《中诗网》),共计12部分104首2000多行。几乎是现场实录式叙述了他从北京到南阳,参加一场诗会,又到武汉回到北京,一路所见所做所感所想,秉持其非虚构、在场、即时、取消(缩短)诗与生活的距离、万物皆可入诗的理念,又有了可贵尝试。日记体诗歌,每首诗写后附完成的时间,具体到几点几分,加黑体便成了题目,不同的是题目倒放了,新颖别致,也成就了一种体例创新。

陆健大学上的北京广播学院现在的中国传媒大学,主要是培养广电系统的新闻工作者,他毕业后被分配到中央人民广播电台工作,其使命就是记录时代弘扬主旋律。中间到河南文学刊物做编辑,然后又回到母校教书直到退休。纪录纪实,成了他工作生活极其重要的组成部分。业余诗歌创作,他仍把纪录纪实贯穿其中,并成了他诗歌艺术的终生灵魂伴侣。

陆健的纪实诗歌主要是以人为核心,形成于两大主线,一是以我的所见所想为主线,另一是以诗所涉及到的人物为主线,古今中外从帝王到平民,背景现场细节趣味,互张互生,形成时空交错,立体推进,主客虚实远近动静生活思想激烈碰撞。以具体人物、事件或社会现象为原型,注重细节的真实性(如时间、地点、场景),但不同于新闻报道的客观中立,而是通过诗性语言赋予现实情感温度,营造无限诗意。

昨晚六点。朋友陆续会齐/圆桌主位李强,人大原副主任/——本届艺术节闭幕词宣读者/次席田原,旅日诗人。下午刚刚/作了关于谷川俊太郎的报告/大作家的衣衫爬满小故事/车延高书记,比实际年龄/看上去小了三十多岁/声名赫赫。他的堪比专业歌手/的嗓子不幸已被新冠截胡/大约再飙高音较有难度/接着是更赫赫的西川/本次闻一多诗歌奖得主/众人敬酒可是西川不饮酒/给西川敬酒就像给自己喝酒/找理由。我在该奖评委舒洁一侧/我俩喝几杯酒抽一支烟/还不停念叨着"白云边"/西川提前离席去赶飞机/我们模仿非洲人的习俗礼仪/逐个,一一,与他握手/西川出门,又把围脖掖紧两下

2024年12月16日15时于高802列车上。

这首不到20行的诗就写了7个人,直接出现的有6人,间接出现的1人,重点写了车延高和西川,好一幅诗人幸会更无前的热闹画面。

在《诗日记,或半日记》中,涉及的人物众多,有诗人自己的家人主要是妻子及两个儿子,甚至把家里的金鱼、猫,也当成了家族成员,更多的是诗友、同事、酒友、书友、学生,还有道长。有名有姓的人物在百位以上。人物的众生相,构成了陆健纪实诗歌的绝对主要对象。虽然多数的人物刻画只有廖廖几笔,却栩栩如生跃然纸上,叫人过目难忘。

精神思想是人的标志,精神的重要组成部分是文学艺术,所以说文学即人学。诗歌是文学的本质与核心,人与人情当然也就成了诗歌的本质与核心。诗歌其实也是人歌。那么,诗

人何人？

北京的二流诗人
虽然没人当面这般称呼他们
北京诗人确是分"群"的

此一群彼一群
尽管一流诗人又分作一窝一窝
二流的却能相互嘻嘻哈哈

二流诗人聚会，请一位一流的
必会先问，都谁参加？
以免降了身份。除非贵宾楼

他忙啊，夏季的蜻蜓翩飞
携带的声音像铁铲碰铁锅
的声音。领奖，评奖，颁奖
讲课，讲台自然越高越好

什么一流诗人中的二流货色
二流诗人中的一流写家
桂冠似的帽子戴给谁就是谁的
有些帽子还是自己设计的

一次，宴会上有位药品专家
喝高了突然来上一句
喏，除了屈原、李白
说到诗人，你们谁是？

高谈阔论的人无不面露难色

2024年12月23日10时46分。

原来，诗人是"分流分群"的，有入流的诗人就有未入流的诗人，有这群的诗人就有那群的诗人，这种分法，虽然有恶搞的成分，却也从另一角度暴露了当今诗坛的真实面貌，一个令诗人尴尬又无奈的真实处境。诗人敢于质疑社会质疑他人审视一切，这也是诗人良知责任人格的表现，那么诗人自己又是怎样的诗人？诗人自己敢向自己开刀么？

我应约谈谈"陆健的幽默"//我有幽默吗？不管怎样/我说出陆健这个词时/陆健就已经成为别人//陆健的幽默在他的交谈中/在他端端正正或歪歪扭扭的/诗句里。哪怕牺牲主题/也在所不惜。他是不分对象/和场合地开玩笑。听说他/小时候的名字叫陆笑生//原来一切都命里注定/你不要窃笑，笑天下可笑之人/那是弥勒先生的专利/更不要像哈里斯竞选时那样大笑。开/怀大笑不要开怀/把该露不该露的全露出来//陆健幽默的毛边上/是尖酸，刻薄，恶搞但你不知/他讥讽别人时/这时他有多无助多绝望//他的幽默影射到你/剐蹭到你了你先别急眼/他在说陆健时陆健已经不是陆健

2024年12月24日09时10分。

这岂止是开刀，简直是开涮。幽默气质、诙谐意识、自我怀疑、自我反省，是陆健诗歌的重要风度，也是陆健诗歌轻松悦读又深刻耐品的两大秘籍，也给陆健诗歌染上了浓厚的后现代主义美学光环。诗人的自我质疑自我反思精神是伟大诗人的重要品性之一。在这个众声喧哗的时代，诗人的自我质疑不再是书斋里的思辨游戏，而成为对抗语言异化的精神操练。当ai开始批量生产诗句，真正的诗人依然在暗夜中与词语搏斗，用质疑的火焰冶炼新的

语言晶体。正如策兰所说诗歌不再自明，它必须穿过自己的无应答性，可怕地沉默着前行。这种西西弗斯式的写作，正是诗歌不死的确证。

陆健的诗歌基本上都是口语表达，心口合一，心里想的与嘴上说的一致，是诗歌表达真实自然避免矫揉造作的前提条件。这也是纪实诗歌的标配形式。现场的，中国的，汉语的，原创的，本土的，血肉的，个人的，诗意生存，这就是口语诗的价值与意义。

诗的口语性是天生的。从文字学的角度看，"言"字旁的诗字，原初本义就是发言、言说的，与口头性、言语性有关的。口语才是现在，口语才是原来，口语才是生态，口语才是在场，口语才是鲜活，口语更亲切，口语更直接，口语更确切，口语更日常。口语才是人话，人性人文人味只能从口语开始。

口语才能让我们找到真正的自己。口语才是我们的乡音，口语才能让我们找到自己真正的老家。口语才是我们真正的母语。口语才是本土。口语诗歌是真正的现代汉语诗歌。口语成为诗歌语言的源泉，是民族灵魂的解放和再造。

语言源于口语，只有口语才能拯救语言，只有口语才能激活语言。口语与书面语之间有相当多和相当大的重叠面和兼容性。口语诗是中国诗歌的里程碑，相当于圣经由拉丁语变成了各种民族母语。

口语以外的现代诗歌多半是新诗而不是现代诗。但口语只是材料，并不能自动成为诗歌，需要诗人用点金术把它转化为诗。口语什么都可以写，不会在抒情或形而上之外。

西化写作或隐喻写作，只能是假洋鬼子式的写作；格律写作或文言写作，想借死人的嘴说话能办到么？食洋不化和食古不化一样，只会让自己找不到自己，因为自己都不知道自己生活在哪个地方，哪个朝代。

一个自己的手不写自己的口的诗人，你能相信他是一个真实的人？坦诚的人？

再贵些的酒咱喝得起/二锅头仍属首选//小儿子快上大学了。太太/多买件衣服她开心我更开心//牛栏山牌，两千毫升桶装56度/27元。我午餐一两半晚餐一两半/新做的饭菜、剩饭菜入口皆顺畅//太太估算，三年买酒一万块不止/超市老板计算，假如红星牌/绿瓶装的，你要多花两万多//我用太太的算法对付老板/证明我是个忠实顾客/我用老板的算法回复太太/表明我勤俭持家，传统光荣/我简直太聪明、太棒了/不禁给自己点了个赞//我简直看见了自己的笑脸

2024年12月26日21时25分。

真实主要靠细节体现，数字不仅是细节的具象化与深化，还增强了语言的节奏与韵律，使诗歌的情感表达更加细腻和真实，也成了诗意的密码甚至寓言，既能精确穿刺现实，又能模糊打开想象，关键在于让数字摆脱算术属性，转化为携带温度、色彩与重量的诗歌基因，使得诗歌语言更加丰富复杂又深刻有力。

卫星图片显示
库尔斯克与乌克兰交接地段

硝烟尚未散尽。几位女兵
倒在战壕边。其中一个袒胸露怀

一只硕大昆虫死死扒在她的乳房上

她的孩子没能吮吸到她的奶水

2024年12月30日09时23分。

一个细节,把女人母亲婴孩与死亡放在一起,就把战争的惨酷性表现得淋漓尽致了。强性分行分节,放慢了语言的节奏,其实是放大加重了诗歌渲染的死亡气氛,白描述写,诗行只是客观呈现,却仿佛诗人无声的战争抗议,把诗人诗歌的人性光辉放射得像太阳一样耀眼夺目。标题的时间标记,刺刀一样醒目,今年就要结束新年就要来临,可悲剧还没有结束,鲜血还在流淌,诗人的忧心升华为整个人类文明的尴尬与耻辱。因为战争的存在就是人杀人的存在,战争一天不结束,人就无法证明自己已脱离野蛮的兽性。文明仍然是人的理想。

再有两个多小时即新年/希望别太冷清,多少有点动静//我帮助过的他,没打电话来/我襄助过的她,没拨来电话/我赞助过的你,杳无讯息//有音乐萦回耳际/"惟见长江天际流"。流逝//窗外的点点灯光,冰凉//这时儿子在对面房间来电/老爸,啥事不开心?//一种自惭形秽之感瞬时淹没了我

2024年12月31日21时41分。

新旧年交替之际,诗人21天写了104首诗,跨年创作,每首诗的标题都以时间标记且精确到分钟,陆健在诗中对时间的敏感与重视,前无古人。长诗标题《诗日记,或半日记》,既标示了诗的日记体例,又让人产生了疑惑与好奇:什么是半日记?原来,至少有一半不是当天的日记内容。这种对真的真诚态度,也让人肃然起敬。时间是无形的也是永恒的巨大的,人与生命在它面前太渺小太无助,却又不得不时时处处面对它,涉及人类生命的终极叩问,个人除了叹息,还能做什么?"一种自惭形秽之感瞬时淹没了我",说明个人的小心事、忧愁和痛苦不仅属于个人,而是属于千千万万人的共同体验。通过超越个体当下体验的局限性,与他人古人情感共通,可以达到对不快的释怀,实现物我两忘,道法自然,天人合一。然后,诗意栖居,人诗俱老,逍遥人生。

2025年2月7日,郑州

刘翔——《向赵无极致敬》

· 陆　陆 ·

1

以集句诗来推荐、导赏一个作者或一首诗，是集句的一种新"用法"。传统集句诗要求每个单句都各有来处，以考验集句者的才学；"新集句诗"则将集句对象限制为单个作者，从而把关注重点留在原作者这里，更符合推诗和推人的目的。

集句不是缩写，也不是断章，从形式到内容完整自足，且不见得一定与原诗一致。若由多首集成，则更是一首新的诗了。当然，知识产权应该还属于原作者。如果说原作是"发明"，那么集句就是"发现"；原作者创世，而集句者则是不断叩问这个世界并试图有所发现的"学者"。但"文章本天成"，两者其实都是诗田里的拾穗者，爱玩又好奇的孩子。

2

疑问在于，除了推介，集句诗还有什么更多的价值。本次集句选择刘翔《向赵无极致敬》这首写"画"的诗，故权且用画作比方，试着回答这一问题。

首先，我用刘翔的诗里剪下的片段，拼成一首"新"诗，与用赵无极的画里剪下的片断，拼成一幅"新"画是等价的。集句诗因而可以理解为"拼贴画"。

对于古典绘画，做这样的拼接有难度。很难想象《蒙娜丽莎》可以裁取部分并重新拼接。你也许能拼得有趣，艺术上也能成立，但应该会与原画迥异其趣，更大的可能是拼出一幅惊悚版的"微笑"。但如果对象换成现代绘画如毕加索《坐着的女人》，完成同样这件事就容易得多。相对应，古典诗歌格律严整，集句难度会高一些，但仍挡不住高手的游刃有余；新集句以自由体的现代诗为对象，门槛只会更低。

对绘画而言，使用既有素材进行拼贴本身就是具有独立审美意义的现代手法。你甚至可以认为拼贴成果就是原创的作品。类似的，新集句诗不追求对自身原创性的认定，但其独立的审美意义是存在的。

不过，诗和画既相通又不同，所以比方只是比方，不一定成立。

3

一个衍生的问题是：绘画拼贴的是有形的色彩和构图，诗歌拼贴的更多是无形的意义，两者间究竟有多少可比性？

这就涉及诗和画的关系，这正是刘翔《向赵无极致敬》的重要主题之一。不妨听听赵无极自己怎么说：

"在中国的传统中，诗与画的联系是那么密切，在画面的空白处往往写着诗歌。我从小读诗，一开始学写字时就学诗。我觉得这两种表现方式实际上本质相通，它们都表现生命之气，无论画面上毛笔的颤动还是汉字成形时纸上手的运转。它们达意而非再现，反映隐藏的含义，宇宙的含义……在诗歌中，我最欣赏的，是在词句中漫步、停止、倒退和呼吸。我们在一点上顿住,那是宁静的美妙时刻,一如画中的空白。"

虽长期旅居法国,相比莱辛的"诗画异质",赵无极看来更赞成苏轼的"诗画一律"。这不难理解。他的画,从来是"达意而非再现";其笔下的画面,与其说是对眼见物象的描摹,不如说是对心中意象的抒写。

如果同意诗画一律,则应当也会同意拼贴图形和文字难度相似、价值也接近。

有趣之处在于,其实中国画,特别是文人画中诗画一体共生的传统,反而是支持"诗画异质"的——正因为诗画异质,形意相生,共生互补,诗画同框才有价值。

4

仍以画作譬。集句诗就是一幅速写,可以是对原作的速写,更多则是,以原作为笔墨,对世间万千的速写。

集句诗由原作而来,是其"产物";但也能独立存在,不必依附也不会替代原作。集句是一种诗的读法,一场认真的游戏,一次轻松的历险,一个严肃的玩笑。它天然拥有原作的部分精彩,也可能借景生情,绽开不一样的花火;它隔着原作与世界交流,因此是一种极端典型的文化活动(可以解读为先有文化才能展开的活动);原作帮助了它,但也遮蔽并局限着它;好处是,有原作在,它一般不会塌掉。

意外的是,刘翔的《向赵无极致敬》完完全全是一首原创的诗,我却从中咀嚼出一丝集句的味道。整首读下来,看见刘翔用语词的罗网,在赵无极的画中打捞灵感的渔获,再拼合成一组有关生命的歌咏。全诗厚积薄发,内涵有自身的命运、知识的沉淀、生存的苦涩、志向与不甘、忍耐和决心,还有将目光上抬、在与世浮沉中振翅欲翔的勇敢。这"集句",一丝丝编织得足够厚重,因而隐约具有了史诗的分量。

【诗】
因为盲目是根的起点
童年如一只监视你的黑猫
我们似乎已经成了风中的那些
无规则的垃圾
……

【读】即使玉兰开出满树花的眼睛,在晴空下闪亮,它应该也看不到自己深埋在黑暗中的根——一切的来处。只有蝉,漫长而幽暗的童年占据了绝大部分的生命,陪伴并吸吮着根的汁液。

通过俯身与蝉的交谈,你会发现自己过分依赖视觉活着,这肯定不是最可靠的。你的黑猫会提醒这一点,但你不一定能听懂。

这是命运的规则,我们只能遵守,直到风将它吹乱。

【诗】
你离去了,那鞋根撕咬地面的声音
从各自的深渊出发,接受冻土和黑夜的爱抚
都融化了,那么多的道路
留下分裂的两股灰烬
……

【读】这是根,是来处,是你的无尽深渊。

你的爱人走了,那高高的鞋跟,走得不舍然而坚定。其实你也会离开,所有道路都会跟随你远行的脚步消失,像是被时间融化了一般。

灰烬、只有灰烬。

【诗】

一个伤口一样的画室,花园是它的绷带
我们像两株孤独的藤一样
不得不住在彼此的肉里,或只是在
一只贝壳的深处,活过了一生
……

【读】很多人跟我说,灰烬里长出的花最美。我一直觉得他们说得是对的;直到有一天,事实证明他们——没说谎。

他们看见你我同时成长,落到草地上的花四处溅开,孤独灌溉一切,直到彼此绽放。很多人说,自信的花最美。你是她,我也是她,在流着鲜红之处共同拥有这样的自信,我们为彼此而活着,最终,长到一起。

彼此绽放,直到潮水涌上海岸,轻拍月亮,吐出空洞的轮廓。

【诗】
我要让墓碑,说彩色的语言
我把黄色涂得厚一点,把死亡和遗忘
尽可能掩埋得深一点
【读】大海空洞的耳朵里响起无尽呼号。

我们从来处谈起,又迅速抵达归宿。诗再长也抵不过最短的命;颜色再多、那点颜料涂得再厚又如何。

这是世界的规则,我们只能遵守,直到风将它吹散。